JN286477

アネモネの姫
アコニット
桃原グループの御曹司
桃原誓護《ももはらせいご》
誓護の妹
祈祝《いのり》
登場人物

教誨師《グリモアリス》
軋軋《ギシギシ》
マヤリスの姫
鈴蘭《すずらん》
音楽教室の経営者
小畑涼夜《おばたりょうや》
天才的フルート奏者
土方紗彩《ひじかたさあや》
誓護のクラスメイト
織笠美赤《おりかさみあか》

アコニットの手に
やわらかいものが触れる。
かすかに「こっち……」と声がした。
いのりが遠慮がちに手を引き、
案内しようとしているらしい！

# 堕天使の旋律は飽くなき

## 夜想譚グリモアリスⅡ

FM66-9
293

海冬レイジ

富士見ミステリー文庫

口絵・本文イラスト　松竜
口絵デザイン　朝付浩司

# 目次

Episode 13a

# Prologue【序幕《じょまく》、狩人《かりゅうど》に捧《ささ》ぐソネット】

砂《すな》と岩ばかりが続く、土くれの海──

そのただなかに樹高《じゅこう》五〇〇メートルを超《こ》す大樹がそびえ立っている。

赤茶けた土と、みずみずしい緑の枝《えだ》ぶり。そのコントラストは目にも美しい。

巨大《きょだい》な梢《こずえ》には石造《いしづく》りの市街が築《きず》かれていて、その上を木製《もくせい》の小船が行き交《か》っている。白亜《はくあ》の街並《まちな》みは西欧の古都に似《に》て、瀟洒《しょうしゃ》で落ち着きがあり、そこに住まう者たちもまた、古代を思わせるゆったりとした衣装《いしょう》をまとっていた。

さながら神話の世界の光景だ。

──事実、この世のものではない。

その市街の中央、開けた広場の一角に、木材で組み上げられた船着場があった。

同じ形の小船が並《なら》び、漕《こ》ぎ手たちが客を待っている。ある者は仲間と談笑《だんしょう》し、ある者は木の実をかじり、ある者はぼんやり街を見下ろしながら。いずれもそろいの黒コート。背中とフードに金糸で複雑《ふくざつ》な紋様《もんよう》が縫《ぬ》いつけられていて、軍服のような仕立てだ。

ふと、漕ぎ手の一人が顔を上げた。

近付いてくる者を認《みと》め、気さくに声をかける。

「おや、軋軋《ギシギシ》——何だお前、また人界行きか？　刑場《けいじょう》のお役人は働き者だな」

「うるせーよ、刻《きざ》むぞ。そっちだって年中無休の下級官吏《こまづかい》だろ」

悪態《あくたい》をつきつつゴンドラに乗り込んだのは、見るからに身分の低い刑吏《けいり》だった。

まだ少年のようだ。背《せ》も高くない。眉間《みけん》に不機嫌《ふきげん》そうなシワを刻《きざ》み、気だるげな、しかし鋭《するど》い目つきが特徴的《とくちょう》だ。ツンツンと跳《は》ね上がった髪《かみ》はうっすらと翠《みどり》がかった銀色。漕ぎ手たちと同じような黒い上着を引っかけ、手には反りのある長剣《ちょうけん》を携《たずさ》えている。

そして少年の両手、左右の薬指には、陽光を弾《はじ》き返す指輪があった。

金と銀、二匹《ひき》の蛇《へび》がからみ合い、互《たが》いの尾《お》を噛《か》む凝《こ》った意匠《いしょう》。

それは失われた過去《かこ》の残滓《ざんし》を拾い集め、再編纂《へんさん》する魔力《まりょく》を秘《ひ》めた装身具《そうしんぐ》——〝プルフリッヒの振《ふ》り子〟と呼《よ》ばれるアイテムだった。時間の流れを操《あやつ》ることができ、現世《げんせ》においては生命を維持《いじ》するためにも必要となる、彼ら〈教誨師《グリモアリス》〉の必携装備《ひっけいそうび》。

少年教誨師は座席《ざせき》に腰《こし》を下ろし、むっつりと黙《だま》りこくっている。

愛想《あいそ》のかけらもない。漕ぎ手は苦笑《くしょう》しつつ、櫂《かい》を手に取り、自身も船に飛び乗った。

「で、次の任務《にんむ》はどうなんだ。難《むずか》しそうか？」

少年は鼻で笑った。皮肉げに唇《くちびる》をねじ曲げ、

「難しいシゴトがオレらごときに回ってくるかよ？」

「とがるなって。『ごとき』けっこう。下っ端万歳《したっぱばんざい》。おかげで楽ができるんだ」

「楽なんざ、したことねーな」

「そのうちできるさ。——出すぜ。列柱庭園《ターミナル》でいいんだな？」

「ああ」

小船は重さを失《な》くし、ふわりと宙《ちゅう》に浮《う》き上がった。

漕ぎ手が巧《たく》みに櫂を操り、鼻歌まじりに空へと漕ぎ出す。するすると滑《すべ》り出した小船は、大樹の外周を回って、少しずつ高度を上げていった。

見渡《みわた》す世界は果てしなく、どこまでも熱砂《ねっさ》ばかりだ。

この世界は、決して豊《ゆた》かではない。

地表のほとんどは砂で覆《おお》われている。ぽつんとそびえる大樹のもと、わずか数種類の鳥と草花、そして冥府《めいふ》の住人たるグリモアリスしか存在《そんざい》しない。この『現実の』世界が、偽《いつわ》りで固められた人界より、はるかに作り物っぽく見えるのは何とも皮肉だった。

その寒々しい風景を眺《なが》めているうち、少年の口から暗いつぶやきが漏《も》れた。

「……ヌルイぜ。飽《あ》き飽き。うんざりだ」

何もかも、嫌《いや》になるほど変わらない。

世界はいつまでも荒涼《こうりょう》としたままで、人間はいつまでも愚《おろ》かなままで、日々の生活はいつまでも退屈《たいくつ》なままだった。

特に耐《た》え難《がた》いのは仕事だ。仕事とはつまり、教誨師の使命——愚かなる罪人《ざいにん》の浅はかなる欺瞞《ぎまん》を打ち破《やぶ》り、浅ましき罪科を暴《あば》き立てること。

そこには何の困難《こんなん》も、刺激《しげき》もない。人界に赴《おもむ》いて、ターゲットの周辺を調べれば、罪は簡単《かんたん》に立証《りっしょう》される。その後は罪人に烙印《らくいん》を押《お》して終了《しゅうりょう》。難しいことなどあろうはずもない。

「毎度毎度、似たような罪を犯《おか》しやがって……腐《くさ》れ人間ども。刻むぞ。いちいち出向くこっちの身にもなりやがれ。てめーらにゃ創意工夫ってモンがねーのか刻むぞ」

ブツブツと愚痴《ぐち》る。それからため息をつき、赤茶けた地平線をにらみつけた。

「……人間なんぞのごまかしが、オレらの目をかいくぐれるわけねーだろ」

むしろ否定《ひてい》されることを望んでいるようなつぶやき。そのつぶやきが風にまぎれて消える寸前、不意に、太陽の光が遮《さえぎ》られた。

はっとして上空を見上げる。

そこに、巨大な船が浮いていた。

大きい。まるで天空を泳ぐクジラだ。漆黒《しっこく》の船体が余計《よけい》に大きさを感じさせる。

船腹《せんぷく》には、血のような赤で巨大な紋様《もんよう》が描《えが》かれていた。

「あの紋章は……霊廟《れいびょう》の御料帆船《ごりょうはんせん》？」

漕ぎ手もひたいに手をかざし、上空を見上げた。

「ああ、最高評議会《ひょうぎかい》のストリクノスさまがお越《こ》しなんだそうだ」

「何だと？　この地区に何の用だ」

「知らないよ。そっちのが詳《くわ》しいだろ」

「……オレだって知らねーよ」

冥府は完全な階層《かいそう》社会だ。末端の構成員にはアクセスできない情報が多すぎる。そしてそれは、アクセスする必要がないからにほかならない。

つまり、自分ごときには関係がないということだ。

「……くそったれ。刻むぞ」

少年は誰《だれ》にともなく吐《は》き捨《す》て、手遊びのように刀の鍔《つば》を鳴らした。

やがて小船は巨大な影《かげ》の下を抜け、さらに高度を上げて、大樹の頂《いただき》へとのぼっていった。

Episode 13b

その日の夕方、桃原誓護《ももはらせいご》は『小畑《おばた》音楽教室』にいた。

音楽教室とは言っても、ほとんど個人住宅《こじんじゅうたく》だ。三階建ての鉄筋《てっきん》コンクリート。ただし、内部はしっかりとリフォームされていて、設備《せつび》もなかなか本格的《ほんかく》だった。

教室のある三階には靴《くつ》をはいたまま上がることができる。スタジオと呼んだ方がしっくりときそうな、防音《ぼうおん》の施《ほどこ》された教室はガラス張りで、妹のいのりがフルートを手に悪戦苦闘《くとう》しているのが見えた。妹の傍《かたわ》らには若《わか》い男性教師《きょうし》の姿《すがた》。線の細い優男《やさおとこ》ふうの風貌《ふうぼう》——なかなかの二枚目だ。そんな二人の手前、フローリングの廊下《ろうか》には保護者《ほごしゃ》のための長椅子《いす》が置いてあり、誓護はそこに腰かけて、〝体験〟レッスンが終わるのを待っていた。

「この前はごめんね、織笠《おりかさ》さん。いきなり変なこと訊《き》いちゃって」

となりに声をかける。そちらには、一人の少女が誓護と並んで座っていた。

とろん、とした大きな瞳《ひとみ》が印象的だ。サラリとした髪は肩《かた》にかからないくらい。器用そうな長い指が美しい。目鼻立ちは日本人形に似《に》てつつましく、声は小さく、どちらかと言えば無口なのに、不思議《ふしぎ》と目立つ存在——

誓護のクラスメイト、織笠美赤《みあか》。

彼女の膝《ひざ》にはフルートのケースが置かれている。美赤もまたフルート奏者《そうしゃ》で、吹奏楽部《すいそうがくぶ》に所《しょ》属《ぞく》していた。誓護は彼女の演奏《えんそう》を聴《き》いたことはなかったが、無名の奏者らしからぬ、素人離《しろうとばな》れした技量《ぎりょう》を持っているという噂《うわさ》だ。

美赤はぽつぽつとつぶやくような、独特《どくとく》のしゃべり方で答えた。

「うん、びっくり……した。フルート教室の場所、教えて欲《ほ》しい……だなんて」

にこり、とひかえめに笑う。

「桃原くんが、やるのかと思ったけど……。妹さん、だったのね」

「僕《ぼく》?」

「できるんでしょ……楽器?」

「まあ、バイオリンなら少々」

「……ぽい。いかにも……お坊《ぼっ》ちゃまって感じ。桃原グループの、御曹司《おんぞうし》」

ポテトチップスから金融《きんゆう》商品まで——桃原グループは名の通った巨大企業《きょだいきぎょう》体だ。富裕層《ふゆうそう》の子女が多い学園内でも、誓護の存在は浮き立っている。

もっとも、誓護自身の暮らしぶりは比較的《ひかく》つつましい。

近くのマンションで妹と二人暮《く》らし。浪費《ろうひ》の趣味はないし、きちんと自炊《じすい》しているので食費も大したことはない。グループの総帥《そうすい》、叔父《おじ》からの仕送りが生活費だが、毎月かなりの金額《きんがく》を貯金に回していた。

そんなふうなので、誓護には自分が飛び抜けてお坊ちゃまだという自覚はなかった。

美赤はガラスの向こうに視線《しせん》を投げ、微笑《ほほえ》みながら言った。

「妹さん、すごく……人見知りね。お稽古《けいこ》ごと……初めて?」

「あ、うん。実はいのり、織笠さんのファンでさ」

美赤は小鳥のように小首を傾《かし》げ、

「え……私……?」

「覚えてない？　吹奏楽部《ブラバン》、初等部でクリスマスのコンサートやったんだろ？　いのり、そのときの君のソロに魅《み》せられちゃったらしくて。自分もフルートやってみたいって、冬休みのあいだ中ずっと言ってたんだ」

「ああ、それで……私が通ってた教室……」

　ふっと美赤の表情《ひょうじょう》が曇《くも》る。

「だったら……悪いこと、しちゃった……かも？」

「え、どういうこと？」

「私のときと……先生が違《ちが》う」

「そうなの？」

「先生、去年……亡《な》くなったから。事故《じこ》……」

「────」

「でも、大丈夫……。今の先生、若《わか》いけどいい先生。亜沙子《あさこ》先生の……一人息子《ひとりむすこ》」

　事故、というのが引っかかったが、誓護は何も言わなかった。他人の事情《じじょう》に踏《ふ》み込《こ》まないのは誓護の流儀《りゅうぎ》だ。処世術《しょせいじゅつ》とも言うが。

　それに、あの教師は確かに好感が持てる。熱意にあふれているし、笑顔が優しい。

「本当、よさそうな先生だね」

「わかる……？」

「まあね。僕《ぼく》、人を見る目にはちょっと自信があるんだ」

幼《おさな》い頃《ころ》から汚《きたな》い大人たちに囲まれて育った。グループの重鎮《じゅうちん》たちや、遠縁《とおえん》にあたる長老たち……彼らと間近で接《せっ》するうち、いつしか誓護には敵《てき》味方を直感で区別する嗅覚《きゅうかく》が備《そな》わっていた。その直感は、物心ついてから今日まで、誓護を裏切《うらぎ》ったためしがない。

美赤は心持ち嬉《うれ》しそうに言った。

「涼夜《りょうや》さん……金管も吹ける。音感……亜沙子先生ゆずり」

「うん。さっきネットで経歴《けいれき》見たよ。若いのに、キャリアのある人だね」

「……調べたの？」

「もちろん。僕のいのりをお願いするんだぜ？」

くすっと美赤が含《ふく》み笑いをした。

「やっぱり……桃原くんって、変」

「変!?」

美赤のような、控《ひか》えめなタイプの少女に言われると、必要以上に傷《きず》つく。

「あ……ごめんなさい。何て言うか……特異《とくい》な……？　奇怪《きかい》な……？」

「ひどくなってますよー？　むしろ露骨《ろこつ》になってますよー？」

「だって……」ぷー、と頬《ほお》を膨《ふく》らませる。「桃原くん、妹さんにデレデレしすぎ。お人形……可愛《かわい》がるみたい。絶対《ぜったい》、アブナイ」

「や、お嬢《じょう》さん、アブナイってのはさすがに言い過《す》ぎでは……」

「全然。桃原くん、初等部にも、頻繁《ひんぱん》に出入りしてる……。朝は、妹さんを教室まで送るし、放課後は、お迎《むか》えに行くし……。普通《ふつう》じゃないよ」

人目もはばからず妹を溺愛《できあい》する誓護の姿は、はたから見ると確かに奇妙だ。

「女の子……みんな言ってる。桃原くんはヤバイ。変態《へんたい》。シスコン。ペド野郎《やろう》」

「ああ……僕ってそういうイメージなんだ……」

道理で女子にさけられると思った、と今さらながらに納得《なっとく》する。

「それに……」美赤はちょっと言いにくそうに続けた。「桃原くんって……何だか、抜《ぬ》け目ない。何を考えてるか……全然、わからない」

「――――」

それはそうだろう、と思った。

自分は狡猾《こうかつ》な人間だ。表面上は社交的にふるまっているが、いつだって冷徹《れいてつ》に損得《そんとく》を計算している。巧《うま》く隠《かく》しているつもりでも、それは伝わってしまうらしい。

美赤はあわてて両手を左右に振った。

「……ごめんなさい。こんな言葉、ぶしつけ」

「いや、いいよ。女の子にそういうこと言われるの、慣《な》れっこだから」

慣れっこなのがひどく悲しい。思わず涙《なみだ》ぐみそうになる。

微妙《びみょう》に湿気《しけ》った空気を変えようとしてか、美赤は明るく言った。

「でもあの子、ほんと、可愛い……。桃原くんの猫可愛《ねこ》がり、わかる気がする」

「猫って言うか、いのりは僕の太陽だからね。いのりがいないと朝もこないんだ」

「うわ……。そこまで言うと、ちょっと……引く」

実際《じっさい》、美赤は一〇センチほど誓護から遠ざかった。

それから、思い出したように帰り支度《じたく》を始めた。

「それじゃ、私……そろそろ。用事、あるから……」

マフラーを巻《ま》きながら立ち上がる。

カバンを持ち、フルートのケースを手にしたところで、

「一応《いちおう》、私の番号、教えとく。何かあったら……電話して」

「あ、それじゃ僕のも」

携帯《けいたい》電話のフラップを開き、お互《たが》いに番号を交換《こうかん》する。こんな形でとは言え、女子の番号を教えてもらって、まんざらでもない誓護である。

「じゃ、またね……桃原くん」

「今日はありがとう。わざわざ寄ってくれて」

美赤は小さく手を振った。カバンをカタカタ揺《ゆ》らしながら、階段《かいだん》の方へ去っていく。

「……ん？」

美赤が座《すわ》っていたあたりに、紙切れが二枚《まい》ほど落ちていた。

「何だこれ。織笠さん、落とし物——」

呼び止めようと思ったが、顔を上げてみると、既《すで》に美赤の姿はなかった。

仕方なく、指でつまんで拾い上げる。

安っぽい印刷だ。一瞬《いっしゅん》、宿題のプリントかと思った。学年通信——いや違う。

「これは……」


一年前、二人のフルート奏者が命を落とした。

一人はまだうら若く、将来《しょうらい》を嘱望《しょくぼう》されていた才女。

一人は既に名を成し、後進を育成していた音楽家。

その死には、ともに不条理《ふじょうり》な謎《なぞ》がある。

今宵《こよい》、冥府《めいふ》より二人の使徒が遣《つか》わされ——

二つの謎を一つにつむぎ、憎悪《ぞうお》と嫉妬《しっと》の欺瞞《ぎまん》を暴《あば》く。

これは煉獄《れんごく》の守りびと、教誨師《きょうかいし》グリモアリスの物語。

# Chapter 1【狼《おおかみ》と森の少女】

## Episode 01

「怖《こわ》がらなくていいのよ」

と、その美しい少女は言った。

「私は味方。あなたに危害《きがい》は加えない。それは明白なことだわ。だって、もし私にそのつもりがあったなら、あなたには抵抗《ていこう》する間もなかったのだもの」

ぞっとするような微笑《ほほえ》み。

私はおののく。みっともなく、無様《ぶざま》に。

この少女は誰《だれ》だ。一体、何者だ。

「味方、と言ったはずよ。私はきっと、あなたの願いを叶《かな》えてあげる」

願い？　何のことだ？

「ふふふ、それはこれから教えてあげるわ。さあ、ともに行きましょう――」

そして、私は誘《さそ》われたのだ。

# Episode 14

暗い暗い、とこしえの深淵《しんえん》へと。


誓護《せいご》はいのりの手を引いて、すっかり日の落ちた道を歩いていた。

ちょうど、陸橋にさしかかるところだった。学園の裏手《うらて》から幅広《はばひろ》の自動車道をまたいで続く、長さ一〇〇メートルほどの架《か》け橋。表面はレンガで化粧《けしょう》され、西洋の古い橋を思わせる。足とも石畳《いしだたみ》、街灯もアンティークふうで、いかにも欧風の雰囲気《ふんいき》がある。

ゆるやかなスロープを上がり、橋の中央へ。時刻《じこく》はちょうど帰宅《きたく》ラッシュの時間帯。橋の下をテールランプが河《かわ》のように流れている。

いのりは珍《めずら》しく興奮《こうふん》していた。ほっぺたがつやつやして、瞳《ひとみ》もキラキラと輝《かがや》いている。

対照的に、誓護は沈《しず》んでいた。先ほど見てしまった紙きれが脳裏《のうり》にこびりついて離《はな》れない。同級生が背負《せお》った思わぬ過去《かこ》の傷痕《きずあと》——その重さに圧倒《あっとう》されていた。

はっと我《われ》に返ると、いのりが心配そうに誓護を見上げていた。

あわてて笑顔を取り繕《つくろ》う。

「ずいぶん楽しかったみたいだね、いのり～」

こくり、とうなずく。安心したのか、いのりの顔がぱっと明るくなった。

「先生、優《やさ》しかった？」

「…………」こくり。

「それじゃ、来月から通おっか?」

「…………」こくこく。

「じゃあ明日、楽器屋さんにフルートを見に行こう」

「――――」

「え? お金のことなら気にしなくていいよ~。もうすぐいのりのバースディじゃないか。それにこの前、僕《ぼく》、いのりの『宝物《たからもの》』をなくしちゃったからね……」

去年の暮れ《く》(と言っても先月のことだが)、いのりがお守り代わりに貸してくれた『宝物』を誓護は駄目《だめ》にしてしまった。その埋《う》め合わせはしておきたい。こんなときのために、普段《ふだん》は節約《せつやく》しているわけだし。

「それにしても、教室が近くてよかったね。これなら歩いて通えるし――」

ふと、いのりが足を止めた。

「ん、どうしたの?」

いのりはぼんやり前方を見つめている。その視線《しせん》の先には――

「あ……織笠《おりかさ》さん」

理由もなくドキリとしてしまう。先ほど別れたばかりの同級生が、橋のちょうど真ん中あたりに立って、通行人に何やら紙きれを配っていた。

街灯の光が美赤《みあか》の姿《すがた》を照らし出す。美赤は誰《だれ》かと一緒《いっしょ》だった。ひと回りほど大きな人影《ひとかげ》が、そっと美赤に寄《よ》り添《そ》っている。美赤はときおり、そちらに気遣《きづか》わしげな視線を送りながらも、ビラ配りをやめようとしない。

ビラ配りのバイト……というわけではなさそうだ。

風に乗って、二人の会話が漏《も》れ聞こえてきた。

「気持ちは嬉《うれ》しいのよ。まだ紗彩《さあや》のことを覚えててくれるんだもの」

女の声だ。かなり落ち着いている。声の主は中年に差しかかったくらいか。

「でも、美赤ちゃん、自分のことも考えなくちゃ。教室、やめたんだって？」

美赤はうつむいた。消え入りそうな声で、「……はい」と答えた。

「それじゃ、もう全然吹《ふ》いてないの？」

「部活で……少し」

「少しじゃダメでしょう。貴女《あなた》なら、もっと上を目指せるのに！」

美赤が目を伏《ふ》せる。女は諭《さと》すように続けた。

「こんなのは勝手な言い草だってわかってるけど……貴女には、紗彩のぶんまで吹いて、紗彩が目指していた場所に行って欲《ほ》しいの。紗彩も、きっとそれを望んでる」

しかし、美赤はかたくなだった。

手を止め、うつむいて、弱々しく――しかし頑として首を縦《たて》に振《ふ》らず、

「でも私……どうしても、知りたい。あきらめたく……ない。私だけが、今も元気で、好きなだけ……フルート吹いて。紗彩だって、そうしたかったはず……。こんなの、やっぱり、おかしい。だから……納得《なっとく》できるように、させてください」

「……貴女がそこまで言うなら、今はもう何も言わないけど」

女はいたわるように、そっと美赤の肩に手をかけた。

「もっと自分を大事にしなさい。ね？」

「はい。……ありがとう、おばさん」

何となく気まずい空気のまま、女はぎこちない笑顔を残し、去って行った。

女を見送った美赤の視線がこちらに流れてくる。不審《ふしん》に思われる前に、誓護はいのりの手を引いて、街灯の下に出て行った。

「桃原《ももはら》くん……」

美赤は驚《おどろ》いて目を丸くした。それから、苦笑《くしよう》を浮《う》かべた。

「今の……？」

「ごめん。立ち聞きするつもりはなかったけど」

「……そう」

それきり黙《だま》ってしまう。誓護は息苦しさを感じた。

立ち入るな、という声が自分の内側から聞こえてくる。

関《かか》わるな。放《ほう》っておけ。お前が首を突っ込《こ》む問題じゃないぞ。

誓護は誰に対しても社交的にふるまっているが、それは上辺《うわべ》だけのこと。本当の腹《はら》の内は誰にも――妹にさえも――見せていない。それは、誰にも言えない秘密《ひみつ》があるからだ。最愛の妹に関わる、世界中の誰にも明かせない秘密が。

だから、誓護は誰の事情にも立ち入らない。それが誓護のルールだ。

だが、心とは裏腹《うらはら》に、誓護の口は勝手に動いていた。

「このチラシ、織笠さんが刷《す》ったの？」

誓護はコートのポケットから紙きれを取り出した。

先ほど教室で拾った紙切れだ。『目撃者《もくげきしゃ》を探《さが》しています！』と大書されている。それは今、美赤の手の中にあるものと、まったく同じものだった。

「ここに書かれてる『事件《じけん》』って……」

ビラに記された『事件』のあらまし部分を目で追う。

今から一年と少し前、この陸橋で一人の女子高生が死んだ。

――いや、殺されたのだ。

ちょうど今くらいの夕刻《ゆうこく》、この場所で何者かに襲《おそ》われた。

ナイフのようなもので切りつけられ、陸橋から突《つ》き落とされて、トラックにはねられて亡《な》くなった……ということになっている。現場《げんば》にはもみ合ったような形跡《けいせき》が、少女の体には刃物《はもの》で切られた傷痕《きずあと》が残されていたものの、残念ながら目撃者はいない。

被害者《ひがいしゃ》の少女、土方《ひじかた》紗彩はフルート奏者《そうしゃ》として既《すで》に頭角を現《あらわ》しつつあった……らしい。いくつかの学生コンクールで入賞、フランスに音楽留学《りゅうがく》を決めていたというから、並《なみ》の少女ではない。我《わ》が子《こ》を奪《うば》われた両親はもちろん、周囲の嘆《なげ》きも大きかった。

近所で起きた事件だけに、誓護の記憶《きおく》も鮮明《せんめい》だった。いのりが同じ目に遭《あ》わされたらと思うと心が凍《こご》えた。警察《けいさつ》の捜査《そうさ》は難航《なんこう》している。犯人《はんにん》が捕《つか》まるどころか、犯行の動機すらわかっていない。事件直後は報道機関もかまびすしく、無責任《むせきにん》に『ストーカー殺人』と伝えたメディアもあったが――真相は依然《いぜん》、闇《やみ》の中だ。

捜査に進展《しんてん》がないので、最近では続報も見かけない。そのため、発生からわずか一年で、早くも風化しかけた感があった。

どうやら、美赤はこの事件の目撃者を探しているようだ。

一年経《た》った今でもあきらめず、警察の捜査も待たずに、自分でビラを刷って。

「……毎日、ここに立ってるの？」

誓護の口から、さらに言葉が出た。美赤がひどくはかなげに見えたせいかも知れない。このまま黙って立ち去ったなら、存在《そんざい》がかすんで消えてしまいそうなほどに。

美赤はどこか遠くを見つめ、やがてぽつりとつぶやいた。

「紗彩は……私の友達。大事な……親友」

ため息を一つ。さみしげに微笑《ほほえ》む。

「だった」

「――――」

全然知らなかった。こんな身近に事件の関係者がいたなんて。

「一年前……ここで、誰かが、紗彩を刺《さ》して……突き落としたの」

美赤は顔を上げ、詰《つ》め寄《よ》るような勢《いきお》いで誓護にたずねた。

「桃原くん、何か知らない？　去年の一月二四日、この近くを通らなかった？　不審な人影、見なかった？　紗彩を見かけなかった？」

「………ごめん」

美赤の顔に、はっきりと落胆《らくたん》の色が浮かんだ。

「……ううん、私こそ、ごめん。こんなこと、いきなり訊《き》かれても……困《こま》る」

「いや……」

「でも、期待……しちゃうの。何度知らないって、言われても……素通りされても。誰かが、本当のことを知ってて……いつか、真相を話してくれるんじゃないかって」

足もとに視線《しせん》を落とす。その目にみるみる涙《なみだ》が溜《た》まった。人間一人分の欠落は、その傷口は、ほんの一年で癒《い》えるほど浅くはない。

結局、誓護は大した慰《なぐさ》めも言えず、先ほどの女――察するに犠牲者《ぎせいしゃ》の母親か――と同様、気まずい空気を背負《せお》って美赤と別れた。

帰り道、いのりはいつにもまして言葉少なだった。

初レッスンの興奮《こうふん》もすっかり吹《ふ》き飛んでしまったらしい。ずっと黙りこくって、地面ばかりを見つめている。

そんな妹に、誓護は努めて明るく声をかけた。

「晩《ばん》ゴハンは何にしよっか。いのりの好きなハッシュドビーフにする？」

いのりはそれには答えず、じっと誓護を見上げた。

以心伝心、と言うのか。妹は無口だが、こぼれそうに大きな瞳《ひとみ》を見ているだけで、兄にはその気持ちが伝わってしまう。

「……え？　助けてあげてって？」

こくり、とうなずく。

「うーむ。そりゃ、できればそうしてあげたいけどさ……」

いのりは誓護から目を離《はな》さない。しつこく見つめている。まるで訴《うった》えるように。

「うわー、やめてよ、いのり〜。いのりにそんな目で見られたら、僕《ぼく》は……僕は……ッ」

誓護は煩悶《はんもん》し、身をよじった。

それは、もちろん、誓護にも、何とかしてやりたい気持ちが芽生えつつある。

だが、未解決《みかいけつ》の事件は理由があって未解決なのだ。警察でも手に負えないものを、一介《いっかい》の高校生が同情だけでどうこうできるはずもない。

誓護がはっきりしないのを見て、いのりは失望したらしい。しょんぼりとして、ぼんやり前に向き直った。

……そういう態度《たいど》が、兄には一番こたえるのだ。

誓護は焦燥《しょうそう》のようなものを覚え、理由もなくどきどきとした。

何とかしなければ。

## Episode 15

陸橋を見下ろす街灯の上に、それはいた。

膝《ひざ》を曲げ、屈《かが》み込《こ》んだ姿勢《しせい》で、じっと足もとの橋を見つめている。

人間で言えば、少年ほどの体格だ。

背《せ》は高くなく、細身の骨格《こっかく》。肉食獣《じゅう》のようにしなやかな、俊敏《しゅんびん》そうな肢体《したい》。髪《かみ》は翠《みどり》がかった銀色で、金属《きんぞく》的な光沢《こうたく》がある。そんなところも獣《けもの》っぽい。

それは、待っている。

じっと。息を潜《ひそ》めて。辛抱《しんぼう》強く——

獲物《えもの》が一人きりになる瞬間《しゅんかん》を。

自宅《じたく》マンションに戻《もど》り、いのりと二人の夕食を終えてからも、誓護の気持ちはどんより沈《しず》んだままだった。

MP3プレイヤーのイヤフォンを耳に押し込む。こんなときはクラシックだ。少しでも気分をやわらげようと、しつこいくらいに同じ旋律《せんりつ》を繰り返す輪舞曲《ロンド》をチョイス。だが、退屈《たいくつ》なだけで、効果《こうか》はなかった。お気に入りの曲に変えてみても、やはり気が晴れない。

この機種にはノイズキャンセルの機構《きこう》が搭載《とうさい》されている。周囲の雑音《ざつおん》をセンサーが感知し、逆波形《ぎゃくはけい》の音を出力することでそれを相殺《そうさい》、音楽のみに集中できるという優《すぐ》れものだ。その静けさが今は逆にうとましい。雑音に心乱《みだ》されることがないぶん、嫌《いや》でも美赤のことを思い出してしまう。

澱《おり》のように溜《た》まる、やりきれない気分。

気持ちを持て余《あま》している。

美赤に何もしてやれない自分が悔《くや》しく、妹の期待に応《こた》えられない自分が不甲斐《ふがい》なく、こんなふうに気持ちを切り替《か》えられない自分が情《なさ》けない。

悶々《もんもん》とする。

美赤のことが頭を離れない。美赤と、彼女に影を落とす一年前の事件《じけん》が。

大事な親友だと言っていた。

たぶん、そう言い切れるほどに心を通わせていたのだ。

誓護には、つるむ仲間はいても、親友と呼べるほどの人間はいない。迷《まよ》いなく親友と言える美赤がうらやましくもあり、まぶしくもあった。

だからこそ。

何とか力になってやりたいと思う。

と言っても、桃原の資金力《しきんりょく》や組織力《そしき》に頼《たよ》るのでは違うような気がする。美赤の方にも、そこまでの好意を受け取る義理がないだろう。あくまで高校生として、さほど親しくもない同級生として、何ができるかということになると、これはもう本当に難《むずか》しい。

くしゃくしゃと髪をかきむしる。そのままソファの上に仰向《あおむ》けに引っくり返ったとき、逆《さか》さまのキッチンカウンターの上にそれが見えた。

空っぽの牛乳《ぎゅうにゅう》パック。

「あっと、いけね。さっき、切らしたんだった……」

このままでは明日の朝、いのりに牛乳抜きのシリアルを食べさせることになる。

そのいのりは今、シャワーを浴びている。今すぐ買いに出れば、いのりがバスルームを出る前に帰ってくることができそうだ。

誓護はジャケットを引っかけて、きちんと戸締《とじ》まりをしてから家を出た。

最寄《もよ》りのコンビニは二区画先。ただし、路地裏《ろじうら》を突《つ》っ切ればおよそ半分の道のりだ。路地裏は高層《こうそう》マンションの谷間に位置し、昼でも薄暗《うすぐら》く、いつも空気が湿《しめ》っている。いのりには一人で通らないように言ってあるが、誓護にとっては便利な近道だった。誓護は道程《みちのり》の半分ほどをショートカットして、コンビニへと向かった。

一リットルのパックを買って、外へ出る。

再《ふたた》び路地裏へ。冷たいビル風が吹《ふ》きつけ、頬《ほお》を裂《さ》かれるような痛《いた》みが走った。

「う～、さむ……」

首を縮《ちぢ》め、ふと思う。

この寒さの中、吹きさらしの陸橋に立ち続けるのはどれほどつらいだろうと。

美赤が探《さが》しているのは一年も前に起きた事件の目撃者《もくげきしゃ》だ。簡単《かんたん》には見つからない。一年ものあいだ、ずっとああして目撃者を探し続けていたのだろうか？

そう考えると、ただの同級生にすぎない彼女が、急にいとおしく思えてくる。できるものなら何とかしてやりたい。しかし……。

美赤の想《おも》いもむなしく、警察《けいさつ》の捜査《そうさ》は一向にはかどっていないらしい。少し前のニュースでも、キャスターが早くも迷宮《めいきゅう》入りの危険性《きけんせい》を訴《うった》えていた。

そんな事件を前にして、僕に何ができるだろう？

返す返すも自分は無力だ。せめて、目撃者を知る方法があったなら。一年前のあの日、誰《だれ》がそこにいて、何が起きたのか、正確に知ることができたなら……。

（あ……）

そうか。そうだ。あの力があれば。

彼女がいれば。

力になってあげられる。きっと、解決《かいけつ》できる。

そうとも。

「アコニットがいてくれたら……」

と、そんな言葉が思わず口をついて出たとき、

「人間のくせに、軽々しく私の名前を出さないで」

背後《はいご》の暗闇《くらやみ》から、フルートの音色のような美声が聞こえた。

「あ――」

とっさに振り向き、思わず息が詰《つ》まる。誓護はやっとのことで、

「アコニット！」とつぶやいた。

そこに、銀細工のような少女がいた。

気だるげに首をもたげ、退屈《たいくつ》そうな顔をして、ブロック塀《べい》の上に座《すわ》っている。

この暗がりの中でも、本人の輝きで輪郭《りんかく》が浮《う》かび上がる。きらびやかな銀髪《ぎんぱつ》。シロップを垂《た》らしたように、ところどころ紅《あか》い房《ふさ》が混《ま》じっている。髪はビロードのような光沢《こうたく》を放ち、猛毒《もうどく》のような妖《あや》しい魅力《みりょく》に満ちていた。

ぽわぽわと黒い妖気《ようき》が立ちのぼっているが、以前の『猛然《もうぜん》』たる勢《いきお》いはない。今夜はきちんと実体があるらしく、白い息を吐《は》き、髪を夜風に揺《ゆ》らしていた。

肌《はだ》は透《す》けるように白く、この冷気の中でもしっとりとなめらか。瞳《ひとみ》は燃《も》えるように紅く、宝《ほう》石《せき》の輝きを放っている。肌は真珠《しんじゅ》、瞳はルビーだ。

ヘッドドレスからブーツまで、身に着けているものはほとんど黒一色。ファーのついたロングコートが大人っぽい。衣装《いしょう》の仕立てはいずれも上等で、優雅《ゆうが》かつ耽美《たんび》的なデザインだ。

見る者すべてを圧倒《あっとう》する絶対《ぜったい》の美。

その少女――アコニットが塀を蹴《け》った。

ふわりと宙《ちゅう》を飛び、音もなくアスファルトに着地する。

アコニットは紅い瞳を伏《ふ》せ、どこか言い訳っぽく言った。

「……ちょっと近くまできたものだから。行きがけの駄賃《だちん》に、貴方《あなた》のおばか面《づら》を拝《おが》んでいくのも面白《おもしろ》いかと思ってね。ほんの思いつきだけど、気まぐれの暇《ひま》つぶしに」

「うっわー、何だよ、久《ひさ》しぶり！　いつこっちきたの？」

アコニットの台詞《せりふ》をさえぎり、誓護は彼女の細い腕《うで》をつかんだ。

「え、ちょっ……」

「よくここがわかったね？　まったく水臭《みずくさ》いよな〜。君ってば、あれっきり音沙汰《おとさた》なしで——

まあいいや、とにかくウチこいよ！　すぐそこだから！」

ぐいぐいと引っ張る。途端《とたん》にビリッと黒い火花が弾《はじ》け、少女の体が帯電した。

刺《さ》すような痛《いた》み。そして痺《しび》れ。誓護のてのひらが焼け、焦《こ》げ臭《くさ》いにおいが漂《ただよ》った。

アコニットは憤然《ふんぜん》として、

「気安くさわらないで」

「はは……相変わらずでいらっしゃる……」

プスプスと煙《けむり》を上げながら、誓護は笑った。歌でも歌いたい気分だった。

なぜなら、この痛みこそ、この再会《さいかい》が夢《ゆめ》でも幻《まぼろし》でもない証《あかし》。

その気位の高さ、容赦《ようしゃ》ない態度《たいど》。それでこそ、僕が知っているアコニットだ。

「それで——」

こほん、と咳《せき》ばらいをひとつ。アコニットは心持ち頬《ほお》を染めて、

「私があんな、無様《ぶざま》な失態《しったい》をさらしたなんてこと……誰にも言ってないでしょうね？」

「失態？」

「とぼけないで。ほら、その……ふ、フラグメントを」

「君の『恐怖症』のこと？　そんなの、言うわけないだろ。グリモアリスのこと自体《じたい》、誰も信

じないだろうしね。それに」

にこり、と笑って見せる。

「秘密《ひみつ》なんだろ？　誰にも知られたくないたぐいの」

「――――」

「僕らは互《たが》いに弱みを握《にぎ》り合ってる。だから当然、僕は君を裏切《うらぎ》らないよ」

安堵《あんど》したのか、それとも感心したのか、アコニットはほっと息をついた。

「ふん……いい心がけじゃない。でも覚《おぼ》えておいて。もし貴方《あなた》が私を裏切ったら、本気で殺すわよ？　黒コゲよ。消《け》し炭《ずみ》よ。灰も残らないようにしてやるわよ」

「はは……肝《きも》に銘《めい》じておくよ」

「ふん」

つん、とそっぽを向く。

ややあって、アコニットはさも億劫《おっくう》そうに言った。

「……どこ？」

「え？」

「相変わらず察しの悪い男ねぇ……」

露骨《ろこつ》に不機嫌《ふきげん》になって、顔をしかめるアコニット。

「ついでだから、貴方のウサギ小屋を見てあげると言ったのよ」

「…………」誓護はくすりと笑って、「それじゃご案内します、姫《ひめ》」
芝居《しばい》がかった身振りで手を差し伸《の》べる。しかし、もちろん、アコニットは『フン！』という
ふうにそっぽを向いただけで、誓護の手を取ってはくれなかった。
——それでこそ、誓護が知っているアコニットなのだ。

Episode 18

北風が吹き抜け、美赤は小さく身震《みぶる》いした。

自分の吐息《といき》で凍《こご》えた指先をあたためる。手際《てぎわ》よくビラを配るため、手袋《てぶくろ》は外している。そろそろ、指の感覚がなくなってきていた。

時刻《じこく》は既《すで》に午後八時を回り、陸橋の上は人通りも途絶《とだ》えた。

これ以上は時間の無駄《むだ》だ。美赤はため息をつき、配り残しのビラをカバンに押し込《こ》んだ。

結局、今日も何一つ手がかりは得られなかった。

だが、不思議と心は軽い。いつもより、ほんの少しだけ。

同じクラスの桃原誓護、彼の前で少し泣いてしまった。思い出すと恥《は》ずかしい。……が、溜め込んでいた想《おも》いを吐き出せて、気分がすっきりしたのも確かだ。

(変な人……。桃原くんって)

思わず、微笑《ほほえ》んでしまう。紗彩のことを聞いて驚《おどろ》いただろうに、誓護は詮索《せんさく》せず、かと言っ

て無視もしなかった。ただ、いたわるような眼差《まなざ》しを向けてくれた。思いつきの慰《なぐさ》めを言わなかったのも、美赤を気遣《きづか》ってのことだろう。

妹べったりの、頼りないお坊《ぼっ》ちゃまだと思っていた。が、どうやらそれは違ったらしい。彼は思っていた以上に思慮《しりょ》深く、大人で、そして思いやりのある男の子だ。

ちゃんと中身があるとわかってみると、彼の華《はな》やかな外見が急に好ましく思えてくる。女性的な細い眉《まゆ》、長いまつ毛。鼻筋《はなすじ》はすっと通り、紅茶《こうちゃ》色の大きな瞳には力があり、形のよい唇《くちびる》からのぞく歯はつややかな白——

「わ……私も、帰ろ……」

何だかドキドキしてしまいそうだったので、美赤はかぶりを振り、誓護の笑顔を頭の中から追い出した。

手袋をはめ、大きく背筋を伸ばし、きびすを返して歩き出す——と、そのとき。

不意に、ぞくり、と背筋が震えた。

全身に違和《いわ》感が走る。誰《だれ》かの視線《しせん》を強く感じた。

本能《ほんのう》的な恐怖《きょうふ》がこみ上げ、鼓動《こどう》がにわかに速くなる。今も、誰かに見られている。ぴたりと銃口《じゅうこう》で狙《ねら》いをつけられているような、そんな錯覚《さっかく》。首筋にびっしりと浮いた冷や汗《あせ》が、マフラーにからんで気持ち悪い。

さっと周囲に視線を走らせる。誰の姿もない。

——本当に、誰の姿も。

あたりは不自然な静寂《せいじゃく》が満ちていた。気がつけば、車の流れも切れている。真下の車道はがらんとして、不気味な静けさが空間を支配《しはい》していた。

美赤は無性《むしょう》に怖くなり、急ぎ足でその場を離れた。

陸橋のスロープをくだり、その下の歩道へ。その途中《とちゅう》、背後《はいご》で小さな足音が聞こえた。誰かが歩いているのかと思い、肩越《かたご》しにのぞいてみたが、やはり誰の姿もない。

勘違《かんちが》いかな、と思った。むしろそうあって欲《ほ》しいと。祈《いの》るように。

気を取り直して、歩き出す。

足音はずっと耳の奥《おく》に響《ひび》き続けている。視線も然《しか》り。ぴったりくっついて離れない。

——誰かがつけてくる。

そう思うと、もう我慢《がまん》できなかった。美赤は弾《はじ》かれたように走り出した。

走る、走る、走る。急に走り出したせいで、足首に痛みが走る。それでも走る。そんなことで止まってはいられない。

カタン、と背後で靴音《くつおと》が聞こえた。

今度は錯覚じゃない。とん、とん、と規則《きそく》正しく。跳《は》ねているのか、間隔《かんかく》がいやに長い。しかし、音は次第《しだい》に大きくなり——だんだん距離《きょり》を詰《つ》めてくる！

走っても、走っても、振り切れない。

美赤は恐怖に凍《こお》りついた。叫《さけ》びたいのに、声が出せない。

いつの間にか、ひと気のない道に迷《まよ》い込んでいる。公園と木立《こだ》ちに挟《はさ》まれた狭《せま》い道路。車の流れが途切れると、街中なのにふっと暗くなる危険な場所だ。

あかりが遠い。その事実に気付いた途端《とたん》、脚《あし》がすくんでしまった。急に気弱になってしまって、もう走れる気がしない。

震える手で携帯《けいたい》電話を取り出す。取り落としそうになるのをどうにかこらえ、こわ張《ば》った指を必死に動かし、相手先の番号を探《さが》す。見つけた瞬間《しゅんかん》、通話ボタンを強く押した。

早く出て……。

呼び出し音が一回、二回……五回目でようやく止まる。回線が開くと同時に、美赤は相手を確かめもせず、すがりつくように叫んだ。

「お母さん……!?」

## Episode 17

暖房《だんぼう》のきいた屋内に戻《もど》ると、ほっと安堵《あんど》の息が漏《も》れた。

ジャケットを脱《ぬ》いで、クローゼットのハンガーにかける。アコニットのコートを預《あず》かろうと、誓護がそちらを振り向くと——

ぼぼぼっと黒い炎《ほのお》が燃《も》え上がり、コートを焼き尽《つ》くして消えていくところだった。

コートの下は例によって丈《たけ》の短いドレスだ。どこもかしこもレースとフリルで飾《かざ》られていて、人形服のように凝《こ》った作り。それが教誨師《グリモアリス》の制服《せいふく》じゃないとすれば、アコニット本人の趣味《しゅみ》なのだろう。実際、よく似合《にあ》っている。

「ここが貴方《あなた》の部屋？」

アコニットは物珍《ものめずら》しげに室内を眺《なが》めた。

とりたてて豪華《ごうか》というわけでもなく、ごくごく標準的な4ＬＤＫだ。リビングにはこぶりのソファがＬ字に配置され、その中央にはローテーブル。部屋のすみには誓護の背丈くらいに成長した、パキラの鉢植《はちう》えが置かれている。

特に珍しい光景とも思えなかったが、アコニットにとっては違ったらしい。表面上はいつも通りのすまし顔で、まったく興味《きょうみ》のないふうを装《よそお》いながら、猫《ねこ》みたいにそわそわとして、あちらをのぞき、こちらを確《たし》かめ、家の中を歩き回る。

アコニットはブーツをはいたままだった。注意したものか悩《なや》んだが、ブーツには泥《どろ》もほこりもまったくついていない。当然、足跡《あしあと》もつかない。誓護はそういうものだと納得《なっとく》することにして、文句《もんく》を言うのをやめた。猫と同じだ。アコニットは土足でＯＫ。

カウンター式のキッチンに向かい、紅茶のポットを取り出す。

「まあ、適当《てきとう》にかけてよ」

「……人間の住まいって、本当にウサギ小屋なのね」

アコニットはむしろ感心したふうに言った。テレビの前で何やら考え込《こ》んでいる。たぶん、その上に座りたいのだろうが、残念なことに薄型《うすがた》なので、腰《こし》を下ろすスペースがない。

「まあ、屋敷《やしき》に比《くら》べたら手狭だけどね。とりあえず、不満はないよ」

「あの子は？　一緒《いっしょ》じゃないの？」

「いのりなら、今お風呂《ふろ》」

「……裸《はだか》で？」

「当たり前だろ」

「………ふ〜ん」

「何その不審《ふしん》そうな目つき!?　言っとくけど、僕《ぼく》はのぞきなんかしないし、のぞこうと思ったこともないよ!?」

何度か髪《かみ》を洗《あら》ってやったことはある。ただ、そんなときでも全裸《ぜんら》ではなかった。

アコニットは妙《みょう》に疑《うたが》わしげな目をして、

「……本当かしら？」

「本当だってば。つうか、いのりはようやく十歳《さい》だぜ？　どんな目で僕を見てるんだ」

「ふん……せいぜい烙印《らくいん》を押《お》されないように気をつけるのね」

「……烙印、か」

誓護は紅茶を淹《い》れながらつぶやいた。

「あれから、ずっと考えてたんだ。烙印と、地獄《じごく》について」

それだけで、アコニットは鋭《するど》く察し、先回りして言った。

「貴方の両親のこと?」

「うん。どうなったのかなって」

アコニットはちょん、とソファに腰かけ、誓護の言葉の続きを待っている。

誓護は温《あたた》めたカップに紅茶を注ぎ、アコニットの前に運んで行った。

カップをテーブルに置きながら、続きを言う。

「母は父を毒殺しようとした。結果的に、それは果たされたんだ。そして、母はこの世の法律《ほうりつ》じゃ裁《さば》かれていない——あの人は地獄送りになったんじゃないか?」

「……それを語ることは許《ゆる》されていないわ」

「そっか。残念」

「ただ……」と言葉をつなぐ。「あの事件《じけん》、グリモアリスの案件になってないの」

「ひょっとして、君……わざわざ僕のために調べてくれたの?」

「な——」

アコニットは紅《あか》い眼をまんまるにして、次に三角にした。

「おばかさん……。自分の担当《たんとう》案件の周辺事例だもの。ライブラリを参照するくらい、当然のことじゃない。貴方はおばかね。おばかの極《きわ》みだわ」

「何度も言うなよ。つうか、何でムキになってんの」

「なってないわよ。おかしな言いがかりつけないで」

「別にいいけどさ。案件になってないってどういうこと？」

「言葉通りよ。誰も問題にしてないの。貴方の母親が死んだ件もね」

「……そんなバカな」

誓護は耳を疑った。知識《ちしき》を総動員《そうどういん》して考える。確か、冥府《めいふ》における〈罪《つみ》〉は、死者によって認定《にんてい》されるという話だった。だとすれば――

「親父《おやじ》はともかく、あの人が自分を殺した人間を許すとは思えない。当然、冥府の裁判官だか何だかに訴《うった》えて、犯人を地獄に堕《お》とそうとしたんだろ？」

「言ったでしょう？　そもそも案件になってないのよ」

「――――？」

「貴方の母親は殺されたのではなく、自分で死んだことになってるの」

「――――！」

「あの女自身、不自然な死を自覚してるはずよ。死ぬはずじゃなかったんだから。だとすれば、男に裏切《うらぎ》られた可能性《かのうせい》が高い……それを認《みと》めたくないから、己《おのれ》の手による毒で死んだと、そう考えることにしたんでしょう。実に人間らしい、愚《おろ》かな女心ね」

アコニットは紅茶のカップを手に取り、美しい顔に近付けた。カップをそっと揺《ゆ》らして、立ちのぼる香《かお》りを楽しむ。

「ふふふ、よかったわねぇ、誓護。貴方の秘密《ひみつ》は今も秘密のまま」

意地の悪い笑み。まるで踊《おど》るような動きで、自分の胸《むね》に手を当てる。

「つまり、このアコニットの気持ち次第《しだい》というわけ」

「ありがとう」

面食らったらしい。アコニットはバラ色の唇をぱくぱくと開け閉めした。

一転、きりきりとまなじりをつり上げ、怒った顔をする。

「本当の本当に、救いようのないおばかさんね。お礼を言うところじゃないでしょう」

「そうだね。でも、僕は君にお礼を言いたいんだ」

「ふん……このアコニットが人間の言葉なんか欲《ほ》しがると思う？」

「じゃ、アイスクリームとか？」

「ふん」

そっけなくそっぽを向きつつも、耳の先がぴくぴくっと動いた。やはり、猫みたいだ。もし彼女にしっぽがあったなら、そわそわとくねらせていたに違いない。

誓護は笑いを噛《か》み殺してキッチンに戻り、冷凍庫を開けて、痛恨《つうこん》のミスに気付いた。

「うっわ、悪い！　自家製《じかせい》のが切れてた……」

「え……」

その一瞬、アコニットはこの世の終わりのような顔をした。

「……ふん、使えない下僕《げぼく》。まあ、そんなことだろうとは思ったけれど」

強がって憎《にく》まれ口を叩《たた》く……が、アコニットは明らかに落胆《らくたん》していた。それはもう、はっきりとわかるほど。誓護としても、このままでは格好《かっこう》がつかない。それに、せっかくアコニットがきてくれたのだ。何としても、もてなしたい。

「代わりにパンナコッタはどう？　すぐできるよ」

アコニットは黙《だま》っていた。それがどんな菓子《かし》なのか知らないのか、それとも肯定《こうてい》なのか。いずれにせよ、いらない、とは言われなかったので、誓護は作業を開始した。

買い置きの板ゼラチンを軽くふやかし、生クリームをかき混《ま》ぜ、洋酒を加えて香りをつける。ふわっとかおる香気が甘《あま》い。『菓子類に合う』と叔父《おじ》が教えてくれた銘柄《めいがら》だった。

いつの間にかアコニットが寄ってきて、じっと誓護の手つきを眺《なが》めていた。

思わず微笑《びしょう》がこぼれる。この美しくて、怖《おそ》ろしい、でも本当はとても弱い、異界《いかい》の少女――猛毒《もうどく》を秘《ひ》めた花のような少女が、当たり前のような顔をして自分の前にいる。怠惰《たいだ》な猫のようにくつろぎながら、菓子ができるのを待っている。

そう考えると、誓護の気分は高揚《こうよう》した。うきうき、ワクワクとして、楽しいような、嬉《うれ》しいような、子供《こども》がはしゃぐときの気分に近い。

誓護は子供のように素直《すなお》な気持ちになって、ごく自然に、アコニットに笑いかけた。

「また会えて嬉しいよ、アコニット。もう会えないかと思ってたから」

「ふん……」

「こないだはありがとな。おかげで、こっちは上手《うま》く回ってるよ。姫沙《きさ》さんもよく働いてくれるし、叔父さんも頼りになるし」

「ふん……」

「そっちはどう？　仕事は上手くいってる？」

アコニットはその質問には答えず、代わりに別のことを言った。

「貴方《あなた》……自分の前世に興味《きょうみ》はない？」

ふっと、張《は》り詰《つ》めたような間《ま》が生じた。

「前世？　あー、ローマの貴族《きぞく》だったとか、そういう……」

「おばかね。そんなインチキ占《うらな》いの話はどうでもいいのよ」

「うーん、特に興味はないかな？　輪廻《りんね》とか転生《てんせい》とか、よくわからないし。それに、前世がどうだろうと、僕は僕。今は、いのりの側《そば》にいる。それだけで十分だよ」

「……そう。そうね」

アコニットは表情をやわらげ、ふう、と小さく息をついた。

それから、急に怒《おこ》ったような顔をして、

「それで？　貴方さっき、不用意《ふようい》に私の名を出して、一体《いったい》何を言いかけたの？」

誓護はまごついた。せっかくまた会えたのに、いきなりこんな、利用するようなことを言うのは気がひける。かと言って、このまま胸《むね》にしまっておくこともできない。アコニットと再会《さいかい》できたのは奇跡《きせき》に等しいチャンスなのだ。

誓護は生クリームを冷蔵庫《れいぞうこ》に入れ、覚悟《かくご》を決めて、はっきりと言った。

「実は、君に頼《たの》みがあるんだ」

「頼み……？」

「君の、そのリング——〝振り子〟だっけ？　また僕に貸《か》してくれないかな。ちょっとでいいんだ。ちょっと、確かめたいことがあって」

誓護の視線《しせん》は自然とアコニットの指先に吸《す》い寄《よ》せられる。

アコニットの左右の薬指には、金と銀の蛇《へび》がからみついていた。それこそ、過去《かこ》と未来を見通す神秘《しんぴ》の指輪。アコニットが〝プルフリッヒの振り子〟と呼ぶアイテムだ。

アコニットは探るような目を向けた。紅《あか》い瞳《ひとみ》に警戒《けいかい》の色が浮かぶ。

「……どういうこと？」

「親友を殺された、って子がいてね。犯人《はんにん》を心の底から知りたがってる」

誓護は事情《じじょう》を話した。美赤のことを。彼女が自作のビラを配っていることを。ずっと、現場の陸橋に立ち続けていることを。

アコニットはおし黙《だま》った。ややあって、ゆっくりとかぶりを振る。

「それは……できないわ」

「……そりゃ、そうだよな。こんなの、私用《しよう》も私用だし。ごめん、無理言って」

誓護は笑顔を向けた。一方、アコニットは苦虫を嚙《か》みつぶしたような顔をして、

「……本当に迷宮入《めいきゆうい》りとなれば、いずれグリモアリスが派遣《はけん》されるわ。何年先か、わからないけれど。……それまでの辛抱《しんぼう》よ」

「あれ、慰《なぐさ》めてくれるの？」

「ふん、おばかな勘違《かんちが》い。誰が人間に慰めなんか……」

「ちなみにそれ、何年くらいかかる？」

「……状況《じようきよう》によるわね。派遣が決まるのは、未来予測で『完全犯罪が成立する』と判断《はんだん》されてからだから。でも、被害《ひがい》を受けた亡者《もうじや》――つまり殺された子の訴《うつた》えがあれば、かなり早まる。どんなに遅《おそ》くとも、現世での時効《じこう》成立前には動き出すわ」

「そっか……そのこと、織笠さんにも伝えてあげられたらいいんだけど」

ギロ、とアコニットがにらむ。が、誓護がそんなことをするはずがないと、アコニットにもわかっている。普通の人間が冥府《めいふ》の話を聞かされて、信じるわけがない。

そのとき、ほかほかと湯気を立てながら、パジャマ姿《すがた》のいのりが入ってきた。

アコニットを認《みと》めた瞬間《しゆんかん》、『びくぅ！』と伸《の》び上がり、ドアの向こうへ隠《かく》れてしまう。

「はは、何隠れてんの、いのり〜。アコニットだよ。怖くないよ〜怖いけど」

アコニット、という名前に反応《はんのう》し、ドアの陰《かげ》からそっと頭を出す。

「パンナコッタ作ったんだ。今、冷やしてるとこ。いのりも食べる？」

「………」こくり。

「オッケー。それじゃ、髪を乾《かわ》かしておいで。風邪《かぜ》をひくといけない」

いのりは素直にうなずき、洗面所《せんめんじょ》に戻って行った。

アコニットは不愉快《ふゆかい》そうに小鼻にシワを寄せた。

「ふん……。相変わらずってわけ？」

「そうでもないよ。最近は何でも自分でやるって言うんだ。いのりもだんだん大人になって行くんだな……アレ？　嬉しいのに、何だか胸のあたりがスースーする……アレ？」

「相変わらずね……」

アコニットはあきれた様子でため息をついた。誓護はいたずらっぽく笑って、

「そう言う君だって、相変わらずなんだろ？」

「――――」

「君には大事な秘密《ひみつ》を握《にぎ》られてるからね。僕《ぼく》でよければ、力になるよ」

「……何を言ってるの？」

「甘くみるなよ。僕はそこまで間抜《まぬ》けじゃないし――自惚《うぬぼ》れ屋でもない。君が僕の顔を見るためだけに、わざわざきてくれるわけないじゃないか」

誓護はカウンターに身を乗り出し、声をひそめて言った。

「また、下僕《げぼく》の助けが必要なんだろ？」

アコニットはぐっと詰《つ》まり、ふてくされたように黙《だま》り込んだ。

やがて、なじるような調子で、

「……やっぱり、相変わらずだわ。貴方《あなた》は相変わらず、鼻につくほど小利口で、嫌《いや》みで、意地悪で、無神経《むしんけい》で、性格がねじ曲がっていて、女にモテない男よ」

「あの……さすがにちょっと……傷《きず》つくって言うか……」

どれもおおむね本当のことなので、その一言一言がぐさぐさと胸をえぐる。

「でも……そうね」

アコニットは満足げにうなずいた。

「そうでなければ、このアコニットの下僕は務《つと》まらないわ」

言ってくれる。誓護は苦笑《くしょう》した。

その後、いのりが戻ってきたのを潮《しお》に、何となくその話は打ち切られた。

クリームが冷えて固まるまでのあいだ、三人はリビングでともに過《す》ごした。

「あ、ここも跳《は》ねてるよ～、いのり」

誓護は膝《ひざ》のあいだにいのりを座《すわ》らせ、妹の髪をとかす。ブラシを通すたび、ふわふわとリンスの香りが漂《ただよ》う。そんな光景を横目に見ながら紅茶をすするアコニット。初めはただ冷めた目で見ていた彼女も、次第にイライラし始め、ついにはバチン、と放電した。兄妹の仲睦《むつ》まじいところを見せつけられて、胸がむかついたらしい。

「いつまでやってるのよ……。お菓子《かし》はまだなの？」

「あー、うん、そろそろかな？」

誓護が名残惜《なごりお》しげにいのりから離れ、キッチンに向かおうとしたとき——

不意に、誓護の携帯《けいたい》電話から着信を知らせるメロディが流れ出した。

「悪い、ちょっと待って」

フラップを開き、あれっ、と思った。

液晶《えきしょう》の表示《ひょうじ》は見慣《みな》れない番号だ。ついさっき、登録したばかりの織笠美赤。女の子から電話があるなんて、滅多《めった》にないことだ。誓護はちょっぴり心躍《おど》らせながら、携帯電話を耳に当てた。

「はい、桃原」

『お母さん……!?　助けて……っ！』

悲痛《ひつう》な叫《さけ》びが鼓膜《こまく》に突《つ》き刺《さ》さる。心臓《しんぞう》をわしづかみにされたような気がした。

「織笠さん？　どうしたの？」

『……誰？』

「桃原だよ。桃原誓護」

『あ……ごめんなさい、間違《まちが》い――待って！　切らないで！』

せっぱ詰まった様子だ。美赤は珍《めずら》しく早口でまくし立てた。

『桃原くんち……このあたり、だよね？　私、今、すぐ近く！』

「え、どこ？」

『学園の裏手《うらて》……みどり公園のあたり。あのね、誰《だれ》かがずっと、さっきからずっと、追いかけてきてて……振り切れないの。助けて……お願い！』

公園？　振り切れない？　美赤の話はさっぱり要領《ようりよう》を得なかった。だが、相当にあせっているのはわかるし、恐怖《きようふ》に震《ふる》えているのも伝わってくる。

誓護はちらりと後ろを見た。アコニットが『まだ？』と不機嫌《ふきげん》な顔でにらんでいる。彼女は大事なお客だ。国賓《こくひん》級の人物だ。しかし――

「わかった。すぐ行くから、電話そのままにして、なるべく人の多い方に」

スピーカーの向こうで軽い悲鳴が上がり、続いてカタン、と衝突音《しようとつおん》が響《ひび》いた。

「織笠さん？　織笠！　どうしたの？」

電話が遠くなる。美赤の応答《おうとう》はない。足音が遠のいて行く。

……マジかよ。

誓護の背筋《せすじ》を冷や汗《あせ》が伝った。にわかには信じられないことだが、合理的に考えてみると、美赤はやはり、何者かに襲《おそ》われたらしい。

（どうする……？）

そんな暇《ひま》はないのに、誓護は迷った。

アコニットもまた、誓護を頼ってここにきた。彼女には借りもある。そんな彼女をほっぽって、美赤のもとへ駆《か》けつけていいものか。

どちらを優先《ゆうせん》する？

かっと熱くなる脳《のう》をなだめ、言い聞かせる。落ち着け。落ち着いて考えろ。

アコニットの方は、教誨師《グリモアリス》の性質《せいしつ》上、『既《すで》に起こってしまった事件《じけん》』の捜査《そうさ》だ。

一方、こちらは現在進行形。今まさに危険《きけん》が迫る、切迫《せっぱく》した事件。

答え。選択《せんたく》の余地《よち》なし。

誓護は電話をポケットにねじ込み、ジャケットを引っ張り出した。

「ごめん、アコニット。せっかくきてくれたのに」

「何よ……どうしたの？」

「友達がストーカーに追っかけられててピンチらしい。ひとっ走り、助けてくる」

「え、ちょっと——」

「すぐ戻《もど》るから。いのりのこと頼《たの》むね！」

きょとん、とするいのりの頭をなで、飛び出す。

アコニットが腹立《はらだ》たしげに帯電したような気もするが、誓護は立ち止まらなかった。

警察《けいさつ》に通報《つうほう》するかどうか——まずもって、それが問題だった。

歩道を駆《か》け抜《ぬ》けながら、誓護は考える。呼《よ》べるものなら呼んでおくべきか？

……いや、状況《じょうきょう》を理解《りかい》するのが先だ。何が起こったのか、まだ理解できていない。通報しようにも、何と言って説明すればいいのかわからない。

（それにしても、織笠さんは何で僕《ぼく》に……？）

これは本当に偶然《ぐうぜん》か？　本当に間違い電話なのか？

すぐ裏《うら》を考えてしまうのは自分の悪い癖《くせ》だ。だが、何か裏を考えたくなるほどに、美赤の電話は不可解だった。

今日はもう、都合三度も美赤と接近遭遇《せっきんそうぐう》している。

初めは、こちらがきっかけを作った。二度目は偶然、橋の上で会った。そして三度目——何の因果《いんが》か、誓護の携帯に助けを求める電話が入った。

単に、もっとも新しい登録番号にかけてしまっただけ、とも考えられるが……？

もし本当にただの偶然なら、これはもう立派《りっぱ》な『縁《えん》』だ。誓護は自分を冷徹《れいてつ》で利己《りこ》的な人間だと考えているが、このまま知らんぷりを決め込むのは後味が悪すぎる。

そして、もし誰かが意図したものなら。

（……どのみち、行くしかないってことか）

気持ちを切《か》り替える。今はとにかく、美赤の安全を確保《かくほ》しなければ。

幸い、美赤が先ほどまでどこにいたのかわかっている。近くまで行けば合流できる……はずだ。もしも見つからなければ、近所迷惑《めいわく》を覚悟《かくご》で名前を呼んでみるしかない。

五分ほど走って、問題の公園に到着《とうちゃく》した。

ここ〈みどり公園〉は車道に沿《そ》って細長く作られている。このあたりは高台の外れに位置し、道路の反対側はコンクリートで固められた崖《がけ》。その下は住宅街《じゅうたくがい》だ。

そんな立地のせいもあり、公園の中は暗かった。屋外灯が遊歩道を照らしているが、十分な照明とは言えない。夜の公園はただでさえ気味が悪い。葉の落ちた木々の枝《えだ》が、触手《しょくしゅ》のように四方に伸《の》び、誓護をからめとろうとしているかのようだ。

ぶるりと身震いする。誓護は覚悟を決め、再《ふたた》び駆け出した。

ペンギンをかたどった門をくぐり、公園の中へ。その瞬間《しゅんかん》、何かを蹴《け》った。

小さな物体がアスファルトの上をすべる。

屋外灯のあかりで照らして見ると、それは携帯電話だった。

きらきらと光る、パールホワイトのボディ。クラスの女の子たちがつけていそうな、キャラクターもののストラップ。これは……。

「織笠さんの……かな？」

確証《かくしょう》はないが、無関係の電話が落ちているのは不自然だ。

誓護は確かめもせずにポケットに突っ込み、注意深く周囲を見回した。

耳を澄《す》ます。車の音が邪魔《じゃま》して、よく聞こえない。とりあえず、見える範囲《はんい》の暗がりに、動くものの気配はない。美赤はどこに行った……?

ふと、足もとの地面に目が留《と》まった。

足跡《あしあと》!

ぬかるみに片足《かたあし》を突っ込んだらしい。アスファルトの小道に、点々と続く小さな足跡がある。

誓護の足より二回りほど小さい。たぶん、女性のものだ。

誓護はほとんど反射《はんしゃ》的に走り出した。足跡をたどり、公園の奥《おく》に向かう。

奥に行くほど緑が濃《こ》くなり、その分、視界《しかい》が悪くなる。それなのに、足跡は繁華街《はんかがい》とは逆《ぎゃく》の方に向かっている。こんな暗がりで襲《おそ》われたら、声は住宅地まで届かない。

ところどころ立っている屋外灯のあかりを頼りに、足跡を追って走ること数分。

やがて、あかりの下にへたり込んでいる影《かげ》を見つけた。

人間だ。たぶん少女。そのコートには見覚えがある。

——間違いない。美赤だ。

腰が抜けている。足でもひねったのか。

誓護は走りながら叫んだ。

「織笠さん！」

赤が震えながらこちらを向く。誓護の姿を認《みと》めても、美赤は表情《ひょうじょう》に目立った変化はない。美恐怖に引きつった顔のまま、そっと屋外灯の上を指差した。

走りながらそちらを見上げる。照明が強すぎて、その上の闇《やみ》が見えない矛盾《むじゅん》。ただ、かすかに異物《いぶつ》の存在《そんざい》を感じた。何かが……いや、誰かがそこに立っている？

決して大柄《おおがら》な方ではない。どうやら少年のようだ。

染《そ》めているのか、髪は銀髪《ぎんぱつ》。瞳《ひとみ》の色も普段見慣れない色だ。服装《ふくそう》は革《かわ》ジャケットにジーンズという、ごく普通の格好。ただし、左手に携《たずさ》えているものが普通ではなかった。

漆黒《しっこく》に輝《かがや》く、長い棒《ぼう》きれ。

刀だ！　刀を持っている！

それが模造刀《もぞうとう》じゃないとすれば——模造刀を持ち歩く理由がない——真剣《しんけん》？

あっけに取られたその刹那《せつな》、足もとのアスファルトを割って、黒い蒸気《じょうき》が噴出《ふんしゅつ》した。

蒸気は霧《きり》となり、あたりを覆《おお》い尽《つ》くそうとする。いや、単なる霧じゃない。どろりとした、それでいて硬《かた》い手触《てざわ》りの、不気味な流体……。

あっと思う間もなく、霧の障壁《しょうへき》に囲まれてしまう。

（これは……）

覚えのある感覚。誓護はこれが何かを知っていた。

「チッ、余計《よけい》な奴《やつ》まで巻き込んじまった」

屋外灯の上で、少年が舌打《したう》ちする。

「まあいいさ。記憶《きおく》は消してやるから心配すんな」

鯉口《こいぐち》を切りながら、にやりと笑った横顔は、その刀と同じように鋭《するど》く、凄《すご》みがあった。白っぽい妖気《ようき》が少年の周囲に漂い、この世の存在《そんざい》じゃないことを強調する。

「ぐ……っ……」

喉《のど》の奥で空気の塊《かたまり》がつかえる。

誓護にはもう、少年の正体がわかっている。

そう。大罪《たいざい》を犯《おか》した者が人界の法で裁《さば》かれないとき、彼らはこうして現れる。

誓護は嫌《いや》な予感におののきつつ、異界からの来訪者《らいほうしゃ》、その名をつぶやいた。

「グリモアリス……」

# Episode 02

## Chapter 2 【望まぬ再会《さいかい》】

少女が語った『この世のしくみ』は驚《おどろ》くべきものだった。

私は思わずたずねていた。それは本当のことなのかと。

「ふふふ……愚《おろ》かなことを訊《き》くのね」

いたずらな笑み。私が焦《じ》れていることを知っている。

「本当かどうか——それは私という存在が証明しているのではないかしら？　これは目にしているものを信じるかどうかという問い……」

信じるかどうか？

いや、違う。

それはきっと——信じたいか、どうか。

「あら、賭《か》けてみる価値《かち》はある……？」

私の心を見透《みす》かして、少女は微笑《ほほえ》んだ。気味が悪いほど、優《やさ》しげに。

「ふふ、素敵《すてき》だわ。そんなにも憎《にく》しみに支配《しはい》されているなんて……。あなたになら、私は教えてあげられる。あなたが望む、罰《ばっ》の下し方を」

すうっと、少女は目を細めた。

慈《いつく》しむように。

獲物《えもの》の前で、舌なめずりをするように。

# Episode 12

突き抜けるような青空の下、庭園には色とりどりのスイートピーが咲《さ》き乱《みだ》れていた。

緑あふれる豊《ゆた》かな庭だ。ゆるやかに傾斜《けいしゃ》した土地にいくつもの花壇《かだん》がつくられている。花壇はほとんど手入れされず、野原の無秩序《むちつじょ》な美しさがあった。

その庭園の中央、一段《だん》高くなった場所で、何かがふわふわと揺《ゆ》れていた。

花びらそっくりの白いフリル。エプロンドレスだ。

「そんなっ、おそれおおい……。絶対《ぜったい》にできません！　断《だん》じていやですーっ」

エプロンドレスの少女が叫《さけ》ぶ。その向こう、花に埋《うず》もれた誰《だれ》かに言っている。

「グダグダ言わないで。簡単《かんたん》なことじゃない」

花の下から涼《すず》やかな声が返ってきた。少女はぎょっとして、

「簡単だなんて！　守護《しゅご》さまを何だと思ってらっしゃるんですかっ？」

「いいから、言う通りになさい。……焼くわよ？」

「ひーっ」

泣き声じみた悲鳴があがる。そのとき、庭園の入口に人影が立った。

人影は五つ。帯剣《たいけん》したグリモアリスが四人、そして彼らに守られた高級官吏《かんり》が一人。高官の肩には青いビロードの長衣《トーガ》がかけられている。――執政官《しっせいかん》の装束《しょうぞく》だ。

執政官は供《とも》の者をその場に残し、たった一人で歩いてきた。顔立ちはあどけなく、幼《おさな》い少女のように見えるが、表情《ひょうじょう》には役職《やくしょく》に相応《ふさわ》しい落ち着きがあった。

目を閉《と》じ、決して開こうとしない。その代わり、眉間《みけん》に黄金色の宝石《ほうせき》が埋《う》め込《こ》まれていて、どうやらそれが彼女に視覚《しかく》を提供《ていきょう》しているらしい。足取りは確かで、段差につまずくことも、石ころを蹴飛《けと》ばすこともなかった。

エプロンドレスの少女が気付き、あわてた様子でこうべを垂《た》れた。

「まあ、ドラセナさま！　ごきげんよう」

「ごきげんよう、リコリス」

眉間の宝石が光り、表面に少女――リコリスの姿《すがた》を映《うつ》す。リコリスは恥《は》ずかしそうにスカートのすそを引っ張り、ふとももを隠《かく》した。

ドラセナと呼ばれた少女は、まじまじとリコリスの全身を眺《なが》め、首をひねった。

容姿《ようし》に不釣合《ふつりあ》いなほど重々しい声で言う。

「ふむ。人界の装束じゃな」

「人間の、使用人の服だそうです……。お嬢《じょう》さまが『これを着ろ』と、きつく……」

「また姫君《ひめぎみ》の気まぐれか……」

苦笑《くしょう》する。同情混《ま》じりの苦笑い。

「我《われ》はそのアコニットを探《さが》しておる」

「お嬢さまなら、ここにはいらっしゃいません。離宮《りきゅう》の方かと」

ドラセナは嘆息《たんそく》した。

「嘘《うそ》が下手《へた》じゃの、リコリス」

「う、嘘なんてっ！　守護さまにそんなっ、おそれおおい……っ」

「リコリスよ。我が〝天眼《てんげん》〟を前に言い逃《のが》れをするか？」

じっと、宝玉《ほうぎょく》の眼がリコリスを見つめる。リコリスは縮《ちぢ》み上がった。

「お、恐《おそ》れ入りました……。ううっ、お嬢さまのご命令で……」

「そんなことじゃろうと思ったわ。感心せぬぞ、アコニット」

ドラセナは少女の向こう、花畑に向かって声を張り上げた。

「従者《じゅうしゃ》を困《こま》らせるな。不正を命じるな。虐《いじ》めるな」

ややあって、花の下から不満げな返答があった。

「……わかってるわよ。うるさいわね」

リコリスの後方、咲き乱れるスイートピーの下から、銀と紅《くれない》のまだら髪がのぞく。花に埋もれて横になっていたのは、この庭園の主、アコニットだった。不機嫌《ふきげん》そうな顔の上に手をかざし、鬱陶《うっとう》しげに日光をさえぎっている。

ドラセナはスロープを上がり、花畑に入って、アコニットを見下ろした。

「ふさいでおるようじゃの、花鳥頭《はなうず》の君」

「別に……」

「そなたを探しておった」

「また仕事？　いやぁよ。ここのところ、ずっとじゃない」

「さて……仕事であって、仕事でないとすれば、どうじゃ？」

「謎《なぞ》かけは嫌《きら》いよ」

「なに、そなたが聞きたがるじゃろう話を小耳に挟《はさ》んでの。多忙極《たぼうきわ》まる我自《みずか》ら、わざわざ足を運んでやったのじゃが……興味《きょうみ》がないと言うのなら、このまま帰るとしよう」

アコニットは少し考えて、「……何の話？」と訊《き》いた。

ドラセナは意地悪な笑みを浮《う》かべ、

「その前に小言を思い出したわ。そなた、閲覧禁止《えつらんきんし》のライブラリを参照したな？」

「ふん、地獄耳《じごくみみ》」

「地獄眼じゃよ。不熱心なそなたには珍しきこと。どういう風の吹《ふ》き回しじゃ」

「……別に。ふっと、そんな気になっただけ」

「我に隠《かく》し事は無用じゃ。現《うつ》し世で何かあったのじゃろう」

アコニットは答えない。ドラセナはため息をつき、

「そなたがライブラリの検索《けんさく》に使った〈鍵《かぎ》〉……この前のあれじゃな」

「――――」

「我が前回そなたに託《たく》した、『不自然に劣化《れっか》した』残滓条痕《フラグメント》じゃ。察するに、そなた、同じく不自然な残滓条痕《フラグメント》を探しておるようじゃの」

アコニットは憮然《ぶぜん》として天をにらみ、あきらめたようにつぶやいた。

「……人界で鈴蘭《すずらん》に会ったわ」

ほう、という顔をする。ドラセナは意外そうに言った。

「高貴《こうき》一六花、マヤリスのご令嬢か。幼《おさな》き頃《ころ》よりの、そなたの友――」

「誰《だれ》が友達よ。あんな、わからず屋の、ごうじょっぱりの、おばかな子」

「して、鈴蘭嬢《じょう》がどうした。そなたといさかいでも起こしたか」

「……ええ、起こしたわ。だってあの子ったら、フラグメント毀損《きそん》の手引きをしていたのよ。おばかな人間を言いなりにして、フラグメントを劣化させてたの」

「何と……。では、前回のあれは――」

絶句《ぜっく》する。ドラセナはあんぐりと大口を開けた。

「それは初耳じゃぞ。なぜ黙《だま》っていた！」

かたわらのリコリスも驚《おどろ》いて目を丸くしている。

「いっかな麗王六花《れいおうりっか》の出とは言え、教誨師《グリモアリス》には守るべき分がある。報告《ほうこく》はその最たる義務《ぎむ》じゃ。そのようなことでは、いつまで経《た》ってもアネモネの家督《かとく》を相続できぬ！」

厳《きび》しく言われ、アコニットは唇《くちびる》をとがらせた。

「そんなお説教、聞きたくないわ」

「愚か者。聞きたい説教などあるものか！」

「もういいでしょう。そっちの話って何なの」

ドラセナはまだ言い足りない様子だったが、しぶしぶ矛《ほこ》を収《おさ》めた。

「……近々、ブッドレアの当主殿《どの》がこの星樹《ポータル》にお越《こ》し召《め》す」

「ストリクノスが？　なぜ？」

アコニットははっとして身を起こした。その拍子《ひょうし》に花びらが散る。

「私が目的？　だって、来月には王族園遊会よ。こんな時期に――？」

「麗王六花は冥界《めいかい》の神秘《しんぴ》――彼らの思惑《おもわく》なぞ我にはわからぬ。そなたの方がよほど詳《くわ》しかろう。そうでなくてはならぬぞ、アコニット」

「……ふん、またお説教」

「噂《うわさ》では」声をひそめる。「殿下のご来臨《らいりん》は、アネモネ種の処分《しょぶん》が目的と聞く」

「――――!」

リコリスが両手で口を覆《おお》う。アコニットにも緊張《きんちょう》が走った。

「ふん……アネモネの家督を横取りしようってわけ?」

皮肉げに笑う。

「ま、そうでもなきゃ、わざわざ本人が現れる理由がないわ」

「あくまでも噂じゃ。正式な使者があったわけではないのでな」

「最高評議会の議長がくるってのに、用向きも何も言ってこないの?」

「うむ。当然、星樹《ポータル》を預《あず》かる我としても面白《おもしろ》くはない……」

にやり、と意味ありげに笑ってみせる。

「どうじゃ、ここは一つ、ともに悪巧《わるだく》みをしてみぬか?」

「……何を考えているの?」

「また一つ、おかしな残滓条痕《フラグメント》を見つけたのじゃよ。不自然に劣化した……な」

「――――!」

「ふふ、そなたが聞きたい話じゃろう?」

「焦《じ》らさないで。それが何なの?」

「そなた自ら人界に赴《おもむ》き、その残滓条痕《フラグメント》をあらためるがよい」

「私が……?」

「教誨師《グリモアリス》としての正式な任務《にんむ》じゃ。結果的に、ブッドレアの若君《わかぎみ》には待ちぼうけを食らわせてしまうやも知れぬがな」

使者がないことを逆手《さかて》に取って、わざとすれ違《ちが》おうという魂胆《こんたん》だ。

「その間に手柄《てがら》を立てよ。さすれば、園丁会議《えんていかいぎ》の査問《さもん》も甘《あま》くなる。錆《さ》びたりとは言え、アネモネは麗王六花の筆頭——そうそう簡単に手出しはできぬ」

「手柄、って言っても……」

フラグメントの『不自然な劣化』原因《げんいん》を究明する。その上で、他に先駆けて犯人の身柄を押《お》さえれば、確かに手柄と言えるだろう。しかし……それだけのことで？

ドラセナは愉快《ゆかい》そうに笑った。

「風が向いてきたようじゃの。鈴蘭嬢のマヤリス種は央都《おうと》の指揮下《しきか》——ストリクノス殿下《でんか》のお膝元《ひざもと》じゃ。そなたの言う通り、鈴蘭嬢が残滓条痕毀損《フラグメント》の元凶《げんきょう》ならば、いずれ厳《きび》しく処断《しょだん》されるじゃろう。先に首根っこを押さえれば、議長殿に貸《か》しができる」

なるほど、部下が罪《つみ》を犯《おか》したとあっては、冥府《めいふ》の指導者《しどうしゃ》としては手痛《ていた》い失点だ。そうなれば、名家アネモネの失態を突ついている余裕《よゆう》はなくなる……。

「……そう上手《うま》くいくかしら？　鈴蘭のやっていることは、厳密《げんみつ》には罪じゃない。人間との取り引きは禁《きん》じられてはいないもの。廷吏《ていり》に裁《さば》くことはできないわ」

「茨《いばら》の園には〝見なし罪業《ざいごう》〟の規定《きてい》がある。コトは人界と冥界、二界の秩序《ちつじょ》に関《かか》わる問題じゃしな。しっかり根回ししておけば、触法行為《しょくほうこうい》と裁定《さいてい》されよう」

アコニットは難《むずか》しい顔で考え込み、やがて首を横に振《ふ》った。

「……気乗りしないわ」

「鈴蘭嬢を利用するのが、か？」

「そんなんじゃないわよ。ただ……」

「どのみち、そなたにとっては乗りかかった船じゃろう。人界への渡航許可《アクセスライッ》は出しておく。転送先は第14239区域《くいき》じゃ」

「14239？」

「左様」にやり、と意味深な笑み。「行く気になったかの」

「……ふん。誰が、そんなことで」

そう言いながらも、アコニットの声は弾《はず》んでいる。

ドラセナはその様子に満足したらしい。一度大きくうなずくと、長衣《トーガ》のすそをひるがえし、アコニットに背《せ》を向けた。

庭園から立ち去ろうとして、一言。

「心せよ、花鳥頭《はなうず》の君。アネモネの眷属《けんぞく》、五万六千種に関《かか》わる大事じゃぞ」

「……言われなくたって」

「そなたが負うたる荷は、それほどに重いのじゃ」

リコリスが低頭して見送る。ドラセナは供《とも》の者たちと合流し、庭園を出て行った。

「……わかってるわよ、ドラセナ」

遠ざかる長衣《トーガ》をにらみつつ、アコニットは独《ひと》りごちた。

「アイツの大罪《つみ》は……この私が拭《ぬぐ》い去らなきゃならないのよ」

眉根《まゆね》を寄せ、唇《くちびる》を噛《か》む。きつく握《にぎ》りしめたこぶしから、すっと血の気が引いた。そんな主の様子を見て、リコリスもまた、切なそうに目を伏《ふ》せた。

Episode 24

ドラセナとのやりとりを思い出し、アコニットは渋面《じゅうめん》になった。

現在時刻《げんざいじこく》は午後一〇時。一族の命運を背負《せお》って人界へとやってきたはずなのに、かれこれ一時間以上、こんなウサギ小屋で足止めされている。

「……私のお菓子《かし》はどうなったのよ、あのおばか下僕《げぼく》」

むすっとふてくされる。アコニットは足をぶらぶらさせ、かかとでソファを蹴《け》った。

（まったく、どういうつもりかしら……）

自分は女の子と一緒《いっしょ》にいて、このアコニットには子守を押《お》しつけるなんて。

（——違《ちが》うわよ、アコニット。そういうことじゃないわ）

自分の思考を自分で否定《ひてい》し、ぶんぶんとかぶりを振る。

あんな飛び出し方をされたら、誓護《せいご》が戻《もど》るまで身動きが取れなくなる。この家に危険《きけん》があるとも思えないが、いのりを放置して行くのも気が引けるし、何より誓護の無事な顔を見るまでは、気になって任務《にんむ》に集中できない。

(少しは考えなさいよ、おばかな誓護……)

アコニットには現代日本の基本《きほん》的な知識《ちしき》が備《そな》わっている——不勉強なのでいささか怪《あや》しいところもあるが。それでも、ストーカーという言葉が何を意味するのかは理解《りかい》しているつもりだ。

もちろん、その危険性についても。

誓護は武器《ぶき》も持たずに出て行った。心配するなと言うのが無理な話だ。

「……ばかみたい」

人間ごときの身を案じて、イライラしたり、やきもきしたり、じりじりしたりさせられる。そんなのは愚《おろ》かなことだ。グリモアリスのすることじゃない。

もういい。人間などにかかずらってないで、自分の任務を遂行《すいこう》しよう。

「あんな頼りない、甲斐性《かいしょう》のない、軟弱《なんじゃく》で惰弱《だじゃく》な人間を少しでも頼《たの》みに思った私がおばかだったわ。本当におばかよ、アコニット。アネモネの誇《ほこ》りはどうしたの」

ブツブツとつぶやきながら、ソファを蹴って立ち上がる。

そのとき、ふと、パキラの後ろで小さくなっている少女と目が合った。

「……何よ」

じっとこちらを見ている。無表情《むひょうじょう》ぎみの顔は曇《くも》り、瞳は不安に翳《かげ》っていた。

いのりだ。

パキラに寄《よ》りかかるように隠《かく》れている。どうやら、心細さを感じているらしい。

それはそうだろう。ただ一人の兄が血相を変えて飛び出して行った。しかも、それは危険に飛び込《こ》む行為《こうい》なのだ。ただ一人残されて、不安に思わないはずがない。

幼《おさな》い少女に見つめられ、アコニットは決心がぐらつくのを感じた。

「別に、誓護のところに行くわけじゃないのよ」

「…………」じ。

「私には私の仕事があるんだから。愚かな人間になんか、かまってられないの」

「…………」じ。

「そんな目で見たって、どうしようもないじゃない。私は教誨師《グリモアリス》なのよ。人間を護衛《ごえい》したり、子守したりが役目じゃないわ」

「…………」じ。

「何なのよ、もう……。知らないったら、知らないわよ」

アコニットは『フン！』とばかりにそっぽを向いた。

重苦しい間があく。二人とも人形のように動かない。

やがて、根負けしたのはアコニットの方だった。横目でいのりを見て、

「一緒に……くる？」

いのりは、こくり、とうなずいた。

「外は寒いわよ？」

「……」こく。

「夜更《よふ》かしすることになるわよ。いいの？」

「……」こく。

「なら、さっさと身支度《みじたく》なさい」

「……」こく。

いのりはリビングを飛び出して行き、案外手早く準備《じゅんび》を済《す》ませ、すぐに戻《もど》ってきた。モコモコのダッフルコートにニットの帽子《ぼうし》、大きなミトン、カシミヤのマフラーで完全武装《ぶそう》。見るからに暖かそうだ。

アコニットはため息をついた。

やれやれ、面倒《めんどう》なことになった。この娘《こ》を連れていては、自分の任務など果たせそうにない。さっさと誓護を見つけ出し、いのりの身柄《みがら》を押しつけよう。

結論《けつろん》。『仕方がないので』まずは誓護を探し出す。

アコニットはその理屈《りくつ》に満足し、自分のコートを実体化させた。

# Episode 20

突如《とつじょ》現《あらわ》れた少年を、誓護は息を詰《つ》めて観察した。

最初に考えたのは妹のことだ。まさかコイツ——いのりを狙《ねら》って現れたのか？

いや……、と心の中で否定《ひてい》する。

いのりに関《かか》わる〈秘密《ひみつ》〉はあの世でも事件化《じけんか》されていない。そう、アコニットが言っていた。

だとしたら、この教誨師《きょうかいし》は別件で現れたのだ。

「頼むから大人しくしててくれよな。人間を刻《きざ》む趣味《しゅみ》はねーんだ」

少年が無気力な調子で言う。やる気のない声とは裏腹《うらはら》に、眼光《がんこう》が異様《いよう》に鋭《するど》い。冷気にも似《に》た妖気《ようき》。全身から発散される気配にも、まるで殺気のような険がある。

「まあ聞けよ。此《こ》れなるは教誨の使徒《しと》、グリモアリス。茨《いばら》の園の園丁《えんてい》さ。っつても、難《むずか》しく考えることはねー。要はてめーら罪人《ざいにん》にシルシをつけにきただけだ」

少年は屋外灯を蹴《け》り、とん、と音を立てて遊歩道に着地した。

その視線《しせん》は美赤《みあか》に向けられている。やはり、狙いは、美赤……。

美赤は周囲を取り巻《ま》く霧《きり》の障壁《しょうへき》に目を奪《うば》われている。肩《かた》を揺《ゆ》さぶってみるが、呆然《ぼうぜん》とするばかりで反応《はんのう》がない。完全に放心状態《じょうたい》だ。

誓護の存在など歯牙《しが》にもかけず、少年はまっすぐこちらに歩いてきた。

左手で刀を起こし、右手を添《そ》える。今にも抜き放つ構《かま》えだ。空気があぶられるような熱気。ぼんやりと白っぽい妖気が柄《つか》にまとわりつき、炎《ほのお》を上げて燃《も》え始める。

何をするつもりなのか、もはやたずねるまでもない。

見るからに問答無用。そんな物騒《ぶっそう》な構えで、美赤を斬殺《ざんさつ》する気がないのなら──当然、罪人の烙印《らくいん》を押《お》すつもりに違いない。

(……いや待て。烙印を、だって?)

それはなぜだ? 美赤に何の罪《つみ》がある?

(まさか……)

誓護の頭の中で何かがつながる。

そう。この教誨師は、あの事件の犯人を追っているのだ!

待ってくれ、と言いたかった。そんなはずはない。この子と話をさせてくれ。

だが、そんな願いを聞き入れてくれるほど、教誨師はお人好《よ》しじゃないだろう。

(どうする……?)

誓護は迷《まよ》った。このまま黙《だま》って美赤を差し出すか。

──いや、それはない。

状況《じょうきょう》はさっぱりわからないが、逆《ぎゃく》に言えばわからないからこそ、武装した相手を前にして、女の子を放《ほう》り出すような真似《まね》はしない。それもまた誓護のルールだ。

何より、いのりがそれを望まない。

夕刻《ゆうこく》、陸橋に立ち続ける美赤を見て、いのりは誓護に『助けてあげて』と訴《うった》えた。いのりの願いは誓護の願いだ。だから、誓護は美赤を守る。

……いや、無理だ。そもそも、何をネタに交渉しようって言うんだ。

なら、交渉《こうしょう》するか？　詳《くわ》しい事情が知りたいので、とりあえず美赤と話をさせろと。

誓護の脳《のう》が加速度をつけて計算を始める。

周囲は黒い霧の壁《かべ》、セグメントの障壁で囲まれている。逃《に》げ道はどこにもなく、目の前には武装した教誨師が迫《せま》っている。おまけに彼の〈異能《いのう》〉がどんなものかはわからない。この絶望《ぜつぼう》的な状況を、どうすれば打開できる……？

ただ一つ、誓護に有利な点があるとすれば。

こちらは教誨師のことを知っていて、向こうはそのことを知らない。その一点だ。

やがて、一つのアイディアが浮《う》かぶ。

もっともシンプルな結論だった。決して名案とは言えないし、もし相手の〈異能〉が『思考を読む』たぐいの力だったら、即《そく》アウト。危険《きけん》な賭《か》け。しかし、ほかに選択肢《せんたくし》がない。

正面突破《とっぱ》。セグメントの障壁を粉砕《ふんさい》し、美赤とともに離脱《りだつ》する。

誓護はあらためて少年を観察した。

霧の障壁を生み出したアイテムは、おそらく、あの刀だ。

アコニットの扇《おうぎ》といい、鈴蘭の本といい、障壁を生み出す道具は、はっきりそれとわかるほどに目立っていた。この少年の持ち物は刀だけ。まさかジャケットじゃないだろう。

だが、仮《かり》に誓護の読み通り、刀が問題のアイテムだったとして。

この少年に実体がなければ空振《からぶ》りだ。一度失敗したが最後、つけ入る隙《すき》もなくなる。

果たして、今の彼に実体はあるのか、ないのか。

確証《かくしょう》が欲《ほ》しい。何か、はっきりとした根拠《こんきょ》が……。

――いや。

見落としている。桃原《ももはら》誓護、お前は何かを見落としているぞ。

相手には実体がある。そう断言できる要素を、お前は見落としている！

誓護は美赤の耳元に唇《くちびる》を寄せ、ささやいた。

「織笠《おりかさ》さん。走れる？」

「え……？」はっと我《われ》に返る。「あ……うん」

「合図したら、全速力で逃げて」

美赤はまだ事情をのみ込めていない様子だったが、それでもうなずいた。

少年がゆっくりとこちらに近付いてくる。

じゃり、と少年の足もとで砂《すな》が鳴いた――その瞬間、誓護は動いた。

確信を持って鞘《さや》にしがみつく。確固たる手ごたえ。やはり実体がある！

当然だ。物音を立てる幻影《げんえい》があってたまるか。

誓護はもぎ取った勢《いきお》いそのままに、刀を抱《だ》きしめるようにして跳躍《ちょうやく》した。

霧の障壁に突っ込《こ》む。がつん、と硬《かた》い感触《かんしょく》。刀の柄が障壁に接触《せっしょく》した刹那《せつな》、狙い通りにヒビが入り、障壁はガラスのように砕《くだ》け散った。

「織笠さん！」

と合図の一声。美赤は金縛《かなしば》りを解《と》かれ、全速力で逃げ出した。

「なに――!?」

少年の瞳が驚愕《きょうがく》に見開かれる。人間の思わぬ反撃《はんげき》に遭《あ》い、狼狽《ろうばい》している。

誓護はたたみかけるように刀を振った。ついでに胸中《きょうちゅう》で、

（壁よ、出ろ！）

と、障壁が少年を閉《と》じ込めるように念じてみる。……が、残念ながら刀はまったく無反応。

文字通り、うんともすんとも言わなかった。

「くそっ、やっぱダメか……」

その気になれば人間にも扱《あつか》えると聞いていたが、肝心《かんじん》の使い方がわからなければどうしようもない。誓護は即座《そくざ》に使用をあきらめ、刀を鉄柵《てっさく》の向こうに放《ほう》り投げた。

その下は、住宅街《じゅうたくがい》だ。

「糞野郎《くそやろう》！　何しやがる！」

口汚《くちぎたな》く罵《ののし》る声。だが、もう遅い。刀は鉄柵を越《こ》え、住宅街へと落ちていった。

刀か、美赤か。どちらを追うか迷い、少年は棒立《ぼうだ》ちになった。

その隙を逃《のが》す誓護ではない。誓護はモタついている美赤の手をつかみ、引き寄せて、脱兎《だっと》の如《ごと》く逃げ出した。

走りながら背後《はいご》を見ると、少年が柵を飛び越えるところだった。

敵《てき》は刀を優先《ゆうせん》したらしい。これは逃げきれる……。

「急いで、織笠さん！　とにかくここを離れよう！」

ななめ横断で道路を渡《わた》り、歩道を疾走《しっそう》。安全な逃げ場所を求めて走り続ける。

やがて、二人は最寄《もよ》りの地下鉄駅に逃げ込んだ。ここには不特定多数の人間がいるし、列車の中なら美赤と内緒《ないしょ》話もできる。まさにうってつけの隠《かく》れ場所だ。

自動改札を抜け、タイミングよく走り込んできた列車に飛び乗った。

座席《ざせき》に腰《こし》を下ろし、奇異《きい》の視線を浴びながら、二人して呼吸《こきゅう》を整える。

ほっと安堵《あんど》したい気持ちと、本当に逃げきったのか疑《うたが》う気持ちと、二つの感情が誓護の胸を交互に揺さぶった。しゃっくりが止まった直後の、あの感覚に近い。美赤も同じ気分らしく、しばらくは口もきかず、まばらな乗客を注意深く眺《なが》めていた。

ふと、出し抜けに誓護の携帯電話が鳴《な》った。――メールの着信だ。

この時間なら悪友《あくゆう》の誰かだろう。あわてて電話の電源を切る。周囲《しゅうい》の視線が背中《せなか》に痛い。

ようやくしゃべれるようになると、美赤は途切《とぎ》れ途切れにつぶやいた。

「桃原くん……今の、何……？　一体……あれは……？」

「僕《ぼく》の話を聞いてくれ。頭がおかしくなったんじゃないかって、思うかも知れないけど」

誓護はゆっくりと、言葉を選びながら言った。

「あれは、グリモアリス。教誨師《きょうかいし》って呼《よ》ばれてる」

「きょうかい……？」

「言うなれば『地獄《じごく》の使《つか》い』かな。あの世からやってきて、犯罪者《はんざいしゃ》を裁《さば》くんだ。さっきのヤツも、何かそんなようなことを言ってたよね？」

「……それ、本当の話？　桃原くんの創作《そうさく》……じゃなくて？」

「そんなふうに確《たし》かめるってことは、少しは信じてくれてるんだろ？」

てんから信じていなければ、鼻で笑って終わりのはずだ。

「僕だって最初は信じなかったよ。でも、去年の暮《く》れ、連中にからまれちゃってさ」

緊迫《きんぱく》した雰囲気《ふんいき》をやわらげようと、敢《あ》えておどけた言い方をする。ただし、あまり効果《こうか》はなかったようだ。美赤はひどく青ざめた顔で、続く言葉を待っていた。

「連中は未解決《みかいけつ》事件の犯人に罪人の烙印《らくいん》を押《お》す。それは地獄行きのパスポートなんだ。この世で罰《ばつ》を受けなかった者は、あの世で罰を受けることになっている」

「え……だって……。でも……どうして……？」

かすれ声でつぶやく。

「どうして……そんな人が……私のところに？」

「……あくまで、僕《ぼく》の推測《すいそく》だけど」

言いにくいことだが、言わねばならない。

「君を疑ってるから」

「――――」

「君が、殺人を犯《おか》したんだと」

一瞬《いっしゅん》、理解《りかい》できなかったらしい。美赤はきょとん、として、小首を傾《かし》げた。

「さっきのヤツ、僕を見て言ったろ。『無関係のヤツまで巻《ま》き込んじまった』って。つまり、君は無関係じゃない。アイツは最初から君を狙《ねら》って現《あらわ》れたんだ」

「だって……そんな……」

美赤は困惑《こんわく》の表情《ひょうじょう》を浮かべた。

「私が、一体、誰《だれ》を……？」

誓護は答えられず、伏《ふ》し目がちに美赤の瞳《ひとみ》を見返した。

やがて、美赤は自分でその結論に到達《とうたつ》した。

「……紗彩《さあや》、を？」

うなずくしかなかった。美赤の周辺、つまりこの界隈《かいわい》で起きた未解決事件と言えば、それくらいしか思いつかない。

その刹那《せつな》、美赤はひどく傷つけられた顔をした。

怒《おこ》るのでも、うろたえるのでもなく。

その表情の変化を見て、誓護は軽い驚《おどろ》きを覚えた。

「私、そんなこと、しない！」

列車の中だというのに、美赤は大きな声で否定《ひてい》した。彼女にそんな声が出せたのかと思うほど、凛《りん》と鋭《するど》い声だった。

美赤は悔《くや》しさに唇《くちびる》を震《ふる》わせながら、

「紗彩を殺したり、しない……っ」

「――――」

もう、誓護はほとんど確信している。

美赤は無実《シロ》だ。

まだ先ほどの動揺《どうよう》は残っていた。その上、突拍子《とっぴょうし》もない話を聞かされた直後。落ち着く間もなく、演技《えんぎ》する余裕《よゆう》などなかった。表情に作為《さくい》が入り込む余地はないはずだ。

美赤は無実。しかし――だとしたら、なぜ教誨師が現れたのか。

冥府《めいふ》の裁判《さいばん》なんて想像《そうぞう》もつかないが、捜査《そうさ》や立証に揺らぎがあっていいはずがない。現世のように冤罪《えんざい》が生じてしまったら、未来永劫《えいごう》、罪もない人間が地獄で責《せ》めを受けなければならなくなる。当然、グリモアリスの判断《はんだん》に間違《まちが》いはないはず……。

わからない。

どちらが真実なのか。

「……私……そんなこと……しない」

じんわりと涙《なみだ》ぐむ。美赤は目を伏せ、うつむいてしまった。

小刻みに震える肩。その細い肩に、誓護はそっと手をのせた。

「うん、僕もそう思うよ」

「――――」

美赤の心をほぐそうと、なるべく優《やさ》しく笑いかける。

「僕、これでも人を見る目にはちょっと自信があるんだ。根拠《こんきょ》のない直感だけどね。君はそんなことしない。僕は君を信じる」

そうだ。今は彼女を信じよう。

判断に迷ったときは自分の感覚を信じろ。権謀術数渦巻《けんぼうじゅつすううずま》く桃原の家に育ち、幼《おさな》い頃《ころ》から虚々《きょきょ》実々《じつじつ》の駆け引きを肌で体感してきた誓護の、それが処世訓《しょせいくん》だ。

自分の感覚を信じる以上、それ以外のものを疑わなければならない。それがたとえ、人智《じんち》を超《こ》えた大きな力――この世とあの世の根本的なシステムだったとしても。

誓護の力強い言葉を聞いて、美赤はほっとしたらしい。こわ張《ば》っていた表情をゆるめ、やっとのことで、「……ありがとう」とつぶやいた。

ところが、まったり和《なご》んでいる暇《ひま》はなかったのだ。

列車が次の駅にすべり込んだ、その直後。

何の気なしに対面のガラスに目をやり、誓護はぎょっとして目をむいた。

右から左へ流れていくまばらな人の顔、その中に――

「――――!?」

ごく短い時間だったが、誓護の視覚《しかく》はその姿《すがた》をとらえていた。

翠《みどり》がかった銀色の髪《かみ》。鋭《するど》い目つき。苦りきった表情。怒《いか》りに青ざめ、ひくひくと頬《ほお》を引きつらせている、あの少年は……先ほどの教誨師だ！

誓護はとっさに立ち上がった。何ができるわけでもないのに、じっとしていられない。

「え、桃原くん……？」

「アイツだ！　追ってきた！」

誓護は後ろの車両を示《しめ》す。美赤の表情もこわ張った。

列車が停止し、ドアが開く。

少年は悠々《ゆうゆう》と乗り込んでくる。誓護はあせった。今すぐ逃《に》げなければ。いや、それとも動かない方が安全なのか。人目のある列車の中なら……いや、駄目《だめ》だ。人目をさけるつもりがあるのなら、彼はどうしてこちらに近付いてくる？

逃げよう。誓護がそう判断をくだし、美赤の手を引いて駆け出そうとしたとき。

少年が刀を引き抜き、すぐさま鞘《さや》に戻した。

ちん、と涼《すず》やかに鍔《つば》が鳴る。澄《す》んだ音色が車内に玲瓏《れいろう》と響《ひび》き渡った。

刹那、誓護の体が傾《かたむ》いた。

——何だ？

（抜いた……のか？）

理解する間もなく、その場に倒《たお》れ込んでしまう。

誓護だけでなく、ほとんどの乗客がそんな有様だった。悲鳴をあげることもできず、ある者は床《ゆか》に突っ伏し、ある者は窓《まど》に張りつき、身動きが取れなくなっている。

かろうじて無事だった者も腰《こし》を抜かし、床を這《は》うようにして逃げて行った。

「く……っ」

動けない。指先一つ、動かせない。

異能《いのう》だ。グリモアリスが先天的に持つという、異能の力。アコニットの稲妻《いなずま》がそうであるように、この少年もまた、人智を超えた力を行使できるのだ。

美赤もまた誓護と同じように、床に這いつくばっている。まるで毒ガスか何かにやられたかのような光景。その中を、ただ一人、教誨師の少年だけが悠然と歩いてくる。

「ったく、余計な手間を取らせやがって……。刻むぞ」

少年の悪態《あくたい》と靴音《くつおと》が耳元に迫《せま》る。

やがてドアが閉まり、列車はゆっくりと走り出した。

## Episode 25

アコニットはいのりを連れ、誓護の部屋を後にした。廊下《ろうか》をわたっていのりがきちんと戸締《とじ》まりするのをイライラしながら見届《みとど》ける。それから、エレベーターに乗り込《こ》み、一階へと下りた。エントランスを突っ切り、自動ドアをくぐって、冷たく凍《い》てつく夜の市街へと踏《ふ》み出す。

外は雪が舞《ま》い始めていた。

まだ積もる気配はない。アスファルトに落ちるや否《いな》や、溶《と》けて消えてしまう程度《ていど》だ。それにしても冷え込みが厳《きび》しい。アコニットはコートのファーに首を埋《うず》め、白い息を吐《は》いた。実体を維持《いじ》しているので、人間同様、この冷気はやはりこたえる。

道路と、街灯と、立ち並《なら》ぶマンションを見比《みくら》べて、考える。

誓護はどちらに行ったのか。

わからない。

いっそ、ここで過去《かこ》の残滓《フラグメント》を再生《さいせい》してみようか？

誓護が飛び出して行ってから、まだ一時間くらいしか経《た》っていない。理論《りろん》上は、駆け出して行く彼の姿をたぐり寄《よ》せることができるはずだ。しかし——

（……まったく、情《なさ》けないにもほどがあるわよ、アコニット）

フラグメントに触《ふ》れようかと考えただけで、早くも鼓動《こどう》が速まっている。全身が重く、空気が粘《ねば》るように感じられた。誓護の言った通り、相変わらずなのだ。相変わらず、フラグメントへの絶対《ぜったい》的な恐怖心《きょうふしん》は消えていない。

深呼吸《しんこきゅう》して気持ちを落ち着け、ゆっくりと思い返してみる。先ほど、誰《だれ》かからの電話を受けたとき、誓護は何と言っていただろう？

誓護の横顔が脳裏《のうり》に浮《う》かぶ。唇《くちびる》は確か……。

こ、う、え、ん、というふうに動いた。

「こうえん……。近くに公園があるのかしら……？」

ふわっと、アコニットの手にやわらかいものが触れた。

いのりが遠慮《えんりょ》がちに手を引いている。かすかに「こっち……」と声がした。

案内しようとしているらしい。地理に詳《くわ》しいのはいのりの方だ。アコニットは素直《すなお》に従《したが》うことにして、いのりに手を引かれるまま歩き出した。

二人仲良く姉妹《しまい》のように、手をつないで夜道を歩く。

兄のことがよほど心配と見え、いのりの歩調は速い。ちょこちょこと小さな足を動かして、一歩でも先に行こうとする。アコニットも早足になって、その後に続いた。

ところが、三分と行かないうちに、アコニットの息が上がり始めた。足がもつれ、段差に引っかかり、いのりの手に寄りかかってしまう。

「貴女《あなた》……案外、健脚《けんきゃく》じゃない……」

令嬢《れいじょう》育ちのアコニットには、徒歩の移動《いどう》（しかも早歩き）がつらいのだ。魔力《まりょく》を解放すれば宙《ちゅう》を飛ぶこともできる……が、みなぎる妖気《ようき》は隠《かく》しようもない。人界は人目が多い。騒《さわ》ぎになると動きにくいし、いちいち記憶《きおく》を消して回るなんて面倒《めんどう》はアコニットのもっとも嫌《きら》うところだ。必然的に、自分の足で歩くことになる。

いのりが遠慮《えんりょ》がちに、チラリと不思議《ふしぎ》そうな視線を向けてくる。

アコニットは鼻《はな》の付《つ》け根《ね》を赤くして、言《い》い訳《わけ》っぽく言った。

「わ、私が弱いんじゃないわよ。人間が無駄《むだ》に頑丈《がんじょう》なのよ。そうったら、そうよ」

いのりはわかったようなわからないような様子で、それでも素直《すなお》にうなずく。アコニットが遅《おく》れる分、いのりは一生懸命《けんめい》にアコニットの腕《うで》を引っ張る。その姿《すがた》がいじらしく必死なので、つい意地悪を言いたくなった。

「ふん、必死になっちゃって……。そんなに誓護が大事？」

いのりは振《ふ》り向きもせず、こくりとうなずいた。

「どこがいいのよ、あんな頼《たよ》りない男……。いつもヘラヘラしちゃって。あんなの、ただの軽い男じゃない。そりゃ、人間にしては頭が回るし、ああ見えて骨《ほね》っぽいところもあるし、ときど優《やさ》しいけど……」

はっと我《われ》に返り、「べ、別に、誉《ほ》めてないわよ？」

ムスっとした顔で取り繕《つくろ》う。いのりは特に反応《はんのう》せず、もくもくと歩き続けていた。

どこまでも必死だ。なぜだか、それが無性《むしょう》に面白《おもしろ》くない。自分でも子供《こども》っぽいと思いながら、アコニットはさらに意地悪を言った。

「誓護と結婚《けっこん》できると、本気で思ってるの？」

いのりは心持ちうつむき、小さくかぶりを振った。

チクリと胸《むね》が痛む。アコニットは自分の発言を後悔《こうかい》した。

……その気持ちは、少しわかる。

冥府《めいふ》においても近親婚はタブーだ。グリモアリスの家格《かかく》は生まれ持つ異能《いのう》の強さに基《もと》づいて決まるが、血が濃《こ》くなることは異能の安定的な継承《けいしょう》を不可能《ふかのう》にする。近親婚は、特に麗王六花《れいおうりっか》クラスの貴族には絶対《ぜったい》のタブーだった。

アコニットもかつて、その禁忌《きんき》を呪《のろ》い、誇《ほこ》るべき出生《しゅっしょう》を呪ったこともあったのだ。

いのりのひたむきな姿を見ていると、かつての自分を嫌《いや》でも思い出してしまう。裏切《うらぎ》られるなんて夢《ゆめ》にも思わず、露《つゆ》ほども疑《うたが》わず、どこまでも誰かを信じきっていた、あの頃の自分自身を。そしてそれは、あの裏切り者を思い出すということでもある。

腹《はら》が立つとか、頭にくるとか、そんな段階《だんかい》は一息で通り越す。

ただ、胸が張《は》り裂《さ》けそうになる。

絶対に思い出したくない出来事が、あのときの感情が、記憶の底から這《は》い上がり、胸に甦《よみがえ》ろうとする。その恐怖《きょうふ》と不安におしつぶされそうになる。怖《こわ》くて、苦しくて、恥《はじ》も外聞も、身分も使命も投げ捨てて、逃げ出したい衝動《しょうどう》に駆《か》られてしまう。

アコニットはたまらなくなり、いのりから目を背《そむ》けた。

悟《さと》られないように動悸《どうき》を鎮《しず》め、呼吸《こきゅう》を整える。

落ち着きなさい、アコニット。取り乱すなんて恥《は》ずべきことよ。貴女《あなた》は栄《は》えある麗王六花の筆頭、アネモネの姫《ひめ》なんだから。

動揺していた心が少しずつ平衡《へいこう》を取り戻す。しかし、意地悪な行為《こうい》には意地悪な報《むく》いが待っているものだ。アコニットの気持ちが完全に落ち着く前に、

「ごきげんよう、お二人さん」

突然《とつぜん》、声をかけられた。

アコニットは反射的《はんしゃ》に身構《みがま》えた。とっさにいのりを背後《はいご》に隠《かく》し、声の主を探《さが》す。

「こんな時間にお出かけかしら。ふふふ、奇遇《きぐう》なこと」

すっと闇《やみ》の中から現《あらわ》れたのは、一人の少女だった。

新雪のように白い肌《はだ》。その肌に血が透《す》けて、ほんのり赤く色づく頰《ほお》。長い髪《かみ》は黒く、つややかで、液体のようになめらかだ。

ふわふわと毛の立った、白いロングコートに身を包んでいる。アコニットとは対照的な、漂《ひょう》白《はく》された白の色彩《しきさい》——

その美貌《びぼう》を見た瞬間《しゅんかん》、アコニットの表情《ひょうじょう》が変わった。

「鈴蘭……！」

制御《せいぎょ》しきれない妖気があふれ、アコニットの全身を毒々しい黒に彩《いろど》る。ビリビリと空気がスパークし、アコニットのまわりに静電気が集まってきた。

「そう……。やっぱり、貴女《あなた》が一枚嚙《まいか》んでたってわけ」

「さあ。そうとも限《かぎ》らないのではなくて？」

「とぼけないで！　こうしてノコノコ現れたのが何よりの証拠《しょうこ》だわ」

「ふふふ……ええ、そう。明白なことね」

挑発《ちょうはつ》的な笑《え》み。揺れる髪が街灯の光を反射し、きらきらとまぶしく光った。

白と黒。いずれもぞっとするほど美しい、二人のグリモアリスが対峙《たいじ》する。

アコニットの周囲には黒い稲妻《いなずま》が走り、一触即発《いっしょくそくはつ》の緊張《きんちょう》感を身にまとっている。対照的に、鈴蘭は自然体で立ち、ゆったりとした気配《けはい》を漂わせていた。緊迫《きんぱく》した空気の中にあって、その穏《おだ》やかさはかえって怖《おそ》ろしげだ。

「ご機嫌《きげん》ななめね、アコニット」

「……ええ、おかげさまでね」

「それで? 仮《かり》に私が何か、よからぬことをたくらんだとして——貴女はどうするの?」

「明白なことよ、鈴蘭。それがたとえ、貧《まず》しき者を救い、愚《おろ》かなる者を導《みちび》き、古《いにしえ》の聖者《せいじゃ》を祀《まつ》ることだったとしても」

アコニットは親指で地面を示《しめ》し、言い放った。

「ぶっつぶすわ。完膚《かんぷ》なきまでにね」

# Chapter 3 【毒の霧《きり》】

Episode 03

「あら、恥《は》じることはないわ」

不思議なことに、少女には私の考えていることが手に取るようにわかるのだ。

「憎《にく》しみは自然な感情。己《おのれ》を責《せ》めることはないの。だって、私たちはそれ以上の苦しみを受けているのだもの」

──私たち、だと？

「ええ、そう。私たちは同胞《どうほう》、同盟者《どうめいしゃ》。だから、私にはあなたの気持ちがよくわかる。私たちはこんなにも苦しんでいるのに、向こうはのうのうと、毎日楽しく、心安らかに過《す》ごしている。それは罪《つみ》……とても重い罪だと思うでしょう？」

……そうだ。私はこんなにも苦しんでいる。日々、身を焼かれるような苦しみに。

嫉妬《しっと》に。

あの娘《むすめ》は、私が欲《ほ》しいと思うものをすべて手にしている。

私は、すべてを奪《うば》われたような気になる。

そんな自分はたまらなくみじめで、醜《みにく》くて、汚《きたな》らしい。

なのに——向こうは何も知らず、清らかで、幸福なのだ。

不条理《ふじょうり》だ、と私は思う。不条理だ。ずるい、と言ってもいい。あの娘は、ずるい。

「茨《いばら》の園の園丁《えんてい》は罪人《ざいにん》を裁《さば》くために存在《そんざい》するの。罪を犯《おか》したくせに、誰《だれ》にも裁かれず、報《むく》いも受けず、ただ幸福を貪《むさぼ》る……穢《けが》れきった、害悪そのもののような罪人を」

その囁《ささや》きは、チョコレートのように甘《あま》く、甘く、私の心をとかしてしまう。

「さあ、素直な気持ちを聞かせて。心に思うだけでいい。あなたは——罰《ばっ》を望む?」

## Episode 26

「ぶっつぶす、ですって?」

鈴蘭《すずらん》は口元を手で隠《かく》し、くすくすと上品に笑った。

「相変わらず、お下品な言葉を使うのね、アコニット。今は亡《な》きお父君が聞かれたら、さぞやお嘆《なげ》きになるでしょう」

「枯《か》れたグリモアリスに耳なんてないわ。貴女《あなた》こそ、おばかでおまぬけなことをして、マヤリス卿《きょう》の顔に泥《どろ》を塗《ぬ》るつもり?」

「泥を——?」

その一瞬《いっしゅん》、漆黒《しっこく》の瞳《ひとみ》に憎悪《ぞうお》の炎《ほのお》が燃《も》え上がった。

「お父さまの顔をつぶし、マヤリスの家名に泥を塗ったのは誰だったかしら？」

アコニットは思わず、といったふうに唇《くちびる》を開き、何事かを言いかけた——が、結局は言わずにのみ込み、奥歯《おくば》を嚙《か》んで、じっと鈴蘭をにらみつけた。

鈴蘭はそっと目を伏《ふ》せた。その微笑《びしょう》が陰鬱《いんうつ》に翳《かげ》る。

「……貴女を責《せ》めても仕方のないことね。ふふ……明白なことと」

自嘲《じちょう》なのか、さみしげにも見えたその表情《ひょうじょう》は、一転、挑発《ちょうはつ》のそれに変わった。

鈴蘭はわざわざ相手の癇《かん》に障《さわ》ろうとするような調子で、

「いとかしこきアネモネのお姫《ひめ》さま。こんなところでモタモタしていてよろしいの？」

「……何を言っているの？」

「姫君の大事な大事なお友達が、とてもとても怖《こわ》がっていてよ。あの可愛《かわい》らしくて、小賢《こざか》しい、くだらない人間……名前は何て言ったかしらね？」

友達じゃないわ、下僕《げぼく》よ——と訂正《ていせい》する前に、アコニットの眉間《みけん》からこらえきれない稲妻《いなずま》が解《と》き放たれた。

いびつな蛇《へび》のようにうねったそれは、文字通り目にも留《と》まらない速度で空間を切り裂《さ》き、鈴蘭の足もとに突《つ》き刺《さ》さった。アスファルトが黒い灰《はい》となって空気に溶《と》け、煙《けむり》とも湯気ともつかないものが地面から立ちのぼる。

アコニットは底冷えのする声で訊《き》いた。

「誓護《せいご》に何をしたの、鈴蘭」

「あら怖い……」

鈴蘭のこめかみを冷や汗《あせ》が伝う。それでも鈴蘭は臆《おく》したそぶりを見せず、

「私は、何もしていなくてよ、アコニット」

直後、ひときわ大きな雷電《らいでん》が鈴蘭を撃《う》った。

黒い奔流《ほんりゅう》が直撃《ちょくげき》する寸前《すんぜん》、きわどいタイミングで鈴蘭は実体をなくし、毒々しい電撃をやり過《す》ごした。

鈴蘭の姿《すがた》が白い炎《ほのお》に包まれる。輪郭《りんかく》がかすみ、闇《やみ》に沈《しず》んで判別《はんべつ》できなくなる。

アコニットは舌打《したう》ちした。こうなってはもう手が出せない。

「また逃《に》げるのね、しっぽを巻《ま》いて。みじめで、あさましい鈴蘭」

「ええ、そう。だって、貴女があんまり乱暴《らんぼう》なんだもの」

鈴蘭は悪びれずに言った。例のくすくす笑いを漏《も》らしつつ、

「ごきげんよう、花鳥頭《はなうず》の君。この次は、もう少しお上品でいらして頂戴《ちょうだい》」

一方的にそう言い残し、燃《も》え尽《つ》きるように消えた。

おさまらないのはアコニットだ。無意識《むいしき》のうちに小さな稲妻をいくつも発生させる。いのりは飛び散る火花に怯《おび》え、小さく縮《ちぢ》こまった。

どうしよう、とそればかりが頭の中を駆《か》け巡《めぐ》る。どうしよう。どうしよう。どっく、どっく、と心臓《しんぞう》が鳴った。鼓動《こどう》が耳元に聞こえるほど。気があせる。こんな気分になったのは久《ひさ》しぶりだ。

どこにいるの、誓護。おばか下僕。貴方は——

無事でいるの？

アコニットは口を〈ヘ〉の形にゆがめ、宙《ちゅう》をにらみつけた。

「間《ま》が悪いのよ、ばか誓護……」

今なら〝振り子〟を渡《わた》す気になったのに。

こんなことなら、何かもっともらしい理由をつけて〝振り子〟を貸《か》してしまえばよかった。

そうすれば、〝振り子〟を通して誓護の居場《いば》所《しょ》はすぐにわかった。距離《きょり》が近ければ通信もでき、周囲の様子を視覚《しかく》的にとらえることさえできた。

（……今さらよ、アコニット。そんな愚痴《ぐち》を垂《た》れてないで、知恵《ちえ》をしぼりなさい）

落ち着け。冷静になれ。頭を冷やし、知性《ちせい》を研《と》ぎ澄《す》ませ。

誓護はきっとここを訪《おとず》れた。そしてここで、何とかという娘《むすめ》と会った。鈴蘭はその様子を見ていた……いや、きっとフラグメントで探《さぐ》ったのだ。おそらく、この場所で誓護に何かがあった。それも、空間に記憶《きおく》が残るような、大きな〈事件《じけん》〉が。

そう思い至《いた》った瞬間、アコニットは左手の薬指にキスをしていた。

恐怖心《きょうふしん》はいつも通りにアコニットを襲《おそ》う。しかし、不思議と迷《まよ》いはなかった。指輪に唇が触《ふ》れる——その刹那《せつな》、ぽっと青白い光があたりに咲《さ》いた。『聖《セント》エルモの灯《ひ》』という現象にそっくりな、美しい燐光《りんこう》の乱舞《らんぶ》。

いのりが目を丸くしている。そう言えば、いのりの前で再生《さいせい》するのは初めてだ。

やがて光ははっきりとした像を結び、とある情景が浮かび上がった。

闇《やみ》の中に複数《ふくすう》の人影《ひとかげ》が浮かんでいた。影は三人分。一人は刀を構《かま》えた少年、一人は尻餅《しりもち》をついている少女、そして最後の一人が誓護だ。

アコニットは銀髪《ぎんぱつ》の少年に注目した。

(これは、グリモアリス……教誨師《きょうかいし》だわ。帯刀してるってことは、下級官吏《かんり》……?)

貴族《きぞく》と呼《よ》ばれる高級なグリモアリスは、単体で十分な攻撃能力《こうげきのうりょく》を有する場合がほとんどだ。武装《ぶそう》する必要がないため、携行《けいこう》している〝エンメルトの利剣《りけん》〟も武器の形をしていない。一方、低位のグリモアリスは異能《いのう》が弱く、戦闘能力に劣《おと》るため、武器を携《たずさ》えている。武器と言ってもごく原始的なもので、誤射《ごしゃ》の危険《きけん》がある射撃武器は嫌《きら》われ、剣や鎌《かま》など、取り回しの簡単《かんたん》な近接《きん》《せっ》武器が好まれる。この少年の場合は長刀のようだ。

こうした低位の教誨師は、罪人《ざいにん》がはっきりしているケース——被害者《ひがいしゃ》が死の寸前に犯人《はんにん》を目撃《もくげき》している場合など——のような、簡単かつ大多数の任務《にんむ》に投入される。

死者の証言《しょうげん》に基《もと》づき、先遣隊《せんけんたい》がざっと過去《かこ》の断片《だんぺん》を回収《かいしゅう》、それが目撃証言を裏付《うらづ》けるものであれば、ただちに低位の教誨師が派遣《はけん》され、罪人に烙印《らくいん》を押《お》すことになる。他方、フラグメントが証言と食い違っていたり、そもそも犯人がはっきりしない場合には、より高位の教誨師が派遣され、事件を最初から洗《あら》いなおす。

アコニットが見る限《かぎ》り、今回のケースは前者のパターンだ。

その証拠《しょうこ》に、映像《えいぞう》の少年はただちに〝利剣〟を起動して、少女に烙印を押そうとした。つまり、少女の容疑《ようぎ》は既《すで》に固まっているらしい。

ところが、誓護は少年の隙《すき》を突いて刀を奪《うば》い、障壁《しょうへき》を破壊《はかい》して逃亡《とうぼう》した。

「……相変わらず、無茶をするわね」

武器を持った教誨師、つまり下級グリモアリスが現れた段階で、ほぼ有罪が確定している。逃げたからと言って、どうなるものでもないのに。

いや、それよりも。

(これは……教誨師への叛逆《はんぎゃく》だわ)

教誨師はみだりに人間を傷《きず》つけてはいけない、とされている。しかし、露骨《ろこつ》に公務の障害となれば、殺傷《さっしょう》が許《ゆる》される場合もある。

まして、あの教誨師が鈴蘭の手の者なら?

動悸《どうき》がする。嫌《いや》な予感もする。己《おのれ》の無力を感じる。ああ、アコニット。いくらアネモネの出と強がったところで、貴女はこんなにも無能だわ。フラグメントも満足に回収できず、たった一人の人間さえ、確実に守ることもできない……。

少年は刀を取り戻すと、腹立《はらだ》たしげに闇《やみ》に溶《と》けて消えた。存在系《そんざいけい》を変えただけでなく、恐《おそ》らくは時間の流れを凍結《とうけつ》して、誓護の後を追ったのだろう。

そのあたりで映像がひび割《わ》れ、ノイズが混《ま》じって不明瞭《ふめいりょう》になった。

アコニットは脱力《だつりょく》し、唇《くちびる》から指輪を離《はな》した。

呼吸《こきゅう》が荒い。胃をかき混ぜられるような不快感が込み上げ、目の焦点《しょうてん》が定まらない。

気が付くと、汗《あせ》びっしょりだった。髪が頬《ほお》に張《は》りついて気持ち悪い。コートのファーが湿《しめ》り、せっかくのドレスもヨレヨレになってしまった。

ドロリとした嫌な余韻《よいん》を振り払い、顔を上げたところで、いのりと目が合った。

訴《うった》えるような視線《しせん》。大きな瞳《ひとみ》が不安に見開かれている。アコニットは駄目《だめ》でもともと、という気分で、こう訊《き》いた。

「……一応《いちおう》、訊くけど。貴女《あなた》、誓護の居場所……わかったりしない？」

「…………」

血を分けた兄妹に宿る神通力か何かで。

いのりはちょっと考え込んだ後、コートのポケットから携帯《けいたい》電話を取り出した。

なるほど！　冥府《めいふ》の住人にはない発想だ。

「誓護にかけて」

言われるまま、いのりは誓護に電話をかけた。耳に電話を当て、数十秒。

やがて、ふるふるとかぶりを振った。

出ない——？

誓護の身に何かあったのか。いや、そうとは限《かぎ》らない。

「……平気よ。このくらいで取り乱《みだ》さないで」

自分自身に言い聞かせ、パニックに陥《おちい》りそうな頭で考える。

アコニットはある事件を捜査《そうさ》するために現世《げんせ》を訪れた。一方、誓護も別の事件に巻き込まれ、教誨師と遭遇《そうぐう》した。そしてその現場で、アコニットは鈴蘭と遭遇した。

これは偶然《ぐうぜん》だろうか。

（……いえ、そんなはずはないわ）

二つの事件はつながっている。鈴蘭が偶然この街に居合わせ、偶然この場所を訪れ、偶然アコニットと再会《さいかい》したなんて、考えられない。どこかに必然がある。

なら、どうする？

誓護は見た目よりよほどしたたかで、知恵が回る。簡単にはやられない。だったら、こんなペースでちまちま後を追いかけるより、こちらはこちらで自分の案件を進めることが、誓護と合流する近道のはず。

逆に言えば、アコニットにできることなど、そのくらいしかない。

もちろん、いのりとは片時も離れるわけにはいかない。いのりは誓護の生命線。万一、鈴蘭の手に落ちたら、誓護は身動きが取れなくなる。

つまり、いのりを連れたまま、遠い『近道』を行かなければならないのだ。ああ、何と頼《たよ》りなく、まだるっこしい近道だろう！

アコニットは唇を引き結んだ。決意を秘《ひ》め、心の中で呼びかける。

必ずたどり着くから。だから――

（それまで無事でいなさい、誓護）

祈《いの》るように命じる。面と向かって命令できないことが、ひどく腹立たしかった。

Episode 21

薄汚《うすよご》れたスニーカーが誓護のすぐ目の前で止まった。

少年がかがみ込《こ》み、誓護の顔を見下ろす。誓護はわずかに動かせる眼球《がんきゅう》を酷使《こくし》して、真上の少年をどうにか視野に収《おさ》めた。

少年は声を低くして訊いた。

「お前、何モンだ？」

誓護は答えない。実を言えば、何を訊かれたのかわからなかった。

果たして、自分は何者だろう？　今夜はまだアコニットの下僕《げぼく》ではないし、かと言ってただの人間というわけでもない。

「言えよ。口はきけるだろ」

少年は誓護の肩《かた》を鞘《さや》で小突き、さらに言った。

「何で〝利剣〟のことを知ってやがる。分節乖離《セグメント》の仕組みをどこで知った？　何でオレの邪魔《じゃま》をする？　誰《だれ》がお前に余計《よけい》なコトを吹《ふ》き込んだんだ？」

誓護は力の入らない腹に無理やり力を入れて、

「何のこと？」

すっとぼけてみた。

シラを切り通せるとは思っていない。相手がどんな反応をするか、それを確かめたのだ。

少年は無言で刀を抜き、誓護の鼻先に突き立てた。

切っ先は誓護のまつ毛をかすめ、たやすく床《ゆか》にめり込んだ。恐ろしい切れ味！

十分に間を取ってから、少年はひんやりとドスの利《き》いた声で言った。

「オレはまだるっこしいのは嫌いでね。コトと次第《しだい》によっちゃ、テメーを」

「刻《きざ》むぞ、って？」

にやり、と笑って見せる。

少年は面食らったらしい。目を丸くして、それからまじまじと誓護を見た。

これほど脅《おど》しても、異能《いのう》の呪縛《じゅばく》に押《お》さえつけられていても、誓護はまったく怯《おび》えた様子を見せない。それが意外だったのだろう。

誓護は不敵《ふてき》に笑った。

「それは無理だよ。教誨師《グリモアリス》が自分から人間を傷《きず》つけることは許《ゆる》されてない。そうだろ？」

「そうか……。お前、過去《かこ》に教誨師と接触《せっしょく》したことが……」

少年は納得《なっとく》しかけたが、すぐに別の疑問《ぎもん》にとらわれたらしい。

「だが、何でだ？　何でテメーにゃ烙印《らくいん》がない？　何で烙印がねーのに——」

異物を見るような、不快《ふかい》そうな目で誓護を見る。

「テメーは、記憶《きおく》を失《な》くしてない？」

誓護はアコニットから聞いたことを思い出した。

教誨師は罪人に烙印を押す。烙印を押された者は、やがて往《ゆ》く地獄《じごく》に怯えながら、人界で生き続けなければならない。当然、押された本人には記憶が残る。しかし——

その任務の途中、教誨師の活動に巻き込まれた者、偶然《ぐうぜん》に存在《そんざい》を知ってしまった者は別だ。教誨師が人界に存在した『痕跡《こんせき》』は消去、修復《しゅうふく》され、後には残らない。理論《りろん》上、烙印を押された本人以外は、教誨師の存在を忘《わす》れているはず……。

少年が言わんとしているのは、つまり、そういうことだろう。

もし、その法則《ほうそく》に例外があるとすれば。

少年はうんざりした様子で吐《は》き捨《す》てた。

「……糞《くそ》ったれ。また貴族《きぞく》連中の気まぐれかよ」

貴族。そうだ、アコニットは冥府《めいふ》に名立たる名家の出身だと言っていた。

「ふん、まあいいさ。どなたさまのお目こぼしかは知らねーが、どのみちオレには関係がない。

テメーは反抗的だからな。先に記憶を飛ばしておくか……」

すっと刀を引き上げ、両手で構《かま》える。烙印と同様、記憶の消去も刀でやるらしい。

切っ先に少年の妖気《ようき》がまとわりつき、異様な気配が漂《ただよ》い出す。

さすがに冷たい汗が背中《せなか》を伝った。

記憶を消されたら、どうなる?

教誨師に関するすべての記憶を消されたら?

もちろん、美赤《みあか》を守るどころの話じゃなくなる。だが、それ以前に——

アコニットのことも、忘れてしまうのか?

(冗談《じょうだん》じゃない!)

そんなのはゴメンだ。断《だん》じて認《みと》められない。

少年が刀を持ち上げ、誓護のひたいに狙《ねら》いをつけた。察するに、その切っ先が触《ふ》れたが最後、
誓護は記憶を消されてしまうらしい。

(畜生《ちくしょう》、動けよ!)

動け、僕《ぼく》の体。動いてくれ。このままじゃ、大切なことを忘れてしまう!

狂《くる》おしいほどの衝動《しょうどう》とは裏腹《うらはら》に、手足はぴくりともしない。そうしている間にも、少年の妖気が充実《じゅうじつ》し、切っ先にみなぎっていく。このままでは……。

やがて、少年の刀が無慈悲《むじひ》に振り下ろされる寸前、

「待って……！」

と、か細い声がした。

か細いがゆえに、決して聞き漏《も》らせない種類の声だった。

誓護も、そして少年も、反射的《はんしゃ》にそちらを見た。

「君……捜《さが》してるんでしょう、犯人《はんにん》……」

美赤だった。美赤が苦しげに顔を歪《ゆが》めながら、少年をしっかりと見つめていた。

美赤ははっきりと言葉を区切り、もう一度言った。

「紗彩《さあや》を、殺した、犯人」

「……だったら、何だ」

「おし、えて……。誰が、紗彩を殺したの……？」

少年はぽかん、とした。それから、薄笑いを浮かべた。

「面白《おもしろ》いことを訊くヤツだな。オレがこうして現れた以上、当然、お前——」

「私じゃない！」

「——」

「教えて、本当の犯人。わからないなら、一緒《いっしょ》に、捜して」

「……捜す、だと?」少年があきれた声を出す。「何だそりゃ。お前、一体」

「私は、知りたい……!」

美赤はまっすぐに教誨師《きょうかいし》を見上げていた。

伏《ふ》したまま。しかし昂然《こうぜん》と。怖《お》じもせず。毅然《きぜん》として少年を見上げている。

少年はわずかにのけぞった。美赤の意外な気迫《きはく》に押され、無意識《むいしき》に刀を引く。

翠《みどり》の瞳《ひとみ》に動揺《どうよう》が走り、直後、大きく見開かれた。

そして、今度は頼《たよ》りなく視線がさまよう。

少年も気付いたのだ。本来ならあり得ないはずの——冤罪《えんざい》の可能性《かのうせい》に。

そのとき、ピィィィ、と鋭《するど》い音が鼓膜《こまく》を貫《つらぬ》いた。

ホイッスルの音だ。一つ後ろの車両から、靴音《くつおと》とともに怒号《どごう》が飛んでくる。

「凶器《きょうき》を捨《す》てなさい! 早く!」

しめた。車掌《しゃしょう》だ!

市営《しえい》地下鉄の制服姿《せいふくすがた》。制帽《せいぼう》の下の素顔《すがお》は若《わか》い。ボディアーマーふうのベストを着て、右手に特殊警棒《とくしゅけいぼう》、左手に催涙《さいるい》スプレーを構えている。

その勇ましい出で立ちを見て、誓護はピンときた。そう言えば、前の駅で、何人か列車から逃《に》げ出していた。察するに、彼らが通報《つうほう》してくれたのだろう。凶器を持った不審者《ふしんしゃ》がいて、乗客が毒ガスを吸《す》ったように倒《たお》れていると。

教誨師の少年が舌《した》を鳴らし、素早く美赤につかみかかった。

美赤の腕《うで》をつかみ、乱暴《らんぼう》に引っ張《ぱ》り上げる。刀の柄尻《つかじり》をひたいに向け、今すぐにでも烙印を押そうと——

『やめろ！』と、誓護と車掌の声が重なった。

意外にも、その声の通り、少年は動きを止めた。

じっと美赤をにらむ。横顔にはあせりといら立ちがにじんでいた。

少年も迷《まよ》っているらしい。今この場で美赤に烙印を押し、終わりにするべきか否《いな》か。

おそらく、彼も手《て》違《ちが》いの可能性に気付いている。気付きながらも、そんなはずはないと思い、しかしひょっとしたらと疑《うたが》い、葛藤《かっとう》している。

つけ込むなら今だ、と誓護の計算が告げる。しかし、体が動かない！

「その子を放せ！　バカなことはするな！」

車掌の指がスプレー缶《かん》のトリガーにかかった。やむを得ず、少年は美赤を放《ほう》り出した。

その瞬間《しゅんかん》、少年の妖気がふっと消えた。

少年は舌打ちとともに刀を引き出し、先ほどと同様、すぐさま戻した。鍔《つば》鳴《な》りの音が響《ひび》き、車掌は首を落とされたように動きを止め、ぐらりと傾《かたむ》き、その場に倒れ伏した。

そして、車掌が呪縛《じゅばく》されると同時に。

「――!?」

突然《とつぜん》、誓護の五体に感覚が戻った。動かそうと力んでいたため、不意に拘束《こうそく》を解《と》かれ、手足は大きく跳《は》ね上がった。

なぜ動いたのか。その理由を考えている暇《ひま》はない。

誓護は飛び起き、無防備《むぼうび》な少年の背中につかみかかった。

襟首《えりくび》をつかんで車掌から引きはがし、立ち位置を入れ替《か》えざま、回し蹴《げ》りを叩《たた》き込む。威力《いりょく》が落ちるのを覚悟《かくご》で、わざと大振りした蹴りは、そこそこの勢《いきお》いで少年の腹にめり込み、狙《ねら》い通りに小柄《こがら》な体を浮かせた。

そのタイミングで、はかったように急ブレーキがかかる。

慣性《かんせい》の法則《ほうそく》に従《したが》い、少年は車両前方へと勢いよく吹っ飛ばされた。

一方、誓護は美赤の手を引き、慣性に逆《さか》らって後ろの車両へと走り出した。

列車はぐんぐん減速《げんそく》している。間もなく、次の駅に到着《とうちゃく》する。そこには、おそらく警官《けいかん》隊が待ち受けているはずだ。彼らに保護《ほご》を願うか――いや、少年の異能《いのう》の前では、警官が何人いようとアテにはならない。誓護がこの状況《じょうきょう》で頼《たの》みにできるのは、ただ一人、アコニットだけだ。

逃げて、逃げて、とにかくアコニットと合流するしかない。

美赤が未練そうに背後《はいご》を振り向く。そんな彼女を引きずるようにして、誓護は開いたドアからホームへと飛び出した。

## Episode 27

アコニットはいのりを抱《だ》いて、夜空を舞《ま》っていた。雪《ゆき》ぐもりの街は思いのほか明るく、誰《だれ》かに見られる危険性《きけんせい》を承知《しょうち》の上で、魔力《まりょく》を解放《かいほう》している。アコニットのどす黒い妖気《ようき》がかえって目立つ。

ビルの屋上から屋上へ。跳躍《ちょうやく》するように飛んで距離《きょり》を稼《かせ》ぎ、ほんの数分足らずで目的の場所に到着《とうちゃく》した。

住宅地《じゅうたくち》の一角。ただし、『閑静《かんせい》な』と形容《けいよう》するほどでもない。大きな国道に近いため、コンビニや病院、菓子屋《かしや》などが並《なら》び、比較的《ひかくてき》賑《にぎ》やかな界隈《かいわい》だった。

音もなく降《お》り立ち、周囲を見回す。時刻《じこく》は午後一〇時三〇分過《す》ぎ。既《すで》に人通りはなく、幸い、目撃者はいないようだ。

恐怖《きょうふ》と冷気で全身をこわ張《ば》らせていたいのりも、地面の感触《かんしょく》でようやく人心地《ひとごこち》がついたらしい。きつく閉《と》じていた目を開け、ほっとため息をついた。

アコニットはきょろきょろとあたりを見回した。

ほどなく、目的の建物を探し当てる。

親切にも看板《かんばん》が出ているので、すぐにわかった。鉄筋《てっきん》コンクリートの三階建て。住居《じゅうきょ》を兼《か》ねていて、一階はシャッターが下りたガレージになっている。

小畑《おばた》音楽教室。

「ふん……滑稽《こっけい》ね。人間の世界には何にでも教師がいるんだもの」

いのりが不思議そうに顔を上げ、看板とアコニットを見比べた。

「何よ……」はっとする。「貴女《あなた》、ここにきたことがあるの？」

こくり。

「ふぅん……？」

アコニットは指先を唇《くちびる》に当てた。気になる符合《ふごう》。無関係とは思えない。

「……………！」

いのりは何かに思い至《いた》ったらしい。必死に身ぶりで伝えようとするが、もちろん伝わるはずもない。少し考え込み、整理してから、小さな唇を開いた。

「悪い人……捜《さが》してる……の？」

「悪い……？　ええ、まあ、そう、罪人《ざいにん》をね」

「美赤さんも……捜してる……」

「誰……？　ああ、誓護と一緒《いっしょ》にいた、あの子？」

「ここ……美赤さんの……」

言葉がつかえてしまう。

アコニットはイライラした。もともと短気なのだ。

「じれったいわね……」

右手の指輪を抜き取り、無理やりいのりの左手に握《にぎ》らせる。

「思うだけでいいのよ。貴女が何を考えたのか、もう一度思い返してごらんなさい」

いのりは素直《すなお》に従《したが》った。目を閉じ、伝えたいことを念じる。

やがて、アコニットにいのりの思考が伝わってきた。

美赤の親友が殺されたこと。その犯人《はんにん》がまだ捕《つか》まっていないこと。美赤が犯人を捜し続けていること。陸橋に立ち続ける姿《すがた》や、舞台《ぶたい》で奏《かな》でられた素晴らしいフルートの音色も。

つまり、いのりはこう問いたいのだ。アコニットもその犯人を捜しているのかと。

「……残念だけど、違うわ。私が捜しているのは、別の罪人」

そして、小さく言い添《そ》える。

「もちろん、まったく無関係とも思わないけれど」

二つの事件《じけん》。二人の教誨師《グリモアリス》。これは誓護との有力な接点《せってん》だ。鈴蘭はどちらかの殺人事件——あるいはその両方に——関《かか》わっているに違《ちが》いない。

例の少年教誨師は美赤を狙《ねら》ってやってきた。つまり、美赤が捜している罪人は、美赤本人ということになる。親友を殺した後、容疑《ようぎ》をそらすために『哀《かな》しみに暮《く》れる親友』を演《えん》じる……

ありそうな話だ。だとしたら、鈴蘭との関係は……？

いや、今は考えても仕方がない。

アコニットはいのりの手から指輪を取り返し、再《ふたた》び自分の指にはめた。これがないとどうも不安だ。それから、改めて建物を見上げ、思案した。

いのりを連れたまま、ここに侵入《しんにゅう》する方法があるだろうか？

それとも、建物には単身で乗り込《こ》むことにして、いのりはセグメント障壁《しょうへき》の檻《おり》にでも閉じ込めてしまおうか。そうすれば、鈴蘭の襲撃《しゅうげき》は考慮《こうりょ》に入れなくてすむ。

（……だめだわ。下策《げさく》よ）

屋外では凍《こご》えてしまう。いのりに風邪《かぜ》でもひかせたら、後で誓護に何を言われるかわかったものじゃない。かと言って、あたたかいところはどこも人目につく。

さて、どうしたものか。

「うちに、何か御用《ごよう》ですか」

愚図愚図《ぐずぐず》していたのが悪かったのか、誰《だれ》かに見とがめられた。

ぎくりとして振り向く。背後には一人の青年が立っていた。

背の高い青年だった。優《やさ》しげな表情《ひょうじょう》。線が細く、シルエットに女性的な優美《ゆうび》さがある。誓護にタイプが似《に》ているな、とアコニットは思った。

青年はコンビニの袋《ふくろ》を手に提《さ》げていた。中身は弁当《べんとう》のようだ。夜食……いや、遅《おそ》い夕飯と言ったところか。見た目は優美でも、生活は優美じゃないらしい。

ふと、青年の視線がいのりに留《と》まった。

「あれ、いのりちゃん？」

顔見知り――？

まずい、と思う間もなく、アコニットの髪《かみ》が帯電した。

「えっと、そちらは……？」

矛先《ほこさき》がこちらに向く。アコニットの電気がますます充実《じゅうじつ》し、髪が逆立《さかだ》つ。

やるか？

脅《おど》して口を封《ふう》じるか、それとも痛《いた》めつけて気絶《きぜつ》させるか。

ああもう、面倒《めんどう》くさい。どっちでもいい。どうせ記憶《きおく》を飛ばせばいいのだから、とにかく一発……と、アコニットの眉間《みけん》から暴力的《ぼうりょく》な稲妻《いなずま》が放たれる寸前《すんぜん》、

「お……ねえちゃん……いとこ」

誰あろう、いのりが横から言った。

その一言でアコニットは冷静になった。栓《せん》が抜けたように静電気が霧散《むさん》する。

「従姉《いとこ》さん？　へえ……」

アコニットは明らかにコーカソイド系《けい》の容姿《ようし》だったが、青年はそれで納得《なっとく》したらしい。いのりのような少女が嘘《うそ》をつくとは思っていないのかも知れない。

「遅くに……ごめんなさい……」

消え入りそうな声で、しかし一生懸命《けんめい》にいのりが言う。

「うん、どうしたの？　忘《わす》れ物でもした？」

いのりは驚《おどろ》いたように目を丸くした。こく、と反射的《はんしゃ》にうなずいてしまう。

「あ、やっぱり？　待たせちゃって、ゴメンね。ちょっと買い物に行ってたんだ」

コンビニの袋《ふくろ》を持ち上げて見せる。青年は愛想《あいそ》よく笑って、玄関《げんかん》の鍵《かぎ》を開けた。

「とにかく上がって。寒かったでしょ」

いのりは招《まね》かれるまま中に入る。アコニットは感心した。

状況を完全に理解《りかい》しているとは思えないのに、いのりはきちんとアコニットを利する行動を取っている。ぼんやりしているようで、頭の回転は速いらしい。

（ふん……血は争えないってわけ？）

ダテに誓護の妹じゃない。

他方、自分は案外、応用が利《き》かない娘《むすめ》なのだとわかった。この小さな少女の方が、私よりよほど利口じゃないかしら。そう思うと、かなりヘコむ。

「従姉さんも、どうぞ」

「あ……う……」

一応、相手につられるようにして頭を下げたものの、言葉が出てこなかった。

こういうとき、人間はどう挨拶《あいさつ》をするのだろう？

もっと勉強しておけばよかった、と珍《めずら》しく殊勝《しゅしょう》に反省するアコニットだった。

いのりに続いて、建物の中へ入る。玄関のマットを踏《ふ》む寸前、小さな稲妻を操《あやつ》り、靴底《くつぞこ》の泥《どろ》を焼《や》き尽《つ》くした。——既《すで》に習慣《しゅうかん》になっている、アコニットなりのマナーだ。

ひとまず、二人は二階のリビングに通された。家の主、小畑涼夜《りょうや》はあたたかく迎《むか》えてくれた。客商売をしているせいなのか、なかなかに気も利いていて、アコニットには温かい紅茶《こうちゃ》を、いのりにはココアをふるまってくれた。

非常識《ひじょうしき》な時間帯だったにもかかわらず、家の主、小畑涼夜《りょうや》はあたたかく迎《むか》えてくれた。

涼夜は一人暮らしのようだった。ただし、食器や家具の充実ぶりを見ると、もともとは二人か、それ以上の人数で暮らしていたと推察《すいさつ》できた。

ひと息ついたところで、涼夜は人の好《よ》さそうな笑顔を向けた。

「で、何を忘れたの？」

アコニットはギクッとしたが、いのりはきちんと答えを用意していた。

「……宿題……プリント」

「教室かな？　じゃ、行ってみよう」

先に立って涼夜が出て行く。その後に続こうとするいのりの手をつかみ、アコニットは引き寄《よ》せた。

いのりの小さな耳に唇を寄せ、ささやく。

「……聞いて。ここで、おばかな誓護を探《さが》す手がかりが見つかるかも知れないの」

いのりはじっとアコニットを見た。……言われた通り、熱心に聞いている。

「こんなときだから、貴女《あなた》の力も借りるわ。貴女はあの『先生』と一緒《いっしょ》に『忘れ物』を探しなさい。あの男を『教室』とやらに引きつけておくのよ。そのあいだに、私は私の調べものをするから。……できる?」

こくり。いのりは迷《まよ》いなくうなずいた。

「ふん……いい返事」

思わず微笑《ほほえ》んでしまう。そういうところは嫌《きら》いじゃない。

「気をつけなさい。何かあったら、大声を出すのよ。あの男は……」

容疑者《ようぎしゃ》なんだから、と言いかけたが、アコニットはためらい、結局は言うのをやめた。

その代わり、

「貴女はねぇ、誓護以外の男を信じちゃだめよ。わかった?」

こくり。

「ふん……頭にくるほど素直ね」

いのりの手を放し、涼夜の方に送り出す。

二人が三階に上がるのを待って、アコニットは指輪を唇に近付けた。

いつものように、正体不明の不安が込み上げる。気の早い脂汗《あぶらあせ》がひたいににじみ、べとべとと気持ち悪くまとわりついた。

(貴方《あなた》のせいよ、誓護……こんな苦労をさせられるのも)

心に浮かぶ、言いがかりのような恨《うら》み言。

(覚悟《かくご》なさい。……後で、さんざん虐《いじ》めてあげるんだから)

アコニットは大きく息を吸《す》い込み、気合とともに指輪に口付けた。

## Episode 09

初老の女がリビングでコーヒーを飲んでいる。

いつも何かを憎《にく》んでいるような、厳《きび》しい目つきが印象的だ。口元のシワは浅く、うすい唇は下がり気味で、普段《ふだん》から笑わない人間なのだとうかがわせる。

彼女の名前は小畑亜沙子《あさこ》。この音楽教室の経営者《けいえいしゃ》、そして講師《こうし》だ。

若《わか》かりし頃《ころ》はかなり注目された演奏家《えんそうか》だった。クラシックだけでなくポップスの分野でも活《かつ》躍《やく》した。いくつかの管楽器を操《あやつ》るが、中でもフルートを得意とし、海外のコンクールで入賞したこともある。もっとも、今の生活ぶりにその面影《おもかげ》はなく、棚《たな》にディスプレイされた盾《たて》やトロフィー、リボンに栄華《えいが》のなごりを留《とど》めるのみだ。

室内は静かだったが、耳を澄《す》ますと、階下から連続的な重低音が響《ひび》いていた。冷たいコンクリート越《ご》しに伝わる、熱気を帯びた振動《しんどう》……車のエンジン音だ。

これから外出でもするのか、それとも誰か別の人間の仕業《しわざ》なのか、車のエンジンがかけっぱなしになっている。

亜沙子はエンジンの音など気にも留めず、ゆったりと椅子《いす》に腰掛《こしか》けている。温かいコーヒーが眠気《ねむけ》を誘《さそ》うのか、ひどく眠たげに、頭をふらふらさせていた。

しばらく経《た》って、亜沙子がうつらうつらし始める頃、室内にかすかな変化が起こった。

ほんの少しの変化。注意していても気付かないくらいの、わずかな違い。

うっすらとかすみがかったように、空気が濁《にご》っている。

亜沙子は気付かない。いや――気付けない。

既《すで》に思考力がかなり低下しているらしい。表情は恐怖《きょうふ》に引きつるどころか、ふんわりと弛緩《しかん》し、むしろ穏《おだ》やかだった。

やがて、ばたり、と糸が切れた操り人形のように倒《たお》れる。

そうして、往年《おうねん》の名フルート奏者、小畑亜沙子は眠るように一生を終えた。

## Episode 29

アコニットは肩《かた》で息をしながら、ひたいの汗《あせ》をぬぐった。

ただでさえフラグメントは苦手なのに、胸《むね》の悪くなるものを見てしまった。いつまで経ってても人間が絶命《ぜつめい》する瞬間《しゅんかん》には慣《な》れない。もっとおぞましい光景を見たこともあるのに。

一年前、この建物で女が死んだ。

死因《しいん》はガス中毒。一階の駐車場《ちゅうしゃじょう》を閉《し》め切ったまま、車をアイドリング状態《じょうたい》にした。排気《はいき》ガスは階上の部屋へと漏《も》れ、女の命を奪《うば》ったのだ。

これこそ、アコニットが追いかけている事件《じけん》。

仮《かり》に殺人事件だとすれば、犯人《はんにん》は一階で車のエンジンをかけた者ということになる。

今のところ、フラグメントに不自然な劣化《れっか》は見られない。が、まだ犯人はわからない。犯人がいるのかどうか、いるとしたらそれは誰《だれ》なのか、確《たし》かめなければならない。

アコニットはもう一度、階段の方をうかがった。

先ほど、電話の音がしていた。楽器の音も聞こえた。今は、談笑《だんしょう》、なのか。笑い声のようなものが聞こえる。

あの子は大丈夫《だいじょうぶ》。少なくとも、今はまだ。

アコニットは呼吸《こきゅう》を整え、左右の薬指に意識《いしき》を集中した。

二つの指輪は即座《そくざ》に反応し、アコニットの存在形態を変化させる。ふわっと浮き上がるような感覚とともに、自分の手足が半透明《とうめい》になった。

そのまま、水に潜《もぐ》るようなイメージで、ずぶずぶとコンクリートの床《ゆか》に沈《しず》む。

階下はガレージになっている。今度はそちらで過去《かこ》を復元《ふくげん》しなければならない。

アコニットは再《ふたた》び気合を入れなおし、床をすり抜けた。

それは古いフィルムのように乱《みだ》れた映像《えいぞう》だった。

ところどころ色があせて欠けている。

それでもおぼろげに浮かび上がる、ガレージ内の光景。

壁《かべ》にはめ込《こ》まれたガラスの扉《とびら》——その先は住居《じゅうきょ》に通じているらしい。壁際《かべぎわ》にタイヤが積まれ、シャベルやホース、園芸用の肥料《ひりょう》などが置いてある。外に通じるシャッターは半開きで、大人の腰《こし》のあたりまで下ろされている。

ガレージの中央には、スポーツタイプの車が停《と》められていた。

二本のマフラーから景気よく噴《ふ》き出す白い湯気。獣《けもの》のうなりにも似《に》た、たくましいエンジン音。エンジンはホットだ。しかし、車の中にも外にもドライバーの姿《すがた》は見えない。

その代わり、シャッターの向こうにじっと立ち尽《つ》くす人影《ひとかげ》があった。

見えているのは脚《あし》だけだ。輪郭《りんかく》は判然としない。男か女か、大人か子供《こども》かもわからない。

人影が何かをつぶやいた。雑音《ざつおん》がひどく、ひび割《わ》れている。壊《こわ》れたスピーカーがかなり立てるような声ながら、かろうじて、言葉が聞き取れた。

「これが報《むく》いですよ、先生……。人の心を……弄《もてあそ》んだ……」

やがて、人影は壁のスイッチを押した。半開きだったシャッターが動き出し、カラカラと音を立てながら下りてくる。

間もなく、シャッターはあっさりと閉まった。

そこで一旦《いったん》、映像がぼやけた。

やがて再び像を結んだとき、ガレージには排気ガスが充満《じゅうまん》していた。

謎《なぞ》の人物の気配はどこにもない。どうやら、時間が経過したようだ。

ふと、戸外から話し声が聞こえた。いくつかの足音が近付いてくる。

再びシャッターの電源《でんげん》が入り、今度はゆっくりと上がり始めた。

「またエンジンかけっぱなしで……。何やってんだ、母さん」

男の声。ひょいと半開きのシャッターから顔をのぞかせたのは、涼夜だ。後ろに少女を従えている。そちらは美赤だった。

涼夜はガレージに首を突っ込むや否《いな》や、「う！」と口を押さえた。

「下がって！　何だこりゃ！」

あわてて美赤を押し戻し、手を払《はら》う。排気ガスが渦《うず》を巻き、涼夜の腕《うで》にまとわりついた。

美赤は顔をしかめ、一言、

「……くさい」と感想を述《の》べた。

事態《じたい》の緊急性《きんきゅうせい》を察し、涼夜の顔から血の気がひく。

「ひどいよ、これ……。急いで換気《かんき》しないと。これじゃ家の中も――」

映像が途切れ、ガレージが再び静寂《せいじゃく》を取り戻す。

アコニットは大きく息を吐き出した。

ここだ、と思った。

今の映像こそ、事件の決定的な場面。ドラセナが提供《ていきょう》したフラグメントとも一致《いっち》する。

誰《だれ》かが殺意をもってシャッターを下ろし、ガス中毒の原因《げんいん》をつくった。そして、亜沙子を死に至《いた》らしめた。十分に大罪《たいざい》の要件を満たしている。

しかし、それが誰の仕業《しわざ》かはわからない。例によって、肝心《かんじん》な部分が欠けている。

なるほど、前回の任務《にんむ》で与《あた》えられたフラグメントにそっくりだった。肝心な部分の劣化だけが不自然に早い。不可解《ふかかい》な曖昧《あいまい》さ。誰かが意図的に磨耗《まもう》させたのかも知れない。シャッターの外は屋外で、風雪にさらされているため、もともとフラグメントが劣化しやすい。簡単な工作で痕跡《こんせき》をぼかすことができそうだ。

一体、誰の仕業なのか。あのぼやけた人物の正体は……？

「厄介《やっかい》なこと……。頭にくるわね……。殺すわよ、本当に……」

呪《のろ》いの言葉を吐《は》きながら、再び指輪を唇に近付ける。

そう簡単に手がかりが得られるとは思えなかったが、かと言って何もしないわけにはいかない。事件の核心《かくしん》部分に迫《せま》っている以上、もう少し探《さぐ》ってみなければならない。まだ過去を再生しなければならないのかと思うと、気力が萎《な》える。

（そのざまは何なの、アコニット。あと一歩じゃない……）

自らを叱咤《しった》し、奮《ふる》い立たせる。

そう、私はアネモネのアコニット。冥府《めいふ》に名立たる麗王六花《れいおうりっか》の筆頭、誇《ほこ》り高きアネモネの姫《ひめ》。この私がアネモネの血統《けっとう》を守るのよ。

アコニットは朦朧《もうろう》とする頭を振り、もう一度、指輪にキスをした。

先ほどの映像を基点《きてん》にして、前後の時間軸《じく》にチューニングを合わせる。

時間をかけて丁寧《ていねい》に探る——と、やがて、とあるチャンネルに反応があった。空間にとどめられた断片《だんぺん》が集まり、ぼんやりと過去の情景を映《うつ》し出す——

Episode 07

やはり不鮮明《ふせんめい》な映像だった。

ただし、『不自然』と言うほどでもない。ごく自然な経年劣化によってかすれたような、全体におぼろげな映像だ。

そこには二人の人間がいた。

一人はかろうじて判別できる。亜沙子だ。車の後部座席《ざせき》に上半身を突っ込んで、ハンディタイプの掃除機《そうじき》をかけている。

もう一人は亜沙子の背後《はいご》に立っている——が、こちらは少しばかり劣化がひどく、亡霊《ぼうれい》のようにはっきりしない。

不明瞭《ふめいりょう》な人影は、どこか必死な調子で亜沙子に何かを訴《うった》えかけていた。

かろうじて、終わりの方が聞き取れた。

「——ちゃんのことばかりおっしゃいますが、生徒は一人じゃないでしょう。もう一人、貴女《あなた》が将来《しょうらい》有望だとおっしゃった」

「あれは間違《まちが》いだったわ。将来『望み薄《うす》』が正解《せいかい》よ」

「——!?」

「私の態度《たいど》を見ていてわからない？　これでも私、徹底《てってい》的に差別してるつもりよ」

人影は唖然《あぜん》とした。二の句が継《つ》げない。やっとのことで、

「だって、貴女は……留学《りゅうがく》の話も」

「いい刺激《しげき》になるでしょうよ。あの子への、ね」

「——」絶句《ぜっく》。「それは……つまり……」

ちらり、と人影がアコニットの方に視線《しせん》を向けた。

こちらの姿が見えている……はずはないから、そこに誰《だれ》かがいたのだろうか？　アコニットは振り向いたが、映像は乱れがひどく、誰がいるのかはわからなかった。

「これで、少しくらいあせってくればいいんだけど。あの子にはもう少し本気になってもらわないといけないわ」

「だったら……だったら何で、二人を育てたんだ！」

「才能を伸《の》ばすのが教師《きょうし》の務《つと》めよ。そのためなら、私は何でもするわ。噛《か》ませ犬を育てるくらい、お安い御用《ごよう》よ」

亜沙子は冷淡《れいたん》に言い捨《す》てた。まさに『捨てる』ような調子で。

それから、にやりと不敵《ふてき》に笑った。

「見てらっしゃい、理事会の豚《ぶた》ども。あの子がどれほどのものか、いずれ思い知らせてやるわ。無名の少女に並《な》み居《い》るお歴々が恥《はじ》をかかされる……ああ何て痛快《つうかい》なシナリオかしら」

車から上半身を引っこ抜く。その拍子《ひょうし》に、亜沙子は足もとのバケツを蹴《け》っ飛ばした。

「ああっ、最低！」

少女のようにすっとんきょうな声を出す。亜沙子は年齢《ねんれい》のわりに軽快《けいかい》な動きで飛び退《の》いた。

その下をドブ色の水が河《かわ》のように流れ、ガレージの端《はし》まで到達《とうたつ》する。

亜沙子が不機嫌《ふきげん》にバケツを立て直す。その後ろで、人影は小さくつぶやいた。

「……貴女は、わかってないんだ」

「おしゃべりはもういいでしょう。車、エンジンかけておいて」

聞こえなかったのか、亜沙子はかぶせるように言った。

そのまま、ガラス戸をくぐって住居部分に入っていく。

その後ろ姿に冷ややかな視線が突《つ》き刺《さ》さる。

冷徹で、情《なさ》けのない、殺意が込められた視線だ。人影は凍《こお》るような殺気とともに、身動きもせずに、亜沙子の背を見送っていた。

そのとき、不意に映像《えいぞう》が鮮明になった。

冷たい殺意をみなぎらせ、鋭《するど》く亜沙子をにらんでいたのは——

いのりの『先生』、小畑涼夜だった。

## Episode 31

ぞくぞくっ、とアコニットの背《せ》筋《すじ》を悪《お》寒《かん》が駆《か》けのぼった。

足もとから竜巻《たつまき》のような妖《よう》気《き》が吹《ふ》き上がり、アコニットの全身を黒く染《そ》める。魔力《まりょく》が四《し》肢《し》にいきわたり、漏出《ろうしゅつ》した雷電《らいでん》が小さな火花を散らした。

なぜフラグメントが急に鮮明になったのか、考えている余《よ》裕《ゆう》もなかった。

ただ一つ、たった一つのことがアコニットの思考を支《し》配《はい》している。

もしも、二つの殺人事件がつながっているのなら。

もしも、涼夜が亜沙子を殺害したのなら。

今——いのりは誰《だれ》と一緒《いっしょ》にいる？

床《ゆか》を蹴《け》る。爆発《ばくはつ》的な力がアコニットの細い体を打ち上げる。

一瞬《いっしゅん》で迫《せま》るコンクリートのぶ厚《あつ》い天井《てんじょう》。手を差し入れた瞬間、さざなみのようにコンクリートが波打ち、アコニットの体を受け入れた。

そのまま天井を貫《つらぬ》いて、アコニットは二階のリビングへと飛び出した。

誰かがいるかも知れない、という当然の可能性《かのうせい》にさえ、考えが及《およ》ばない。

弾丸《だんがん》と化して床から飛び出したアコニットは——

そこで、二人の人間と鉢合《はちあ》わせた。

# Chapter 4 【この世にただ一人だけ】

## Episode 04

## Episode 22

そして、私は答えを言った。

列車から飛び出した誓護《せいご》を、騒然《そうぜん》としたホームが待ち受けていた。武装《ぶそう》した男たちが先頭車両を取り囲んでいる。警官《けいかん》の姿《すがた》もある。拡声器《かくせいき》を持った駅員が乗客に避難《ひなん》を呼《よ》びかけていて、まるでテロでもあったかのような騒《さわ》ぎだ。

にもかかわらず、客の動きは鈍《にぶ》い。車両を遠巻《とおま》きにして、見物を決め込《こ》んでいる。

誓護はその人垣《ひとがき》にまぎれるようにして走った。対面のホームでは逆《ぎゃく》方向の列車が待機中だ。こんなときだというのに、間もなく発車のアナウンスが入る。

走りながら背後《はいご》を振《ふ》り返る。

捕《と》り物はまだ終わっていない。あの少年に、まだ動きはない。距離《きょり》もある。その上、どうやら、こちらの動きには気付かれていない。これなら……？

とっさの判断《はんだん》。誓護は思い切って待機中の列車に飛び込んだ。

じりじりしながら待つこと数秒。あの少年が包囲を突破《とっぱ》する前に、列車のドアはすんなりと閉《し》まった。

ホームの風景が後方に流れ去り、地下道の暗がりが車窓《しゃそう》を埋《う》める。

まいた。

怖《こわ》いくらいにあっさりと。

しかし、まだ安心はできない。先ほどのように先回りされるかも知れない。

（いや……今度は、そうはいかないぞ）

少年の風体《ふうてい》は多くの人間に認識《にんしき》されてしまった。彼の姿《すがた》は監視《かんし》カメラにも映《うつ》っているはず。次の駅で待ち伏《ぶ》せようにも、すぐに駅員が飛んでくる。

つまり。

ひとまずは――少しくらいなら――気を抜《ぬ》いてもかまわない。

誓護はふぅ、と息をつき、ぐったりとドアにもたれかかった。まだ動悸《どうき》が続いている。瞬間的に筋肉《きんにく》を酷使《こくし》したため、全身に予想外のだるさがまとわりついていた。

見れば、美赤《みあか》も同じような状態《じょうたい》だった。手すりに体重を預《あず》け、前かがみになって息を整えている。首筋《くびすじ》には汗《あせ》が光っていた。

「大丈夫《だいじょうぶ》？　少し休もう。ほら、座《すわ》って」

幸い、車内はガラガラだ。誓護は美赤を座らせ、その小柄《こがら》な体を見下ろした。

学校帰りなのだろう。コートの下は学園の指定制服《せいふく》。フルートケースを抱《かか》えているが、カバンは既《すで》に持っていない。どこかで（たぶん先ほどの公園で）落としたらしい。膝《ひざ》には泥《どろ》がつき、髪《かみ》はほつれ、汗だく。見るからに疲労困憊《ひろうこんぱい》だ。

美赤は何事か考え込み、後方ばかり見つめていた。追っ手の影《かげ》に怯《おび》えていると言うより、何か迷《まよ》っているような様子だ。

誓護はため息をついて、美赤のとなりに腰を下ろした。

「織笠《おりかさ》さん。気持ちはわかるけど、アイツと交渉《こうしょう》するのは無理だよ」

「――――」

「アイツ、問答無用で烙印《らくいん》を押《お》そうとしたろ。つまり、烙印さえ押せば、それで仕事を終わりにできるんだ。もう証拠《しょうこ》がそろってるんだよ。君がどんなに無実を叫《さけ》んだところで、聞く耳なんか持っちゃくれない。反証の材料でもない限《かぎ》りね」

美赤の視線が泳ぐ。手がかりを求めるように。

「……じゃあ……どうすれば、いいの？」

「僕《ぼく》もそれを考えてた。反証の材料を探《さが》そう」

美赤は驚《おどろ》いて目をみはった。まじまじと誓護を見つめる。

「……どうやって？」

「古今東西、冤罪《えんざい》を晴らす一番の方法は真犯人《しんはんにん》を見つけ出すこと。別人の犯行を立証することだよ。僕らで君の友達——紗彩《さあや》さんの事件を解決《かいけつ》しよう。追いつかれる前に」

美赤はぽかん、とした。普段眠《ふだんねむ》たそうな目が一杯《いっぱい》に見開かれている。

「そんなこと……できる？　桃原《ももはら》くん……本気で、そう思ってるの？」

「もちろん。桃原誓護は現実主義者《リアリスト》でね、できないと思ったことは口にしないんだ」

ちょっとおどけて答える。美赤を安心させようという心配りだ。

だが、誓護の意図とは逆に、美赤の表情《ひょうじょう》は曇《くも》った。

「桃原くん……。どうして……私を、助けてくれるの？」

「え——」

突然訊《とつぜんき》かれ、誓護は戸惑《とまど》った。どうして、って、それは……。

美赤は探《さぐ》るような目を向けている。疑《うたが》いの眼差《まなざ》し、というわけでもないが、困惑《こんわく》と不安、申し訳《わけ》ない気持ちをかき混ぜたような、微妙《びみょう》な視線だ。

誓護は冗談《じょうだん》めかして片目《かため》をつむり、

「言ったろ、いのりは君の大ファンなんだ。こんなところで君を見捨《みす》てた、なんて言ったら、もう口をきいてくれなくなるよ」

「……ごめんなさい」

「はは、何で謝《あやま》るの」

「だって、私が……助けてって、言ったから……」

しゅん、とする。巻《ま》き込んだ責任《せきにん》を感じているのだろう。

「だから、桃原くん……危《あぶ》ない目に。さっきだって……刺されそうになって」

「あのくらい、どうってことはないよ。それに、アイツに僕を殺すつもりはなかったし」

記憶《きおく》を消されそうになっただけだ。今のところは、まだ。

しかし、美赤の動揺《どうよう》もわかる。誓護だって、初めてアコニットと遭遇《そうぐう》したときは、恐怖にのまれてしまい、冷静な思考ができなかった。相手の意図がわからないとき、人間は特に大きな恐怖を感じるものだ。

「これも何かの縁《えん》だよ、織笠さん。僕と君、そして僕と教誨師《グリモアリス》のね」

アコニットと出逢《であ》ったこと。再会《さいかい》したその夜に、こんな事件《じけん》に巻き込まれたこと。そして、教誨師に追われるハメになったこと。すべてが因縁《いんねん》めいている。

誓護はできるだけ優《やさ》しく見えるよう気をつかって、美赤に笑いかけた。

「僕は君を信じると言ったろ。だから君も、僕を信じてくれていい」

強く、真心をこめて言い放つ。

「僕は君を助ける。その努力をする。僕は絶対に、君を見捨てない」

今度こそ、心遣《こころづか》いは美赤に届いたらしい。美赤はほんの少し緊張《きんちょう》をゆるめ、ぎこちなくではあるが、誓護と同じように笑ってみせた。

それから、少し前向きになって、

「……これから、どうするの？」

「うん、とりあえず」

そのとき、ぐぐぅー、と緊張感のない音がした。

美赤はそのままの表情で硬直《こうちょく》した。

……やがて、その頬《ほお》がほんのりと赤く染《そ》まった。

誓護はにっこり笑って、

「ちょうどよかった。織笠さん、ハッシュドビーフは好き？」

Episode 23

すぐ近くで女の悲鳴があがった。

悲鳴はすぐに遠ざかり、周囲から人の気配がなくなった。

少年教誨師《グリモアリス》――軋軋《ギシギシ》は、ゆっくりと上体を起こした。金属《きんぞく》パイプに頭をぶつけた影響《えいきょう》か、視界にチカチカと星が舞《ま》っていた。

「糞《くそ》ったれ……。一度ならず……」

イライラしながら痛《いた》む頭をさすってみる。小さなコブができていた。

「屈辱《くつじょく》だぜ。人間ごときにおくれを取るとはな……」

それも、二度も、だ。

何より、格闘《かくとう》戦でおくれを取ったことが腹立《はらだ》たしい。軋軋は身体能力に秀《ひい》でたルーメックス種の出身だった。本来、取っ組み合いで人間に負ける道理はない。

列車が停《と》まった。プシュー、と空気が擦《こす》れる音とともに、ドアが左右に割《わ》れる。わっと乗客たちが飛び出した反動で、車体が船のようにふんわりと揺《ゆ》れた。

乗客たちと入れ替《か》わりで、どやどやと踏《ふ》み込んでくる一団《だん》があった。

「動くな！　武器《ぶき》を捨てろ！」「捨てろ！　早く！」「発砲《はっぽう》するぞ！」

口々の威嚇《いかく》。全員が軋軋の方を向いていた。

人界で揉《も》め事を起こすとこうなるのだと、経験豊富《けいけんほうふ》な軋軋はもちろん知っていた。……が、実際《じっさい》に取り囲まれるのは初めてだった。

人間など取るに足らない存在《そんざい》だと思っていたが、こうして大勢《おおぜい》に武器を向けられ、怒声《どせい》を浴びせられてみると、さすがに迫力《はくりょく》がある。永《なが》らく忘《わす》れていた感情が胃袋《いぶくろ》の下あたりで鎌首《かまくび》をもたげた。それが恐怖《きょうふ》という感情なのだと、かなり遅れて気付く。

駅員も参加しているので、捕《と》り方の人数は多い。さすまた、棒《ぼう》、特殊《とくしゅ》警棒――拳銃《けんじゅう》を構《かま》えている警官もいる。退路《たいろ》は封《ふう》じられ、車両の外にも後衛《こうえい》が控《ひか》えている。

突破《とっぱ》するつもりなら、一度で決めなければならない。

軋軋はゆっくりと刀を持ち上げた。人間を刺激《しげき》しないよう気をつかったつもりだが、捕り方は一斉《いっせい》に半歩退《ひ》いた。ずささっ、と派手《はで》な音がする。

にらみ合いの構図。嫌《いや》な空気だ。

（銃で撃《う》たれるのはゴメンだぜ。頼《たの》むから短気を起こしてくれるなよ……？）

内心でヒヤヒヤしながら時を待つ。

ホームを挟《はさ》んで向こう側、逆方向の列車が出ようとしているため、騒音《そうおん》がひどい。人々の喧《けん》騒《そう》、タイヤのきしみ、モーターの駆動音《くどうおん》、出発のアナウンス、空気が裂《さ》ける音……そうした騒音がすべて静まるのを待って、軋軋は刀を軽く引き抜《ぬ》き、そして素早《すばや》く収《おさ》めた。

ちん、と澄《す》んだ鍔鳴《つばな》りの音。それは湖面に広がる波紋《はもん》のごとく、周囲の空気をいんいんと揺らめかせ、ホーム全体に響《ひび》き渡《わた》った。

呪縛《じゅばく》の異能《いのう》はただちに効果《こうか》を発揮《はっき》した。

車内はもちろん、成り行きを見守っていた野次馬《やじうま》まで、居合《いあ》わせた全員がその場に倒《たお》れ伏《ふ》す。

バタバタと倒れていくさまは、強風に吹《ふ》き倒されたドミノのようだ。

やがて脅威《きょうい》がなくなると、軋軋は悠然《ゆうぜん》と立ち上がり、あたりを見回した。

死屍累々《しるいるい》、と表現したくなるような光景だ。折り重なった人の群《む》れ。恐怖に泣き叫《さけ》ぶ者、怒鳴り散らす者。誰《だれ》もが混乱《こんらん》し、何が起こったのか理解《りかい》できずにいる。その中に、残念ながら、ターゲットの姿はなかった。

「……チッ、逃《に》げ足の速い野郎《やろう》だ」

こんなこともあろうかと、あの少女には細工をしてある。あわてる必要はない。こちらもどこかに身を潜《ひそ》め、騒《さわ》ぎが少しでも静まるのを待つか……。

いずれにせよ、うかうかしてはいられない。人間の増援《ぞうえん》が駆けつける前に、早々に地上に出て、闇《やみ》に紛《まぎ》れた方が利口だ。

（ったく、面倒《めんどう》なことになってきたぜ……）

目撃者《もくげきしゃ》がこんなにいたのでは、いちいち記憶《きおく》を消して回るにも時間がかかる。こちらの姿は監視《かんし》カメラにバッチリ映《うつ》っているはずだし、放《ほう》っておけば次から次へと警官がやってくるだろう。このまま加速度的に事態《じたい》が大きくなれば、最悪、任務《にんむ》続行不能になる。そうなれば、一度冥府《めいふ》に戻《もど》り、自分が引き起こした事態の沈静化《ちんせいか》と痕跡《こんせき》の撤去《てっきょ》を申請《しんせい》した上で、後日改めて現世を再訪《さいほう》、再調査《ちょうさ》する……という面倒極《きわ》まりない手順が待っている。もちろん、それは軋轢の株を大きく下げる行為《こうい》であり、場合によっては処分《しょぶん》される可能性もある。話には聞いていたが、まさか自分がそんな目に遭《あ》わされるとは……。

（それもこれも、あの糞ったれな人間……刻《きざ》むぞ）

ヘラヘラ顔が脳裏《のうり》に浮かぶ。なぜか教誨師の秘密《ひみつ》を知っていて、なぜかこちらの任務を邪魔《じゃま》しようとする、あの不愉快《ふゆかい》極まりない男子高校生の顔が。

（おまけに何だよ、あの小娘《こむすめ》……。冤罪《えんざい》だと？　バカバカしい）

これも初めてのことだった。『自分はやってない』と主張する罪人に遭遇《そうぐう》したことはある。しかし、『一緒《いっしょ》に真犯人を捜《さが》してくれ』と懇願《こんがん》されたことはなかった。しかも、あの少女はどう見ても本気なのだ。もし、あれが開き直りの演技《えんぎ》じゃないとしたら?

「……やれやれ、畜生《ちくしょう》、うんざりだ」

確かに退屈《たいくつ》な日常《にちじょう》の繰《く》り返しにはうんざりしていたが、こんなイレギュラーは望んでない。

いずれにせよ——本当に冤罪なのかどうか、確かめてみる必要がある。

連中を逃がさず、まして証拠隠滅《しょうこいんめつ》などさせず、こちらは警察の追跡をかわした上で、冤罪かどうかを確かめるには……?

知恵《ちえ》をしぼる。そして。

一つ、妙案《みょうあん》が浮かんだ。

Episode 32

アコニットが床《ゆか》から飛び出した途端《とたん》、少女の軽い悲鳴とともに、

「アコニット!?」

と、聞き覚えのある声がした。

声の主は線の細い青年だった。整った顔に緊迫《きんぱく》した空気を漂《ただよ》わせ、背中《せなか》には同い年くらいの少女を隠《かく》している。

彼はアコニットを認《みと》めるなり、ほーっと安堵《あんど》し、へらへらと笑った。

「何だよ。変わったところで会うね？」

アコニットの髪《かみ》が逆立《さかだ》った。問答無用の電撃が彼——誓護の脳天《のうてん》に直撃する。

「うわちちちっ!? ぎゃあああああ！」

悲鳴をあげ、床をのたうち回る誓護。それでも、アコニットは放電をやめない。

「ちょっ、やめろって！ いきなり何すんだよ!?」

「………………」

十分に誓護を痛《いた》めつけてから、電流の鞭《むち》をそらしてやる。なおもバチバチと火花を飛ばしながら、アコニットは誓護をにらんだ。

その表情がすねているようにでも見えたのか、誓護は急にわけ知り顔になり、くすっ、と小さく笑いを漏《も》らした。

「ひょっとして……」

「……何よ」

「君、僕《ぼく》のことを心配してくれたんぎゃあああああ!?」

「ふざけないで。うぬ惚《ぼ》れも大概《たいがい》にして。私はアネモネのアコニットなのよ。麗王六花《れいおうりっか》の姫《ひめ》なのよ。その私が、どうして人間の安全なんか……っ」

「うっわ焦《こ》げてる!? 焦げてますよアコニットさん!?」

ようやく放電が止まる。プスプスと煙《けむり》を上げる誓護に向かって、自分でも言い訳がましいと思いながら、アコニットはごにょごにょと言った。

「すぐ戻る、なんて無責任《むせきにん》なことを言って、全然戻ってこないじゃない。おまけにこの私に子守を押しつけるなんて、どういう了見《りょうけん》？　貴方《あなた》のいい加減《かげん》さにはヘキエキよ。私は怒《おこ》ってるのよ。頭にきているの。それだけの話よ。誰《だれ》が貴方の心配なんか。それは、まあ、少しは……つまり、ほんのちょっとくらいなら」

「したの？」

誓護は意地悪く追及《ついきゅう》してくる。アコニットは悔《くや》しくなり、『フン！』とそっぽを向いた。

「お菓子《かし》の心配よ。貴方がいなくなったら、私のお菓子はどうなるの」

誓護はにこにこと笑っている。見透《みす》かしたような笑顔だ。気に食わない。

「……で、そっちの娘《こ》は誰なの」

誓護の背後《はいご》、棒立《ぼうだ》ちになっている少女を示《しめ》す。少女はあっけに取られた様子で二人のやり取りを見ていたが、急に視線を向けられて、ぎくりとした。

「あ——彼女、織笠さん」

誓護が小さく目配せをする。それだけのことで、それが誰なのか、アコニットも理解することができた。誓護が先ほど言っていた、『親友を殺された』という少女だ。

つまり、誓護が『ストーカーに追っかけられててピンチ』と表現した『友達』は、誓護の胸《むね》を痛《いた》ませていた者と同一人物で、そして誓護と同じ年頃《としごろ》の女の子だったのだ。

……なぜか、『女の子』のくだりが一番引っかかるアコニットだった。

「紹介《しょうかい》するよ、織笠さん。彼女はアコニット。僕の、ともだ——」

「主《あるじ》よ」

「……ま、そんな感じ。見た感じ怖《こわ》いけど、怖くないよ。性格《せいかく》も怖いけど」

もう一発電撃をお見舞《みま》いしようかと思ったが、やめた。正体不明の不安定な感情が込み上げて、そんな気は失《う》せてしまった。

誓護がアコニットの知らない少女と一緒にいる。そんなふうに、どちらも当たり前という顔をして。そして、このアコニットのことを、そんなふうに紹介した。たったそれだけのことで、何となく胸がざわつく。何となく、なのだが。

アコニットの複雑《ふくざつ》な心境《しんきょう》など察する気配もなく、誓護は能天気に、

「で、ここで何してるの?」

「……貴方こそ」

「僕は君に会いにきたんだよ。家に戻ってもいないしさ。いのりに電話したら、二人でこっちにきてるって言うから——」

追《お》っ手《て》を警戒《けいかい》しつつの移動だったので、自宅に戻《もど》るにも余計《よけい》な時間を食ってしまった。しかも、戻ってみると肝心《かんじん》のアコニットの姿はなく、いのりの姿もなかった。誓護は青くなり、携

帯電話の位置特定《いちとくてい》サービスでいのりの居場所《いばしょ》をチェック——いのりの電話が小畑音楽教室にあることを突き止めた。急いでいのりに電話をかけ、本人がその場にいることを確認。わき目もふらずに飛んできた……と、こういう次第《しだい》である。本当は美赤に夕食の残りをふるまうつもりだったのだが、あわてていたので、その余裕《よゆう》もなかった。

言葉の途中《とちゅう》で、誓護はきょろきょろと室内を見回した。

「いのりは？」

「ああ、あの子なら……」

そうだった！

アコニットは弾《はじ》かれたように駆《か》け出した。

「アコニット！　どうしたの⁉」

きゃ、と悲鳴を漏《も》らす美赤をかすめ、リビングを飛び出す。階段《かいだん》の踊り場で三階を見上げ、ほとんど一歩、たった一度の跳躍《ちょうやく》で最上段まで飛び上がる。

三階、小畑《おばた》音楽教室の廊下《ろうか》に出て、アコニットは呆然《ぼうぜん》とした。

いない——

廊下にも、ガラス張《ば》りの教室にも。さっきまで、確《たし》かに話し声が聞こえていたのに。

全体にガランとしている。間接照明《かんせつ》はつけっ放し。防音《ぼうおん》の扉《とびら》も開きっ放し。暖房《だんぼう》もきいている。ただ、いるべき人間が二人、神隠《かみかく》しにでもあったように、いない。

「おい、どうしたんだよ……血相変えてさ」

誓護が階段を上がってくる。その声には隠しきれない緊張《きんちょう》がにじんでいた。

誓護はカンが鋭《するど》い。何があったのか、何が起こり得たのか、可能性《かのうせい》の検討《けんとう》を始めているのだろう。——無論、最悪の可能性も含《ふく》めて。

誓護はアコニットのとなりまでくると、確かめるようにこう訊《き》いた。

「……ここに、いのりがいたの?」

アコニットは返事もせず、汗《あせ》に濡《ぬ》れた髪《かみ》を振《ふ》り乱《みだ》して、もう一度、左の指輪に口付けた。

Episode 28

教室のすみで、小さな茶色の物体がぴょこぴょこと動いている。

——いのりの頭だ。いのりはピアノの下に潜《もぐ》り、ドラムセットの奥《おく》をのぞき、楽器の棚《たな》を眺《なが》めて、教室の中を探《さが》し回っている。

その手前、廊下のソファに腰《こし》かけて、新聞を読んでいる者がいた。

どことなく優美《ゆうび》な雰囲気《ふんいき》を持つ、背《せ》の高い青年。ここの主人、涼夜《りょうや》だ。

涼夜が顔を上げ、教室の方に声をかける。

「いのりちゃん、あった?」

いのりはまだモタモタとピアノの下をうろついていたが、やがてのそりと這《は》い出してきた。

ためらうような仕草を見せた後で、腰《こし》の後ろから一枚《まい》の紙切れを出す。

計算問題がびっちり書き込まれている。分数の割《わ》り算。算数のプリントだ。活字のように精密《せいみつ》に、しかし小さめにかかれた手書きの解答《かいとう》は、どうやらいのりのものらしい。名前を記入する欄《らん》に、『桃原祈祝《いのり》』と署名《しょめい》がある。

うそから出たまこと。どうやら、いのりは本当に忘《わす》れ物をしていたらしかった。レッスンの待ち時間にでもプリントを広げて、宿題を片付《かたづ》けていたのだろう。

「あ、あったんだ！　よかったね」

何も知らない涼夜は、人の好《よ》さそうな笑顔を浮かべ、無邪気《むじゃき》に喜んだ。

一方、いのりは大してよくもなさそうにうなずいた。思ったほど時間が稼《かせ》げなかったことを気にしているらしい。

とぼとぼと歩いてくる。ふと、その足が教室の入口で止まった。

いのりの視線《しせん》は涼夜の後ろ、窓《まど》の向こうに吸《す》い寄《よ》せられている。

窓越《ご》しに見える林は、誓護といのりが通う学園のものだった。その黒々とした木立ちの中に、台形を逆《さか》さにしたような建物がライトアップされている。

いのりの視線に気付き、涼夜も建物を振り返った。

「ああ、あれは学園の記念講堂《こうどう》——多目的ホールだね」

「あかり……」

「うん、まだついてるね。こんな時間に見るのは初めてかい？　あのホールは一般《いっぱん》に開放されてるんだ。一時くらいまで、シニアの楽隊が練習してるんだよ」

新聞をたたみながら、涼夜が説明する。

「僕もときどき参加するよ。一応は講師役でね。今夜もこれから顔を――あ、そうだ」

何か思いついたらしい。涼夜は優《やさ》しげに微笑《ほほえ》み、

「せっかくだから、いのりちゃんが帰るとき、ちょっとのぞいてみようか？　すっごくフルートの上手なおばあちゃんがいるんだ。紹介するよ」

フルートと聞いて興味《きょうみ》を惹《ひ》かれたらしい。いのりはこく、とうなずいてしまった。

「じゃ、後でね。さて、それじゃ下に戻《もど》ろう。僕もお腹《なか》ペコペコで――」

しかし、涼夜が遅《おそ》い夕食にありつけることはなかった。

戻ろうとする涼夜の目の前に、突然《とつぜん》、陽炎《かげろう》のようなものが立ち昇《のぼ》った。

白い、ガスの塊《かたまり》のようなもの。ゆらゆらと揺《ゆ》れる、炎《ほのお》にも似《に》た何か。

強《し》いて言うなら亡霊《ぼうれい》に近い。それは異様《いよう》な気配をまき散らしながら、次第《しだい》に人間の輪郭《りんかく》を取り始める。涼夜は驚いて腰を抜かし、床《ゆか》に尾《び》てい骨《こつ》を打ちつけた。

ぼうっ、と空中で気体が白く燃え上がった。

やがて白い炎の中から、にじみ出るようにして、一人の美しい少女が現《あらわ》れた。

白い肌《はだ》。黒い髪。白い服。黒い瞳《ひとみ》。顔の造作《ぞうさく》は怖《おそ》ろしいほどに整っているが、どことなく控《ひか》

えめで、雛人形《ひなにんぎょう》のような趣きがある。

少女はにっこりとして、「ご機嫌《きげん》よう」と言った。

「だ、誰《だれ》だ……っ？」

涼夜の声がうわずった。相当に動揺している。立ち上がることもできない。

その無様《ぶざま》な姿を見て、少女はくすくすと可笑《おか》しそうに笑った。

「怖がることはないわ。ふふふ、明白なこと。私は死神でも、幽霊《ゆうれい》でもないのだから」

くるりと向き直り、硬直《こうちょく》しているいのりに笑いかける。

「あら……そちらのお嬢《じょう》さんとは面識《めんしき》があるわね」

いのりは答えることもできない。真っ青な顔をして、きゅ、と小さなこぶしを握《にぎ》った。

「ねえ、お二人さん。ちょっとした提案《ていあん》があるのだけれど」

「て、提案……？」

「お散歩でもいたしませんこと？」

否《いや》も応もない。少女は一方的にそう言って、手にしていた赤い本を差し伸《の》べた。

刹那《せつな》、突風が吹く。

ページがひとりでにパラパラとめくれ、黒い霧《きり》が足もとから間欠泉《かんけつせん》のように噴《ふ》き出した。霧は見る間に環《わ》を描《えが》き、いのりと涼夜の姿を覆《おお》い隠してしまう。

そして霧が晴れたとき——もう、三人の姿はどこにもなかった。

## Episode 33

「何だよ、これ……!?」

誓護はらしくもなく取り乱した。目にしたものがとっさに信じられない。

「いのりが……連れ去られたって……何で、こんな……!?」

アコニットの腕《うで》をつかみ、揺《ゆ》さぶる。

「何でいのりを連れ出したんだよ！」

言ってから、言わなければよかったと後悔《こうかい》した。

アコニットは反論せず、ただ炎のような目をひらめかせ、そして伏せ、おし黙《だま》った。右手で左手のひじをつかみ、悔《くや》しそうに肩《かた》を震《ふる》わせる。

山のように高い気位の持ち主が、言われっぱなしになっている。アコニット自身、自分を責めている証拠《しょうこ》だ。むしろこちらが悪いことをした気分になる。

どうやら、いのりは忘れ物をしたようだ。それを取りに、ここを訪《おとず》れたらしい。もちろん、アコニットがそれだけの理由で動くはずはないから、『忘れ物』は単なる口実で、ここでフラグメントを回収《かいしゅう》することが本当の目的だったのかも知れない。

いずれにせよ、以前の——誓護と出逢《であ》ったばかりのアコニットなら、涼夜を力で脅《おど》しつけてフラグメントを回収したに違《ちが》いない。それどころか、いのりのことなどまったく気にもかけず、家に置き去りにしたはずだ。

人界に波風を立てないようにと心を砕《くだ》き、いのりのことまで配慮《はいりょ》してくれたのは、アコニットの変化のあらわれじゃないのか。つまり——

心を、開いてくれたんじゃないのか。

それなのに、怒鳴《どな》りつけてしまうなんて。

苦いものが口いっぱいに広がった。誓護は口の中で「……ごめん」とつぶやき、アコニットの腕《うで》をそっと放した。

今するべきはアコニットを責めることじゃない。いのりを見つけ、救い出す、その方策《ほうさく》を考えることだ。

誓護の頭が回転を始める。

「とにかく、いのりの居場所《いばしょ》を突《つ》き止めないと。鈴蘭《すずらん》……だっけ？　彼女、ここで何をやったのかな。どうして、いのりや小畑さんまで消えたんだろう」

「……私が前にやったでしょう。凍結充塡《ストレージ》よ」

ストレージ。その単語は聞き覚えがある。

「たぶん……時間の流れをせき止めて、二人を連れ出したのよ。どこか、安全な場所まで逃《に》げてから、凍結《とうけつ》を解除《かいじょ》したんだわ」

よほど悔しかったのか、アコニットは肩を震わせながら、独《ひと》り言のように言った。

「……迂闊《うかつ》。こんな至近距離《しきんきょり》で使われたのに、抵抗《ていこう》はおろか、感知もできないなんて。何て体たらく……」アネモネの名が泣くわ」

「どっち行ったか、わからないかな。フラグメントをたどって」

「無理よ。ストレージは時間の流れの外……。その痕跡《こんせき》を空間がとどめておくことはできないし、その必要もないのだもの」

「それじゃ、追跡のしようがない……」

頭の奥が灼熱《しゃくねつ》する。数学の難問《なんもん》にぶち当たったとき、たまにこうなる。思考は加速しているのに、考えはちっともまとまらず、先に進むこともできない。この空転する感じ——不愉快《ふゆかい》だ。イライラする。こうしているあいだにもいのりが……。

(駄目《だめ》だ。落ち着け)

落ち着け……落ち着け——落ち着け!

頭を冷やせ。冷静さを欠くな。もっとクールダウンしろ。もっと冷淡《れいたん》に、冷徹《れいてつ》に、冷酷《れいこく》に、状況《じょうきょう》をシビアに分析《ぶんせき》して、最善《さいぜん》の方法を弾《はじ》き出せ。

向こうは人智《じんち》を超《こ》えた存在《そんざい》だ。が、こちらにも人智を超えた存在、アコニットがいる。鈴蘭とは過去《かこ》にも遭遇《そうぐう》しているし、そのときはまんまと出し抜いた。今度だって、上手《うま》くやる方法はある。なければ、困《こま》る。

目を閉じて大きく深呼吸《しんこきゅう》。そして、気持ちを切り替《か》える。

さあ、考えろ！

鈴蘭はいのりをどうするつもりだ？

烙印《らくいん》を押《お》す……ことはできないはずだ。あの忌《い》まわしい過去の事件《じけん》は、冥府《めいふ》では立件《りっけん》されていない。だとすると、せいぜいが人質扱《ひとじちあつか》い……。なら、いのりの身柄《みがら》は当面、安心だ。助け出す時間はある。なければ、困る。

次。鈴蘭の目的は何だ？

また人間を誘惑《ゆうわく》して罪《つみ》を犯《おか》させたのか。仮《かり》に紗《さ》彩《あや》を殺させたのなら、誰《だれ》を誘惑したのだろう。

それに、なぜこのタイミングで現れた。どうして、いのりを……？

駄目だ。その先がわからない。

「くっそ、何だってんだよ……。何で、アイツが出てきたんだ」

アコニットはいつの間にか手にしていた扇《おうぎ》を唇《くちびる》に当て、宙《ちゅう》をにらんだ。

「……わからないわ。さっき、私にちょっかいをかけてきたけど」

「君に？」

そうか、事件は一つとは限らない。アコニットが捜査《そうさ》している件もある。

「まだ聞いてなかったね。君、どんな事件を追ってるの？」

ためらうような間。ややあって、アコニットは静かに言った。

「……一年くらい前、ここで人間の女が死んだのよ」

カタン、と背後《はいご》で物音がした。

見ると、美赤が棒立ちになっていた。今のアコニットの言葉を聞いて、驚《おどろ》いたらしい。階段《かいだん》の途中《とちゅう》で足を止め、目を丸くしてこちらを見上げている。

少し遅《おく》れて、誓護も思考がつながった。

そう言えば、夕方、美赤が言っていた。美赤にフルートを教えた『亜沙子《あさこ》先生』は『去年』亡《な》くなったのだ。それも『事故《じこ》』で。

つまり——

「事故じゃなかった……ってこと?」

「その可能性があったから、調べにきたのよ。……少なくとも、誰かがシャッターを下ろしたわ。たぶん、殺意を持ってね」

「シャッター? ガレージの?」

「ええ……亜沙子の死因《しいん》はガス中毒よ」

「ガスって、車の排気《はいき》ガス? てことは、ガレージのガスが屋内に回ったのか……」

同種の事件は毎年のように起きる。閉め切ったガレージで車をアイドリングさせ続けると、通風孔《こう》や建材の隙間《すきま》を通って、排気ガスが上の階へと流れ出す。一方で、住居《じゅうきょ》部分は気密性《きみっせい》が高いので、ガスの逃げ場がない。

このあたりは寒いせいか、特にアイドリングが多い。遠隔操作《えんかくそうさ》でエンジンをスタートさせ、車内が暖まるまでは乗り込まない、というドライバーもいる。亜沙子にもまた、そういう癖《くせ》があったのかも知れない。

もし、犯人《はんにん》がそのことを知っていたのだとしたら？　知っていてシャッターを下ろしたのなら、それは確かに危険《きけん》な行為《こうい》だ。十分、殺意があったと考えられる。

「織笠さん、君の先生を恨《うら》んでた人は？」

「え……」

突然《とつぜん》話を振られて、美赤は困惑《こんわく》の表情《ひょうじょう》を浮《う》かべた。

「わからない……。でも、先生は……恨んでた。たくさんの人」

「どういうこと？」

うつむく。それから上目遣《うわめづか》いに誓護を見て、また視線《しせん》を落とす。どうやら、言っていいのか悩んでいるような様子だ。誓護は辛抱《しんぼう》強《づよ》く待った。

やがて、美赤はぽつぽつと語り出した。

「先生、昔はもっと……注目された奏者《そうしゃ》だった。でも、あちこちの偉《えら》い人と衝突《しょうとつ》して……売れなくなって。本人は……ネガキャン張られた、って。干《ほ》されたんだ、って」

いつか思い知らせてやる、と口癖《くちぐせ》のように言っていたらしい。呪詛《じゅそ》とも悪罵《あくば》ともつかない恨み言を並べていたというから、既《すで》に誰かとトラブルになっていた可能性《かのうせい》は――ある。

（くそっ、『可能性』ばっかりじゃないか……）

事実がつかめない。推理《すいり》の取っかかりとなる、もっとも基本《きほん》的なパーツさえ。

「……あの男よ」

アコニットがぽつりとつぶやいた。言いにくそうに、

「あの男も、亜沙子とかいう人間を憎《にく》んでいたわ。母親をね」

「――――」

あの男。涼夜か。

アコニットは先ほど見たフラグメントについて語った。涼夜と亜沙子の一幕《ひとまく》。母親のふるまいに疑問《ぎもん》を抱《いだ》き、殺意さえにじませていた涼夜の姿を。

涼夜が殺人犯かも知れない。いのりと一緒《いっしょ》にいる、あの男が。

(……いや、待て、あせるな)

過剰《かじょう》に動揺するのは馬鹿《ばか》げている。仮に涼夜が殺人犯だったとしても、誰彼かまわず殺人を犯すわけじゃない。まして、今は鈴蘭の目の前だ。皮肉なことに、鈴蘭の存在《そんざい》がいのりの安全を守ってくれている。

それに、よくよく考えてみれば、鈴蘭が涼夜をそそのかしたはずはない。先ほどのフラグメントを見る限り、涼夜は鈴蘭を初めて見たような様子だった。……あのわざとらしいほどの取り乱し方が演技《えんぎ》でなければ、の話だが。

しかし、それよりも。

今はもう一人、疑《うたが》うべき——いや、疑われるべき人間がいる。

誓護は背後の美赤を振り返った。

「気を悪くしないでよ、織笠さん。……君はどうなの？」

「え……？」

「先生を憎いと思ったことはなかった？」

「……」

美赤はますます困惑し、消え入りそうな声で答えた。

「ない、って言ったら……嘘《うそ》。先生、私にだけ……すごく、厳《きび》しかった。私、いっつも、怒鳴《どな》られてた……。へたくそ、とか、もうやめたら、とか。でも……私は……」

また、うつむく。そのまま泣き出してしまうんじゃないかと思うほど、長い沈黙《ちんもく》。

「けっこう、好きだった……。亜沙子先生」

それだけ言うと、美赤は口をつぐんだ。

それはどう見ても、文句《もんく》のつけようもなく、故人《こじん》を悼《いた》む表情だった。

誓護はかぶりを振った。このやり方は利口じゃない。そもそも、美赤は教誨師《きょうかいし》に追われる立場だ。疑い出したらキリがない。

頭がこんがらがってくる。美赤でも涼夜でもない、別の誰かの犯行だとすれば、その範囲《はんい》は途方《とほう》もなく広がってしまう。鈴蘭の思惑《おもわく》を推理《すいり》するどころの話ではない。

「ああくそっ、一体どうすりゃ――」

「桃原くん！」

美赤が珍しくすっとんきょうな声を上げた。顔面蒼白《そうはく》、明らかに様子が違った。

反射的《はんしゃ》に振り向く。背後の窓《まど》の向こうに――

今まさに抜刀《ばっとう》しようとする、少年教誨師の姿があった。

横薙《よこな》ぎに一閃《いっせん》。抜き放たれた斬撃《ざんげき》は見事に窓ガラスを粉砕《ふんさい》した。

がしゃーんっ、と耳障《みみざわ》りな破砕《はさい》音とともに、少年の小柄な体が飛び込んできた。

Episode 34

突然の襲撃《しゅうげき》を受け、アコニットの銀髪《ぎんぱつ》が帯電した。

脊椎《せきつい》反射で反撃しそうになるが、きわどいところで思いとどまる。相手の意図がわからないことに加え、位置的に誓護と美赤を巻き込んでしまいそうだった。

誓護はなかなか反応《はんのう》が早い。床《ゆか》に転がってガラスの破片《はへん》をかわし、立ち上がるなり美赤の手を引き、転がるように階下へとエスケープした。

そんな二人の後を、刀を片手にぶら下げて、少年が悠然《ゆうぜん》と追っていく。

少年が通った後にはロープの切れ端《はし》が落ちていた。屋上からロープを使って下りてきたらしい。いろいろな意味で教誨師には似合《にあ》わない、無茶な行為《こうい》だ。

どう動くべきか決めかねているうちに、誓護はもう戸外へと飛び出していた。破《やぶ》られた窓から狭《せま》い前庭が見え、そこを誓護が突っ切って行くのがわかる。

誓護の背後から、刀の一撃が襲《おそ》いかかった。

びゅん、と音を立てて刃風が吹き抜ける。誓護は美赤を突き飛ばし、身を低くしてかわす。刃《やいば》は誓護の髪をなでるようにかすめた。

ヒヤリとする光景だが、不思議とアコニットは落ち着いていた。

少年には殺気がない。妖気《ようき》も抑《おさ》えている。……本気じゃない？

アコニットの疑念を否定《ひてい》するかのように、少年はさらに踏み込んで一撃を放つ。誓護はたまらずバランスを崩《くず》し、ぬかるんだ庭土に足をとられ、歩道の方へと転がった。

今度こそ、危《あぶ》ない！

少年は素早《すばや》く刃《やいば》を返し、振り下ろす構《かま》えを取る。見事な刀さばき。なかなかの手練《てだれ》だ。そのまま、誓護の脳天《のうてん》に狙《ねら》いをつける。

刃が振り下ろされる寸前《すんぜん》、アコニットは窓枠《まどわく》に足をかけて、己《おのれ》の妖気を解放《かいほう》した。

細い稲妻《いなずま》が横槍《よこやり》を入れる。雷電《らいでん》は大きくアーチを描《えが》き、誓護と少年、二人のちょうど真ん中に炸裂《さくれつ》した。雪もろとも飛び石が融解《ゆうかい》し、黒い塵《ちり》となって消える。

その一撃で、少年教誨師はようやくアコニットの存在に気付いたらしい。足もとに炸裂した雷電とアコニットとを見比べて、怪訝《けげん》そうな顔をした。

「女……？　グリモアリスか？」

「ふん……貴方《あなた》も教誨師のようね」

「何の真似《まね》だ」

アコニットは扇《おうぎ》を開いて口元を隠し、わざとらしい口調でこう言った。

「ごめんあそばせ。人間の暴漢《ぼうかん》かと思ったのよ」

「こっちは捜査《そうさ》中だ。邪魔《じゃま》するな！」

カチンとくる。そんな生意気は許《ゆる》せない——が、まだ咎《とが》め立てするタイミングじゃない。アコニットは怒《いか》りを抑え、窓枠を蹴《け》って宙を飛び、ふわりと少年の前に降《お》り立った。

少年は不可解そうに眉《まゆ》をひそめた。

「……何だよ。言っとくが、オレの邪魔をすりゃ、大罪だぜ？」

「誰が……。わざわざ忠告《ちゅうこく》にきてあげたのよ」

「忠告？」

「その人間を甘《あま》く見ないことね。痛《いた》い目を見るわよ」

誓護をあごで示《しめ》す。誓護はぽかんとして、珍《めずら》しく阿呆面《あほうづら》を下げていた。

「……ご忠告どうも、と言《い》いたいところだが、余計なお世話なんだよ」

少年は肩をすくめた。射るような視線を誓護に向け、

「オレもとっくに体験済《ず》みだ」

苦々しげに吐《は》き捨《す》てる。

「さあ、下がれ。こっちはオットメの最中なんだ」

「わかったわ……と言いたいところだけど。あいにく私も任務の真っ最中。いいところで貴方が割り込んできたってわけ。この場合、私に優先権《ゆうせんけん》があるんじゃないかしら？」

少年は苦虫を口いっぱいに押し込まれたような顔をした。しかし、アコニットに理がある。

少年は刀をおさめ、しぶしぶ引き下がった。

「……いいだろう。ただし、そいつらを逃がすなよ」

「もちろんよ」

再《ふたた》びカチンときたが、表情には出さず、すまし顔で誓護の方へと近付いた。

誓護は既《すで》に立ち上がり、服の泥《どろ》を払《はら》っていた。アコニットが十分な距離《きょり》まで近付くと、声を潜《ひそ》め、少年には聞こえないようにささやいた。

「最初に言っておくよ」

笑顔を引っ込め、神妙《しんみょう》な様子で頭を下げる。

「……さっきはごめん、怒鳴《どな》ったりして。いのりを連れ出した君の判断《はんだん》は間違《まちが》ってない。それに、僕には……君を責《せ》める権利《けんり》はなかった」

「……そうよ」

「うん。面目ない」

じんわりとあたたかいものが胸《むね》に広がる。そんな自分がやけに腹立たしくて、アコニットはわざとつれない言い方をした。

「別に気にしてないわ。愚《おろ》かな人間が口走ったことなんて、すぐに忘《わす》れるもの」

声の調子を落とし、独白《どくはく》のようにつぶやく。

「……でも、貴方が謝《あやま》ることじゃない。私は自分が許せないの」

「奇遇《きぐう》だね。実は僕も自分が許せないんだ」

「あの子が……鈴蘭がイカレてるのはわかってたのに」

「無責任に、君にいのりを押しつけた」

「近くにいれば大丈夫《だいじょうぶ》と、己《おのれ》を過信したわ」

「もっと早く、君の話を聞くべきだったんだ。君の使命のことを」

どちらからともなく黙《だま》り込《こ》んでしまう。

話が進まない。アコニットは半眼《はんがん》になって感想を言った。

「……不毛だわ」

「今夜は本当に気が合うね」

誓護が微笑《ほほえ》む。その笑い方がとても自然だったので、アコニットもつられて、不覚にもほんの少し、頬《ほお》をゆるめてしまった。

「……どうするの?」真顔に戻って訊《き》く。「聞こえていたと思うけど、これはあそこの無礼な男の案件……。私にはどうすることもできないわ」

「正攻法《せいこうほう》でいくよ。フラグメントを集めて、織笠さんの無実を証明する」

「何ですって……？　あの子――妹を助けないの？」

「どっちも助ける」

「……何か、考えでもあるの？」

「これから考えるさ」

アコニットは啞然《あぜん》とした。何か言おうと思ったが、何と言っていいのかわからなかった。いさめようにも代案はなく、まして名案などあろうはずもない。

代わりに、こうつぶやいた。

「……なぜ」

「え？」

アコニットは帯電し、誓護をにらみつけた。腹が立って腹が立ってしょうがない。自分でもそれとわかるほど、真紅《しんく》の双眸《そうぼう》に怒《いか》りの炎《ほのお》が燃《も》えていた。

「なぜ、そこまでこだわるの？　貴方は冷徹《れいてつ》で、計算高い人間のはずよ。そっちの娘《むすめ》は貴方には何の関係もない人間……貴方の妹とは違うわ。貴方がそうまでして――妹をはかりにかけてまで、力になりたいと思うのはなぜなの？」

ビシッ、バシッ、と周囲の空気が弾《はじ》ける。電気の火花が四方八方に飛び散った。

「情欲《じょうよく》？　恋慕《れんぼ》？　貴方、その子に惚《ほ》れたんじゃない？」

誓護は火花を払いのけながら、ひどく面食らった表情でかぶりを振った。

「……わからない」

「わからない……？」

「君の言う通りかも知れない。でも、違うかも知れない」

曖昧《あいまい》な言い方だ。アコニットはますます不機嫌《ふきげん》になって、怒鳴り散らそうとしたが、

「ただ……彼女をこのまま放《ほう》っておくのは、僕のルールに反するんだよ」

と言われ、責める言葉をのみ込んでしまった。

誓護は自分でももどかしそうに、言葉を続けた。

「道で誰《だれ》かが困《こま》ってたとして……助けられるのは僕だけじゃない。僕はそこまで傲慢《ごうまん》じゃないよ。大勢を助けられるなんて思ってないし、その必要もない。僕は冷淡《れいたん》な人間だからね。でも、今の彼女を助けられるのは、この世でただ一人、僕だけだろ」

美赤の周囲でただ一人、冥府《めいふ》の存在を知っている人間。もしも冤罪《えんざい》を晴らせる人間がいるとしたら、それは誓護をおいてほかにない。

だから、力になるのだと。美赤を絶対《ぜったい》に見捨《みす》てないのだと。

そんな理由。それだけの理由で、誓護は走り回っているのか。命がけで？

「……そんな曖昧な、いい加減《かげん》な理由で、茨《いばら》の園の園丁《えんてい》を敵《てき》に回そうってわけ？　ひよわな人

間が？　丸腰《まるごし》で？　私たちは煉獄《れんごく》の守りびと——地獄《じごく》の釜《かま》の番人なのよ？」

「丸腰じゃないよ。ちゃんと準備《じゅんび》はしてきたさ」

「準備……？」

「ま、僕んちにあるような物だけどね。あと、イザとなればナイフもある」

「……そんなもので何ができるって言うのよ」

誓護は答えない。ただ、自嘲《じちょう》気味に笑っていた。

「おばかさん……。貴方《あなた》はもっと利口な人間だと思っていたけれど。脳《のう》にカビでも生えたのかしら。きっと黒カビね。ヌメヌメしたやつね。そんなだから女にモテないのよ」

「な⁉　もっ——モテないとか、関係ないだろ！」

アコニットは少年教誨師《グリモアリス》に見えないように、そっと右手の指輪を引き抜いた。

そっぽを向いて、指輪を隠《かく》したこぶしを突《つ》き出す。

「失《な》くしたら、消し炭にするわよ」

「アコニット……」

誓護はガラにもなく感動したらしい。アコニットの瞳《ひとみ》を熱っぽく見つめた。

「……ありがとう！」

「さわらないで」

バチっと放電。どさくさに手を握《にぎ》ろうとした誓護を撃退《げきたい》する。

誓護は頭から煙《けむり》を上げながら、しばらく考えていたが、

「でも、やっぱり、これは返すよ」

——と、〝プルフリッヒの振《ふ》り子〟を突き返した。

ぱか、とアコニットの唇《くちびる》が開く。怒るのを通り越《こ》して、唖然としてしまった。

バチバチと静電気が集まってくる。アコニットは憤然《ふんぜん》として、

「……このアコニットの厚意《こうい》をはねつけるってわけ？」

「違うよ。君に持ってて欲《ほ》しいんだ」

「……どういうこと？」

「いのりを連れ戻すことも、織笠さんを守ることも、僕の力だけじゃ絶対に無理だ」

「————」

「絶対、君の力が必要になる。たぶん、君のフルパワーがね。でも、今はまだ、そのやり方がわからない。どうすればいいのか、全然わからないんだ」

誓護は苦しげに、そして腹立たしげにつぶやく。

「だから、勝手なお願いだけど、僕が何か手を思いつくまで、これは君の手元に置いて欲しい。そうすれば、少なくとも、ほかのグリモアリスには奪《うば》われずにすむ」

道理だ。アコニットの手元にある以上、誰も手が出せない。

「君だけが頼《たよ》りなんだ。アコニット」

紅茶色《こうちゃ》の瞳がアコニットを見つめる。強い視線《しせん》だ。何となく受け止めきれず、アコニットは視線をそらした。なぜだか、頬が熱くなる。

アコニットは腹立ちまぎれに「ふん……」と鼻であしらった。

「好きにすればいいわ。でも、〝振り子〟を共有しないと、連絡手段《れんらくしゅだん》がないわよ」

誓護はコートのポケットに手を突っ込み、携帯《けいたい》電話を取り出した。

「これ、持ってて。何か思いついたら、すぐにこっちからかけるよ」

正直なところ、人界の機械は苦手なのだが……そうも言っていられない状況《じょうきょう》だ。仕方なく、アコニットは電話を受け取った。指でつまんでブラブラさせる。

「……貴方はおばかだわ。利口ぶってるくせに不器用で、冷徹を気取ってるくせに甘《あま》い……。貴方みたいにおばかな人間、見たことがないわよ」

「はは、ひどい言われよう……」

「でも……。そんな、おばかな貴方を助けられるのも」

小さく――本当に小さく、つぶやく。

この世でただ一人、私だけ。

美赤を見捨てないのが誓護のルールなら、誓護を見捨てないのもアコニットのルールだ。ことに、鈴蘭が暗躍《あんやく》しているこの状況では、誓護の知性が頼みの綱《つな》でもある。

何か逆転の方法がある、と誓護は信じているようだ。鈴蘭と美赤の事件《じけん》が結びついているのなら、きっと二つの問題を一度に解決《かいけつ》する妙案《みょうあん》があると。そして、そんな誓護に賭《か》けてみようと、いつしかアコニットも思ってしまっている。もはや四の五の言っている余裕《よゆう》はない。何としても、二つの謎《なぞ》を解《と》き明かさなければ……。

「おい、まだか。いつまで待たせやがる」

ふと、背後《はいご》から不機嫌《ふきげん》な声がかかった。

寒さがつらいのか、少年教誨師が焦《じ》れた様子でにらんでいる。吐《は》く息が白い。

「……もう済んだわ。後は煮《に》るなり焼くなり、好きにすればいい。ただ」

アコニットは嗜虐《しぎゃく》的な笑みを浮かべて振り返った。

「その前に言っておくわ。口のきき方に気をつけなさい。私はアネモネのアコニットよ」

「アネモネ……?」

ぴくり、と少年の眉《まゆ》が動いた。眉間《みけん》のシワが深くなる。

直後、今度はぎょっとして目をむいた。

「アネモネって、あの……麗王六花《れいおうりっか》……!?」

眷族《けんぞく》五万六千を数え、三つの星樹《ポータル》に君臨《くんりん》する冥府《めいふ》の重鎮《じゅうちん》。近年、とある事情で著《いちじる》しく名を落としたとは言え、よくも悪くも、アネモネの知名度は絶大だった。

少年はあわてて刀を地面に置き、片膝《かたひざ》を立ててひざまずいた。

「こ、これは……とんだ無礼を……っ」

「ふん……所属《しょぞく》と種名を述《の》べなさい」

「は……自分は一三星樹、翡翠《ひすい》の森の尖兵《せんぺい》、ルーメックスの軋軋──」

その隙《すき》を逃《のが》さず、アコニットは誓護に目配せした。誓護はすぐさまその意図を察し、美赤を連れて逃げ出した。野鼠《のねずみ》のような俊敏《しゅんびん》さだった。

「あっ、糞野郎《くそやろう》！」

「まだ話はすんでないわ」

アコニットは冷淡に告げる。少年は呪いの言葉でも吐き出しそうな顔をしたが、どうすることもできず、再びこうべを垂《た》れた。

二人の足音はどんどん遠のいていき、やがて残響《ざんきょう》も聞こえなくなった。

アコニットは形ばかりの叱責《しっせき》を続けながら、心の中でつぶやいた。

（せいぜい頑張《がんば》って逃げなさい、誓護──）

アテにしてるわよ。

# Chapter 5 【もう、ずいぶんと長いあいだ】

## Episode 05

私はおののいていた。
自分の中にこれほどの憎《にく》しみが眠《ねむ》っていたことに。
長い長い時間をかけて、憎しみは私の中で育てられていた。
——いや、本当は私こそが、憎しみに育てられていたのかも知れない。
いつからか、私は憎んでいた。
好きだったもの。かけがえのない、大切だと思っていたものを。
もう、ずいぶんと長いあいだ。

## Episode 35

誓護《せいご》と美赤《みあか》は学園の敷地《しきち》内にすべり込《こ》んだ。

昼間、自分たちが通っている場所だ。正面には立派《りっぱ》な鉄の門がそびえているが、大学部の学生のために、夜間でも施錠《せじょう》されていない。門番の前を堂々とすり抜け、イチョウ並木《なみき》の道を走り、門からほど近い記念講堂《こうどう》へと駆《か》け込む。

そこは式典やフォーラム、コンサートに使われる多目的施設《しせつ》だった。まだ明かりがついている。先ほどの涼夜《りょうや》の話によると、シニアの音楽サークルが練習に使っているらしい。

中に足を踏《ふ》み入れた瞬間《しゅんかん》、ほんのかすかに楽器の音色が聞こえてきた。

早足で守衛《しゅえい》の前を通過《つうか》する。守衛室には初老の男が座《すわ》っていたが、ちょっと不審《ふしん》そうにしただけで、呼《よ》び止めることはしなかった。察するに、問題の音楽サークルには、高校生の参加者もいるのだろう。

とりあえず、誓護はここに身を潜《ひそ》めることにした。

地理的には小畑《おばた》音楽教室のすぐ裏手《うらて》だ。遠くに逃げたと見せ、近くに潜むのは逃走劇《とうそうげき》の常套手段《じょうとうしゅだん》。通い慣《な》れた学園だけに土地勘《かん》もある。異能《いのう》を持つグリモアリスにこんな作戦がどれだけ有効《ゆうこう》かはわからないが、屋外を逃げ回るのはこちらが消耗《しょうもう》する。

とにかく、今は落ち着いて考える時間が欲《ほ》しい。それに、いのりが連れ去られた場所、つまり音楽教室からあまり離《はな》れたくない。理屈《りくつ》で言えば、この付近から探《さが》していかなければロスが生じる。そして、そのロスが致命的《ちめいてき》な遅《おく》れにつながらないとも限《かぎ》らないのだ。

誓護は美赤の手を引いて照明の落ちた小ホールへと潜《もぐ》り込んだ。

すぐとなりはステージのある大ホール。音楽サークルはそちらで全体練習をしているらしい。

こちらでは直前までパート練習が行われていたらしく、譜面台《ふめん》と椅子《いす》、メトロノームが出しっぱなしになっていた。

誓護は美赤を椅子に座らせ、自分もとなりの椅子に腰《こし》を下ろした。

呼吸《こきゅう》の乱《みだ》れがおさまり、汗《あせ》がひく頃《ころ》、ようやく人心地《ひとごこち》が着く。

「それにしても無用心だな～。でも、おかげで助かったよ。一息つける」

沈《しず》みがちな空気を明るくしようと、あえて軽い調子で言う。

だが、美赤はどんよりと沈み込んで、

「これから……どうなっちゃうの……？」

と重苦しくつぶやいた。返答を期待していない、自問のようなつぶやきだった。

これから、どうなるのか。

本当のことを言えば、それは誓護にもわからない。

誓護の読み通りなら、紗彩《さあや》と亜沙子《あさこ》、二つの事件《じけん》はつながっている。鈴蘭《すずらん》という、不気味な横糸で。美赤の無実を証明《しょうめい》できれば、きっとアコニットの方の案件も解決《かいけつ》するはずだ。そうなれば、万事めでたし。こちらの完全勝利で幕《まく》を引ける。

そう――教誨師《グリモアリス》の追跡《ついせき》をかわし、鈴蘭を出し抜いていのりを奪回《だっかい》し、美赤の無実を証明できるフラグメントをそろえ、紗彩殺しの真犯人《しんはんにん》を特定すれば。

（……さすがに、言ってて虚《むな》しくなってくるな）

そんなことが本当に可能《かのう》だろうか。クリアしなければならない障害《しょうがい》が多すぎる。

だが、本当にやっていないなら。冤罪《えんざい》なら。あきらめていいはずがない。

まして。

誓護は薄《うす》く笑った。どす黒い感情が胸の奥《おく》にこみ上げる。

バカだな、鈴蘭。大バカだ。いのりを誘拐《ゆうかい》なんかするから——僕《ぼく》はもう、死んでもこの事件から降《お》りないぜ。どんな汚《きたな》い手を使ってでも、そっちの思惑《おもわく》をつぶしてやる。

「もし……本当に、魂《たましい》なんてものがあるなら」

突然《とつぜん》、美赤がそんなことを言い出した。

声の調子がいつもと違う。

誓護は驚《おどろ》いて顔を上げた。一体、彼女は何を言い出したのだろう？

「紗彩の魂は……犯人《はんにん》を知ってる。誰《だれ》が、自分を殺したのか」

「それは、まあ、そうだろうけど……？」

「あの男の子……死神が、私を迎《むか》えにきたってことは」

美赤は上目遣《うわめづか》いになり、不安げにつぶやいた。

「紗彩が……私のこと、犯人だって、言ったの？」

「————」

なるほど、と思った。そう考えるのが筋《すじ》だろう。

以前、アコニットの口から聞いたことがある。罪《つみ》を認定《にんてい》するのは死者だと。

こうも聞いた。殺された本人の証言があれば、教誨師の派遣《はけん》は早まる。

今回は事件発生からわずか一年で教誨師が訪《おとず》れている。完全犯罪と見なすには、かなり気の早い話だ。つまり、紗彩自身が美赤に殺されたと主張《しゅちょう》している？

「あの男の子……烙印《らくいん》を押《お》すって、言ってた……。桃原《ももはら》くんが、教えてくれた通り」

美赤はまるで確《たし》かめるように、じっと誓護を見つめていた。

「烙印を押したら、私はどうなるの？　地獄《じごく》に、連れて行かれるの？」

「……最後にはね」

そう、と美赤は素直《すなお》に納得《なっとく》した。それから、こう言った。

「それが、紗彩の望みなら……。紗彩が、そう望むなら。私は、地獄に行くべき——」

「だめだ！」

最後まで言わせず、力強くさえぎった。

「それは違う。君はやってないと言ったんだ。たとえ友達が望んだことでも、無実の人間が地獄に行くなんて、おかしいよ！」

美赤は不思議そうに誓護を見た。

「どうして、そんなに……信じてくれるの？」

その表情が痛々《いたいた》しく歪《ゆが》む。何がそんなにつらいのか、苦しそうに、切なげに。

「私は、桃原くんが思ってるような子じゃない。私は、紗彩を殺したりしない……でも、私が紗彩を殺しちゃったようなものなの。悪いのは、私。私が……あのとき……」

それきり、口をつぐんでしまう。

「それ、どういう意味？」

「…………」

答えない。美赤は一転、貝のように黙《だま》りこくってしまった。

「……地獄っていうのはね、僕らが思う以上にキツイ場所らしい。とことんまで肉体的苦痛《くつう》を加えられる。そんな場所に、好き好《この》んで行く人はいないよ」

護《まも》りたいものでもない限《かぎ》り、と胸中《きょうちゅう》で付け加える。

「そして、行くべきでもないんだ。無実の君が地獄に行ったら、君を地獄に追いやった人たちが罪を犯すことになる。ひょっとしたら、君の親友もね」

美赤ははっとしたようにこちらを見た。

「だって、そうだろ？　紗彩さんは誤解《ごかい》してるのかも知れない。親友の誤認逮捕《ごにんたいほ》に手を貸《か》したなんて知ったら、どんな気分になる？」

「あ……」

「僕は君を信じると決めた。それはもう、絶対に覆《くつがえ》らない。だから君も君を信じて、最後まで頑張《がんば》ろう。無実を証明するまで、ね」

やがて、美赤はこくりとうなずいた。そんな仕草は妹に似《に》ていた。

誓護はほっと胸をなで下ろした。本人に弱気になられては、護れるものも護れない。

しかし、美赤の疑問《ぎもん》ももっともだ。

美赤が罪人として追われているのは、紗彩の証言あってのことなのだろうか。だとしたら、どんなカラクリでそうなったのだろう。それとも……まさか本当に美赤が？

確かめたい。紗彩の証言があったのかどうか。しかし、それはあの世の話だ。誓護には確かめる方法が――

ある！　アコニットがいる！

誓護は反射的《はんしゃ》にポケットに手を突っ込み、携帯《けいたい》電話を探《さぐ》った。

こつん、と指先に硬いものが触《ふ》れる。電話だ、と思った瞬間《しゅんかん》、思い出した。自分の電話は、先ほどアコニットに渡《わた》したはずだ。

「あ……忘《わす》れてた」

引っ張り出す。パールホワイトのボディが光る。先ほど、公園で拾った物だ。

誓護は美赤に電話を差し出した。

「これ、織笠《おりかさ》さんの電話？」

明らかな反応《はんのう》があった。美赤が驚《おどろ》いたように目を見開く。

「よかった。ちょっと借りていい？」

「あ……それ……電池、切れてる」

「え、そうなの？」

ついさっき、誓護の電話にかけてきたはずなのに？

「じゃ、とにかく、返すよ。ここで待ってて。僕、電話かけてくる」

確か、ロビーに公衆《こうしゅう》電話があったはず。自分の電話番号は暗記している。かける分には問題ない。誓護は早速《さっそく》、腰を浮《う》かした。

「あ、私も……」

不安なのだろう。美赤も席を立ち、誓護に続いてホールを出た。

## Episode 36

古びた時計塔《けいとう》には、黒い茨《いばら》のような、枯《か》れたツタがからみついていた。

中央講堂《こうどう》の時計塔——築《ちく》一〇〇年近いと言われる歴史的建造物だ。それは学園の象徴《しょうちょう》たる建物で、名前の通り学園の中心にそびえていた。観光客に喜ばれるゴシック調の重厚な造《つく》り。月明かりを浴びて威厳《いげん》すら漂《ただよ》わせている。

その頂《いただき》、時を刻《きざ》む剣《けん》のような針《はり》の横に、一人の少女が腰かけていた。

彫刻《ちょうこく》されたガーゴイルの足もと。鴉《からす》が羽を休めたような、その姿。

肌《はだ》と衣装《いしょう》の白さが目立つ。本当なら鴉よりも鳩《はと》や白鳥にたとえられるべき色合いだが、その妖気《ようき》は死の臭《にお》いを漂わせ、不吉《ふきつ》な気配に満ちていた。

遠目には、しゃれこうべが鎮座《ちんざ》しているようにも見える。

そのしゃれこうべ――鈴蘭は、学園を見下ろしながら、誰《だれ》に言うともなくつぶやいた。

「もうすぐだわ。もうすぐ、二つの烙印が押される……」

くすくすと笑う。楽しげに。嬉《うれ》しそうに。

「うふふ……ふふふ……ふふふ」

あどけない笑い声。

それは次第《しだい》に上《うわ》ずり、かすれ、人外の何かがもらす湿《しめ》ったため息のように、べったりとまとわりつく不快《ふかい》な音となった。

じわりと、あたりの闇《やみ》が濃《こ》くなる。

「ふふ……私は殺すわ。人間を殺すわ。もっと、もっと殺すわ。そして、同じ数の罪人《ざいにん》を生むわ。同じ数の人間を、この世から消すわ。ふふふ……すべて、明白なこと。愚《おろ》かで、穢《けが》らわしく、おぞましい人間なんて、みんな消えてしまえばいい」

虚《うつ》ろな眼《め》を夜の街に向ける。

「貴方《あなた》は知っているのかしら、愚かな愚かなクリソピルム……。貴方の心ないふるまいが、現《げん》世《せ》にどんな結果をもたらしたのか……」

ふっと、自嘲《じちょう》ぎみに唇《くちびる》が歪《ゆが》んだ。

「貴方のせいだわ。すべて……。そう、すべてよ……。貴方のせいで、私は壊《こわ》れていく。だんだん、だんだん、だんだん、だんだん、だんだん、だんだん……」

呪詛《じゅそ》にも似たつぶやき。それはまるで地の底から響《ひび》いてくるかのように、低く低く、そして重たく、何度も何度も繰《く》り返された。

「貴方《あなた》が植えつけたのだわ。希望という種……優《やさ》しさという種」

歌うように。詩吟《しぎん》のように、言葉をつむぐ。

「それは芽吹き、私の中に全身くまなく根をはった……。そしてあるとき花開き、憎《にく》しみの実をつけたのよ。ふふふ……だって、私は欠かさず水をやったのだもの。毎日毎日……涙《なみだ》の泉《いずみ》に湧《わ》く水をね。もう、ずいぶんと長いあいだ……」

しおれた花にも似《に》た微笑《びしょう》。それは痛々《いたいた》しいほどに疲《つか》れ、渇《かわ》ききっていた。

「ねえ、気付いているの？　クリソピルム……貴方は」

もちろん、その問いかけに答える者はない。

鈴蘭は苦笑《くしょう》し、それから声をあげて笑った。くすくす、くすくすと。自分自身が可笑《おか》しくて可笑しくてたまらない、というふうに。

両腕《りょううで》を背中に回し、胸《むね》を反らして伸《の》びをする。

「さて……のんびりしてはいられないわね。愚かな人間どもを閉《と》じ込めておく理由が必要だもの。捜査《そうさ》の一環《いっかん》……ふふ、さすがに今回は、それは通らないでしょうね……」

小首を傾《かし》げ、どこか楽しげに考え込む。菓子屋《かしや》でケーキを選ぶように。

ふと、その視線《しせん》が遠くに向けられた。

「あら？」

漆黒《しっこく》の瞳《ひとみ》がキラリと光る。視線の先に面白《おもしろ》いものを見つけたようだ。

鈴蘭はとある建物に注目している。学園の一端《いったん》にそびえる、かまぼこ板を立てたような平たいビル。理学部の校舎《こうしゃ》だ。

その屋上、鉄のフェンスに腰かけている少女がいた。それこそ、鴉が羽を休めるように。風に泳ぐ銀の髪《かみ》が、黒い衣装《いしょう》に映《は》える。

「まあ。あれに見えるは麗王六花《れいおうりっか》のお姫《ひめ》さま」

少女は嬉しそうに胸の前で手を合わせた。

「ふふ、やる気なのね。あきらめもせず。人間なんかに味方して……」

その刹那《せつな》、先ほどのアコニットの言葉が脳裏《のうり》に甦《よみがえ》った。

みじめで、あさましい。

マヤリス卿《きょう》の顔に泥《どろ》を塗《ぬ》る——

「……ふふふ、失礼なこと。そんなこと、どの口で言うのかしら」

みし、と顔の骨格《こっかく》が軋《きし》んだ。憎悪《ぞうお》の炎《ほのお》が胸中でくすぶり始める。

「まったく、厚顔無恥《こうがんむち》とはよく言ったもの。傲慢《ごうまん》よ、アコニット。貴女《あなた》は昔から……」

あやうい均衡《きんこう》をたもっていた理性《りせい》が、一挙にぐらりと傾《かたむ》いた。胸の奥底《おくそこ》に沈《しず》めていた激情が、肉をあぶるような熱をもって、内側からふつふつと湧《わ》き出してくる。

頭の片隅《かたすみ》では理解《りかい》している。ここで短気を起こしても、何の得もない。前回の一件も、アコニットの介入《かいにゅう》があったにせよ、罪人を地獄《じごく》送りにして、鈴蘭の目的は達成された。今回もまた、そうすればいいだけだ。自《みずか》らトラブルを起こし、立場を悪くするのは愚かなことだ。

──しかし、そんな言葉で立ち止まるには、鈴蘭はもう『壊れ』すぎていた。

「立場ですって？」くすくすと笑う。「今さらだわ。明白なこと。ねえ、鈴蘭。そんなことは、もう、どうでもいいことではなくて？」

なぜなら。

自分はもう、ぼろくずのようにうち捨てられた身なのだ。今さら保身《ほしん》するほどの値打《ねう》ちが、この身にあるというのだろうか？

この鈴蘭に？

漆黒の瞳に狂気《きょうき》が宿る。我が身をかえりみようとしない、自棄《やけ》にも似た狂気。

「おばかさんは貴女よ、アコニット。そんなおばかさんには」

少女のように無邪気《むじゃき》に微笑《ほほえ》む。

「おしおきをしなくちゃ、ね」

ぼぼぼっとワンピースのすそから白い炎《ほのお》が燃《も》え上がり、少女の姿を覆《おお》い隠《かく》した。

百合《ゆり》の花びらのような炎。その火が最後のひとひらまで燃え尽きたとき、そこにはもう誰の姿もなかった。

そうして姿が見えなくなっても、笑い声だけがいつまでもその場に残っていた。

風の泣き声のような、切ない響きが。

いつまでも、いつまでも。

## Episode 37

ひらひらと雪が舞《ま》い落ちて、アコニットの頬《ほお》に触《ふ》れた。

どす黒い雷電《らいでん》が生じ、雪の欠片《かけら》を蒸発《じょうはつ》させる。アコニットは理学部校舎《こうしゃ》の屋上で、フェンスに腰かけ、イライラしながら下界を見渡していた。

静かなようで騒《さわ》がしく、明るいようで暗がりの多い、このゴミゴミとした人間の街――このどこかに、鈴蘭が生み出したセグメントの檻《おり》があるはず。それはわかっている。だが、当てもなく探すには人界は入り組みすぎていて、そして死角が多すぎた。

こうして高所から見下ろしてみても、地上はやはり暗い。もしセグメントが視野に存在《そんざい》したとしても、簡単には判別《はんべつ》できそうにない。

アコニットはピンクの唇《くちびる》を思いっきり歪《ゆが》め、ブーツの足をぶらぶらさせた。がっしゃ、がっしゃとフェンスを蹴《け》る。いら立った猫《ねこ》のような仕草だ。もしもしっぽがあったなら、不機嫌《ふきげん》にぶんぶん振っていたに違いない。

……じっとしているのが、つらいのだ。

いのりが鈴蘭に拉致《らち》されたのは自分の責任《せきにん》だと、己《おのれ》を責《せ》める気持ちが強い。こんなところで途方に暮《く》れているしかない、己の無力も度《ど》しがたい。こんなのは許《ゆる》せない。こんなのは。

そのとき突然、コートのポケットがぶるぶると揺《ゆ》れた。

女性ボーカルの歌声が響《ひび》く。携帯《けいたい》電話が着信を知らせていた。

アコニットは絶対に認《みと》めないが、びっくりした、というのが正直なところだ。らしくもなくあわててしまい、フェンスから転げ落ちそうになる。

取り落としそうになりながら、振動《しんどう》する電話を取り出す。

「な……何よ、うるさいわね」

手の中の電話に文句《もんく》を言う。誇《ほこ》り高きアネモネの姫《ひめ》、煉獄《れんごく》のアコニットともあろう者が、たかが携帯電話を持て余し、わたわたしていた。

「わかってるったら……少し、黙《だま》りなさい」

とにかく耳に当ててみるが、当然ながら会話はできない。

どうすればいいのだろう？

せっつくような歌声は続いている。アコニットは滑稽《こっけい》なほど狼狽《ろうばい》し、必死になって記《き》憶《おく》を掘《ほ》り返した。電話を使うときの人間の仕草を思い出す。

確か……まずはボタンを押すのだ。

でも、どこの？

光っている部分を押してみる。しかし、そこはただのライト。反応はない。

アコニットはさらに記憶を掘り返す。確か——そう——開くのだ！

側面の隙間《すきま》に指を入れてみると、果たして、電話は二つにパカッと割れた。またも取り落としそうになるが、何とか空中でキャッチ。改めて電話の表面を観察する。

特に目立つのは液晶《えきしょう》のディスプレイだ。その下にボタンがいくつも並んでいる。このどれかがアタリのはずだが……。

一つだけ光っているボタンがあったので、反射的にそれを押し、人間の真似をして、おそるおそる耳に当ててみた。

『アコニット？　聞こえる？』

誓護だ。いつもと少し声のトーンが違うが、しゃべり方でわかる。

アコニットはほっとして、こっそり安堵《あんど》の息をついた。よかった。できた。

今しがたの格闘《かくとう》や、ほっとした気持ちなどおくびにも出さず、取りすまして、

「……何よ」と答える。

『電話、大丈夫《だいじょうぶ》みたいだね。よかった』

「ふん……この私を誰《だれ》だと思ってるの」

たった今あわてふためいたことなど忘《わす》れて、強がりを言う。

「……そっちはどうなの？」

『ひとまずは無事。追っ手はまけたと思う。君が上手《うま》くやってくれたんだろ？』

「ふん……。それで、何か思いついたんでしょうね？」

『ごめん、まだ。その前に、確認《かくにん》しておきたいことがあって』

「何？」

『こっちの事件のことなんだ。被害者《ひがいしゃ》が、織笠さんを、その——訴《うった》えているのかどうか』

唐突《とうとつ》な言葉だったが、アコニットはすぐに了解《りようかい》した。

「死んだ人間の証言かあるかどうか、ね？」

『調べられる？』

「このアコニットを甘く見ないで」

自分の管轄《かんかつ》外の案件なので、調べる権限《けんげん》はアコニットにはない。しかし、閲覧禁止《えつらんきんし》のライブラリをのぞく方法はある。アコニットは二つ返事で請《う》け負った。

「用件はそれだけ？」

『いや、もう一つ。セグメントについて教えて欲《ほ》しいんだ』

「分節乖離《セグメント》——？」

『うん。僕《ぼく》の考えじゃ、いのりはセグメントにつかまってる』

「……でしょうね。追跡をかわそうと思うなら、自然とそうなるわ」

セグメントは便利な障壁《しょうへき》だ。檻《おり》としても使えるし、音を伝えず、中の様子を見せない。夜の闇《やみ》にもまぎれる。そして、何より堅牢《けんろう》だ。そう簡単《かんたん》には突破《とっぱ》されない。

『どんな性質《せいしつ》があるのかなって。具体的には――たとえば、電波を遮断《しゃだん》する？』

「それが通信目的で交換《こうかん》されるものなら、遮断されるわ」

意味がわからなかったらしい。戸惑《とまど》ったような息遣《いきづか》いが聞こえた。

アコニットは言葉を足した。

「光にしろ、電波にしろ、とにかく情報《じょうほう》を分断《ぶんだん》するの。その判断は私たちグリモアリスや人間がするわけじゃない。通信規約《プロトコル》が規定《きてい》するのよ」

『ごめん、よくわからない』

「セグメントは壁よりも膜《まく》に近い存在なの。空気や熱、明るさは基本《きほん》的に素通り。ただ、それが情報をともなう場合には、情報だけが遮断されるのよ」

しゃべりながら考えをまとめる。この独特《どくとく》の感覚を、人界しか知らない人間に伝えるには、どんな言葉を使えばいいのだろう？

「セグメントは情報だけを遮断するフィルターのようなもの。酸素や温度は通しても、その通過を機械や肉眼で観測《かんそく》することはできないのよ」

『――よくわかんないけど、どうやっても中の様子はわからないってこと？』

「まあ、そうね……そう」

『通信もできない、と。それじゃ、GPSも意味ないな……』

誓護が黙《だま》り込《こ》む。いのりの位置を特定する手段がないか、考えを巡《めぐ》らせているらしい。

『……待てよ？ 情報を遮断する、だって？』

誓護の声が高くなる。

『だったら、内側にいる限り、外で何が起こってるのか、わからないのか』

「そうよ。私が作ってみせたときも、外界は見えなかったでしょう？」

『そんな状態《じょうたい》で、どうやって外の様子を探《さぐ》るの？』

「ばかね。障壁の外に出てしまえばいいじゃない」

『え、出る――？』

「セグメントは生み出した本人に対しては『透明《とうめい》』にふるまうの。私が生み出した壁なら、私は自由に通り抜けられるし、私の雷霆《いかずち》も通すのよ」

『ああ、それで……』腑《ふ》に落ちたような声。『前、障壁越しに心を読まれたんだ』

「マヤリスの胤性霊威《フイグメント》ね。ええ、そう。それは鈴蘭が生み出したセグメントだったから」

『なるほど……外に出る、か』

鈴蘭とて、ずっと閉じこもっているわけにはいくまい。外界の様子を探りに姿を見せる――

そして、たぶん、それは大きな隙《すき》になる。

ふと、誓護は突飛《とっぴ》なことを言い出した。

『ねえ、アコニット。セグメント、破壊《はかい》できる？』

驚《おどろ》いたアコニットだが、すぐに納得《なっとく》した。誓護の疑問《ぎもん》はもっともだ。それができるかできないかで、いのりを取り戻すプランが大きく変わる。

「並《なみ》のグリモアリスには、無理ね」

誓護は笑ったようだった。

『当然、君は並のグリモアリスじゃないんだろ？』

「……確かに、アネモネの雷霆は万物《ばんぶつ》を灰燼《かいじん》へと帰《き》す絶対の猛毒《もうどく》。この世に粉砕《ふんさい》できないものなんてないわ」

『そりゃ頼《たの》もしい！』

「ふざけないで。話はそんな簡単《かんたん》じゃないのよ。私の雷霆でセグメントを破壊するなんて……高圧《こうあつ》電流を使って卵《たまご》の殻《から》だけを焼き尽《つ》くそうとするようなものだわ。きっと、中の人間も無事じゃすまない……」

『――――』一瞬、絶句《ぜっく》する。『それじゃ、どうしようもないじゃないか！』

アコニットは無意識《むいしき》のうちに唇《くちびる》に手をやった。親指で下唇に触《ふ》れながら、

「……そうでもないわ。鈴蘭の行為《こうい》はあからさまな捜査《そうさ》妨害《ぼうがい》。無関係な人間――貴方の妹を連れ去ったのだもの。上にかけ合って、セグメントを強制解除《きょうせいかいじょ》できると思う」

『……それ、どのくらいの時間がかかる？』

「鈴蘭と私は指揮《しき》系統《けいとう》が違うから……そうね、並のグリモアリスの申請《しんせい》なら、審議《しんぎ》に一晩《ばん》はかかるでしょうけど」

ふ、と小さな笑み。

「当然、私は並のグリモアリスじゃないわ」

『……君がいてくれてよかったよ、アコニット。本当に』

「ふん……」

耳の後ろをくすぐられるような感覚。悪い気はしない。

そのとき、突然、電話の向こうが騒《さわ》がしくなった。

舌打《したう》ち。軽い悲鳴。ドタバタとあわただしい物音——

「誓護？　どうしたの？」

『ごめん、アコニット。また連絡《れんらく》する！』

それっきり何の説明もなく、ガチャンと受話器を置く音を最後に、通話は切れた。

アコニットは憮然《ぶぜん》とした。

「……ふん、失礼な男」

このアコニットとの会話を一方的に終わらせるなんて。

何か、あったのか。

あの軋軋《ギシギシ》とかいう少年教誨師《グリモアリス》が、もう追いついたというのだろうか。アコニットすらわからない、誓護の居場所《いばしょ》を突《つ》き止めて？　だとしたら、一体、どうやって……。

いや、今は考えている場合ではない。誓護の手助けになるのは、心配ではない。

アコニットはその場に座《すわ》り直し、二つの指輪を重ね合わせ、念じ始めた。

（リコリス——答えなさい、リコリス）

思念でメッセージを送る。

ややあって、人間の電話よりはよほどスムーズに、そしてクリアに、イメージした相手に通話がつながった。

『リコリスです。お呼《よ》びでしょうか、お嬢《じょう》さま』

（命令よ。今から言うものを調べて頂戴《ちょうだい》）

アコニットは急いで要件を伝えた。途端《とたん》に、悲鳴とも非難《ひなん》ともつかない声が上がる。

（つべこべ言わないで。閲覧禁止？　そんなのわかってるわよ。簡単《かんたん》なことじゃない。方法なんて知らないわ。自分で考えなさい。無能ね！）

ひーっ、と情《なさ》けない泣き声が聞こえたような気がするが、アコニットは無視《むし》して、一方的に回線を遮断《しゃだん》した。

再《ふたた》び意識《いしき》を集中し、今度は別の回線を開く。

そちらは、低位のグリモアリスには開けないよう、プロテクトされた回線だった。アクセスには相応《そうおう》の魔力《まりょく》が必要となる。意識をしぼり込《こ》み、気力を充実《じゅうじつ》させて、より集中力を高めて呼びかける。

（ドラセナ――答えて、ドラセナ）

やや間があって、呼びかけに答える声がした。

『これは珍《めずら》しきこと。何事じゃな、花鳥頭《はなうず》の君』

アコニットはやはり勢《いきお》い込んで、急いで要件を伝えた。

（貴女《あなた》にお願いがあるの。セグメントの妥当性《だとうせい》を審査《しんさ》して欲《ほ》しいのよ。おばかな鈴蘭が、あろうことか無関係の人間を誘拐《ゆうかい》して――）

それ以上、重ねて言葉をつむぐことはできなかった。

猛烈《もうれつ》な力に引きずられ、体が宙《ちゅう》に飛ばされた。

斜《なな》め後方へと打ち上げられる。やがて角度はゆるやかに変わり、今度は地面に向かって落下を始めた。ぐんぐんと加速。猛烈な勢いで地面へと叩《たた》きつけられる。

腹《はら》を貫《つらぬ》いた何かがアスファルトに突《つ》き刺《さ》さり、地面に縫《ぬ》いつけられるまで、何が起こったのか理解《りかい》することもできず、もちろん抵抗《ていこう》することもできなかった。

アコニットの胴体《どうたい》を鉄の槍《やり》が貫通《かんつう》していた。

槍――いや、違う。道路標識《ひょうしき》の支柱《しちゅう》だ。串刺《くしざ》しにされて、身動きが取れない。

全《すべ》ての神経《しんけい》が焼き切れるような激痛《げきつう》。意識が真っ白に消し飛び、何も考えられない。確実に気絶した。そして、すさまじい激痛でまた意識を取り戻す。そんな拷問《ごうもん》を、ほんの数秒のうちに数十回も味わって、アコニットはびくびくと痙攣《けいれん》した。

「う……ひっ、ぅぐ………っ」

悲鳴すら、上げられない。

血が喉《のど》に詰《つ》まる。串刺しにされているので、咳《せき》をすることもままならない。まさに地獄《じごく》の苦しみだ。ごぼごぼと口から血があふれた。

ふわり、と鉄の槍の尾部《びぶ》、駐車禁止《ちゅうしゃきんし》のマークの上に降《お》り立つ影《かげ》があった。

雪のように白く、冷たく凍《こお》りついた肌《はだ》。

闇《やみ》の深淵《しんえん》のように暗い、漆黒《しっこく》の瞳《ひとみ》と髪《かみ》。

可憐《かれん》と言うにはまがまがしく、たおやかと言うには不気味にすぎる、美しい姿《すがた》。

「まあ、奇遇《きぐう》だわ。ふふふ、ひと晩のうちに二度も貴女に会うなんて」

地に突き刺さった槍の上で、それは腰を折り、微笑《ほほえ》んで言った。

「ご機嫌《きげん》はいかがかしら、花鳥頭の君」

「す──」

かろうじて、アコニットの喉から声が出た。

「鈴蘭……」

「桃原くん！」

普段《ふだん》ぼんやりとしている美赤の声が、不意に鋭《するど》くなった。

誓護のコートを引っ張る。意外な力強さだ。誓護も神経過敏《かびん》になっているので、ほとんど反《はん》射《しゃ》的にそちらを振り向いた。

廊下《ろうか》の突き当たりに、はめ殺しの窓《まど》がある。窓越《ご》しに見えるのは屋外灯だ。しかし、もちろん、美赤が示《しめ》したのはそんなものではない。

明かりの下に浮《う》かび上がる小柄《こがら》な人影——

少年のシルエット。

棒《ぼう》のようなものを携《たずさ》えている。間違いない。先ほどの教誨師《グリモアリス》だ！

少年はゆったりと照明を横切り、再《ふたた》び夜の闇《やみ》に消えた。

粘《ねば》りつくような重い沈黙《ちんもく》が訪《おとず》れる。空気が硬《かた》くて吸《す》い込めない。窒息《ちっそく》しそうだ。

……立ち去った、のか？

彼は通り過《す》ぎたのか？　こちらには気付かずに？

受話器を握《にぎ》る手が汗《あせ》ばむ。

結果はわかっているような気がする。誓護は息を殺し、その瞬間を待った。

果たして――

こつ、とガラスに触《ふ》れる音がかすかに聞こえ――

誓護の予想通り、敵《てき》は再び窓の向こうに姿を見せた。

無言で刀を引き抜き、ガラスを切り裂《さ》こうとする。

「ごめん、アコニット。また連絡《れんらく》する！」

かろうじてそれだけを告げ、返事も待たずに受話器を置いた。

美赤の手を引き、走り出す。

背後《はいご》でガラスの砕ける音がする。何事かと身を乗り出す守衛《しゅえい》の前をすり抜け、誓護は記念講《こう》堂《どう》を飛び出した。追いすがるような怒声《どせい》は無視《むし》。あの守衛が少年を引き止めてくれれば、こちらとしてはとても助かるのだが、それは期待するだけ野暮《やぼ》というものだろう。

ポケットの中で誓護の〈秘密兵器《ひみつへいき》〉が揺《ゆ》れる。これを使えば……。

いや、と思い直す。これの使いどころは、もっと後だ。これは最後の切り札。タイミングを外すわけにはいかない。

とにかく、逃げる。足だけでなく、頭も高速で回転を始めていた。

さあ、考えろ。アコニットがくれたヒントをもとに。この状況《じょうきょう》を打破《だは》し、同時に鈴蘭の魔手からいのりを取り戻す方法を。

おそらく、いのりはセグメントの檻《おり》に囚《とら》われている。だとしたら、セグメントを見つけ出すことが先決だ。

では——檻は一体、どこにある？

逆に考えてみる。もしもセグメントが人間に発見されたら、どうなるか。

何しろアレは異界の異物。たぶん、大騒ぎになる。大騒ぎになれば、こちらに把握《はあく》される。

そして、アコニットは障壁を解除《かいじょ》できるらしい。つまり、こちらにとって非常《ひじょう》に有利な展開《てんかい》となるわけだ。

そのくらいのことは鈴蘭も考慮《こうりょ》に入れているはず。だから、必ず、自分の目が届《とど》く範囲《はんい》に置いている。逆に言えば、鈴蘭の行動範囲はセグメントの近くに限られる。鈴蘭を発見することは、そのまま人質を発見することになるはずだ。

では、鈴蘭はどこにいる？

鈴蘭はこちらの動きを気にしている。少なくとも、捜査《そうさ》の進展にはかなり神経質になっている。わざわざ人質を取るくらいだから、イザとなれば直接的《ちょくせつてき》な妨害《ぼうがい》も辞さないだろう。だとしたら、『イザ』となったときに妨害できる場所——決定的なシーンが再生《さいせい》される場所に、必ずいる。その近くで様子を見ている！

さて……問題はそこだ。

決定的な場面とは、果たしてどの場面なのか。

それはどこで編纂《へんさん》される過去《かこ》なのか。どんなエピソードだ。内容《ないよう》から逆算するか……いや、場所から内容を……だめだ、それでは堂々巡《めぐ》り。思考が前に進まない。

ふと、ぴん、と心のアンテナが反応した。

いや、わかっている。

どこが決定的な場所なのか、その答えを知っている。

お前は知っているぞ、桃原誓護。既《すで》に決定的なヒントをどこかで拾っている。急げ。早く気付け。こうしているあいだにも、いのりが不安に怯《おび》えている！

しかし、あせればあせるほどに心が乱《みだ》れ、誓護の考えはまとまらない。

いのりの不在が誓護の頭脳《ずのう》に大きな負荷をかけている。焦燥《しょうそう》と動揺《どうよう》という、何の役にも立たないプログラムで、CPUの大半が占《し》められてしまっている。

鈴蘭がいのりに手出しすることは考えにくい。もしも涼夜が凶悪《きょうあく》な殺人犯だったとしても、セグメントの内側でいのりに危害を加える理由はない。もちろん、錯乱《さくらん》して、という可能性は残るが、いずれにしても鈴蘭の監視《かんし》下だ。涼夜としてもそれどころではないはず。そもそも、涼夜が殺人犯とは限らない。

――と、頭ではわかっているのに。

心がかき乱される。いのり、いのり。冷静な思考ができない。ああ、いのり。僕はこんなにも弱い人間だったのか。

「桃原くん……っ」

美赤の声が裏返《うらがえ》る。

はっとして視線《しせん》を上げると、前方に刀を構《かま》えた少年の姿！

前に回り込まれている。誓護はあわてて進路を変え、わき道へと飛び込んだ。

冷え冷えとした校舎裏《こうしゃうら》を駆け抜け、泥《どろ》をはね飛ばして中等部の運動場へ。立ち並ぶ部室棟《ぶしっとう》の陰《かげ》にすべり込み、ほっとひと息——つく間もなく、その姿に気付いた。

格技場の前の小道を、まっすぐこちらに歩いてくる。じっとこちらをにらみつけて。悠々《ゆうゆう》と。むしろ余裕《よゆう》すら感じさせる足取りで。

（また先回りされた——!?）

誓護は舌打《したう》ちした。

「くそっ、しつこいな……」

落ち着いて考える間もくれないのか。

ほかにどうすることもできず、とにかく走る。走る、走る。冷たい空気が肺《はい》を刺す。苦しい。自分が苦しいのだから、美赤はもっと苦しいだろう。だが、美赤の心拍数《しんぱくすう》を気遣う余裕は誓護にはない。何としても逃《に》げ切らなければならないのだ。

学園の外壁《がいへき》に沿《そ》って走り続けるうち、レンガ積みの高い塀《へい》が不意に途切《とぎ》れた。

いつの間にか、西門の近くにきていた。初等部校舎があるあたり。保護者《ほごしゃ》用の広い駐車場《ちゅうしゃじょう》があり、今は残念なことに見通しがきく。隠《かく》れられそうな場所はない。

さあ、どっちに逃げる？

学園の外か。それとも中か。

門の手前で迷《まよ》っていると、門番詰《つ》め所の陰から、ぬっと小さな人影《ひとかげ》がせり出してきた。

——やはり、例の教誨師だった。

「またアイツだ……。くそっ！」

やむなく、誓護は鉄の門をくぐり抜けた。

ついに、学園の敷地《しきち》を飛び出す。そのまま、マンションが林立する区画へ。時刻《じこく》は午後一時を回ったか。通行人は多くない。それだけに——敵の姿は嫌でも目立つ。

一〇〇メートルほど向こう、マンションの角を曲がって現《あらわ》れる少年がいた。

無論《むろん》、教誨師だ。また先回りされた。誓護はきびすを返し、今度は住宅街《じゅうたくがい》の方へ向かう。入り組んだ道を幾重《いくえ》にも折れ、追っ手をまこうとする。しかし……。

「——また！」

やはり先回りしていた教誨師の影。個人《こじん》住宅の前庭からのそりと現れ、切れ長の目をこちらに向ける。誓護はあわてて急ブレーキをかけ、苦しげに息を切らす美赤を押し戻すようにして、今きた道を駆け戻った。

向こうの方が断然、足が速い。疲弊《ひへい》した美赤はお世辞にも俊足《しゅんそく》とは言えず、たぶん、速度にして倍近い開きがある。先回りされるのは仕方がない。仕方がないが——それでも捕《つか》まらない不思議。おかしい。不審《ふしん》だ。あり得ない。誓護の心が警報《けいほう》を鳴らす。疑念《ぎねん》の正体がつかめないまま、逃げ込み、息を潜《ひそ》め、駆け出し、逃げ惑《まど》う。そうした一連の行動を何度も繰《く》り返すうちに、ようやく誓護は気付いた。

敵は、でたらめに追いかけているわけではない。

とっさに、頭の中に地図を描《えが》く。追っ手の接近《せっきん》に気付いた場所をマーク。そして、どの方向から接近されたのかを一つ一つ検証《けんしょう》してみる。すると、思った以上にあっけなく、不可解《ふかかい》の原因《げんいん》がはっきりした。

——誘導《ゆうどう》されている。

いや、追い込まれている。罠《わな》のある場所に追い詰められる獲物《えもの》の構図だ。

少年教誨師は誓護と美赤を一定の範囲内に押し込めるように追ってきた。学園から追い出し、しかしこの地区からは逃がさず、ある一方向に向かうときだけは泳がせるようにして。

そして、その方向とは。

二人は、小畑音楽教室の反対方向、誓護の自宅《じたく》の方へと押し戻されていた。

もちろん、敵の目的地は誓護の自宅ではない。そこに向かう理由がない。誘導されているのは学園の裏手。込み入った自動車道の方向。思うに、これは……。

陸橋？

もう、その登り口が目の前に迫《せま》っていた。一際《ひときわ》目立つ、欧風の大きな街灯。それは、レンガ造りの陸橋に雰囲気《ふんいき》を合わせた特注品だ。歩道が石畳《いしだたみ》のスロープに変わり、なだらかに登る。そんな、西洋の古都のような風景がすぐそこにある。

もはや、疑《うたが》う余地もない。誓護はこの場所へと追い詰められていたのだ。美赤が夜ごと立ち続け、親友が通り魔《ま》に突き落とされたという、あの陸橋に！

その瞬間《しゅんかん》、別の疑問が脳裏《のうり》に浮《う》かび、誓護は狼狽《ろうばい》した。

わからない。なぜだ。なぜ、そんなことができる。なぜ、あの少年教誨師には――

こちらの位置が、これほど正確にわかる？

まさか。

陸橋の手前、街灯の真下に差しかかったとき、誓護は足を止め、美赤を振り返った。

突然のことで反応できず、美赤が誓護の胸《むね》に突っ込んでくる。その肩《かた》を両手で受け止め、街灯の明かりの下《もと》へと引き寄せた。

手袋《てぶくろ》を脱《ぬ》がせる。どちらの指にも、探《さが》している物は存在《そんざい》しない。

乳白色《にゅうはくしょく》の明かりに照らしつつ、くるりと回転させてみる。美赤は何が何だかわからずに、されるがままになっている。ダッフルコート。ネクタイ巻《ま》きのマフラー。目をこらして見ても、どこにもそれは見当たらない。

ない。あるはずの物が、存在しない。

やむなく、誓護は美赤のコートをはぎ取った。

「も、桃原くん……っ？」

「ごめん、脱《ぬ》いで」

「え、そんな……!?」

奪《うば》うようにしてマフラーを外す。その刹那《せつな》、キラリ、と何かが光った。……また！

誓護は美赤の後ろ髪《がみ》を跳《は》ね上げた。あらわになる、ほっそりとした長い首。その後ろ、肩にかからないくらいの髪にまぎれて——

果たして、それは存在した。

「……やられた」

首の裏側、うなじのあたりに、金と銀、二色の蛇《へび》が嚙《か》みついていた。

意志《いし》を持っているらしく、がっちりと嚙みついて外れない。引っ張ると、かえって肉の内側に潜《もぐ》り込むような感じがする。

「痛《いた》……っ」

苦痛《くつう》に歪《ゆが》む美赤の声。誓護はあわてて手を離《はな》した。

簡単には外れそうにない。

（そりゃそうか……）

簡単に捨てられてしまっては意味がない。肉ごとそぎ落とす……のは論外としても、何とか無効化《むこうか》しないことには、逃げ切ることなんてできやしない。

察するに、先ほどの地下鉄で美赤の腕《うで》をつかんだとき、あの教誨師は指輪の片方を忍《しの》ばせていたらしい。指輪はモチーフ通りの蛇と化し、美赤の体に潜《ひそ》んでいたのだ。

誓護は自分自身にうんざりした。

あきれるほど愚鈍《ぐどん》だ、桃原誓護。

考えればわかることだ。なぜ、窓を破る必要があったのか。物体を透過《とうか》できるはずのグリモアリスが。答えは一つ。二つの指輪がそろっていなかったからだ。

寒さに震《ふる》えていたのも当然だ。実体があるのだから、当然、夜の冷気はこたえるだろう。

グリモアリスは左右の手に指輪がなければ魔力が半減《はんげん》すると、以前、アコニットが言っていた。共有していれば位置がわかり、距離《きょり》が近ければ連絡が取れる、とも。気付くチャンスは何度かあった。それを生かせないなんて……。

今こそ、はっきりした。

あの少年教誨師の目的。追い立てるように迫るばかりで、誓護を捕《つか》まえなかった理由。

あの少年もまた、自身の任務《にんむ》に疑問をおぼえたのだ。だからこそ、こんなまわりくどい手段《しゅだん》を取った。紗彩を殺したのが本当に美赤なのか、それを確かめるために、この場所に二人を追い込んだ。美赤を〈鍵《かぎ》〉として、フラグメントを活性化《かっせいか》させる。もしも美赤が犯人《はんにん》なら、はっきりと突き落とす瞬間が再生《さいせい》されるという寸法だ。

頭にくる。自分の能天気な脳みそが腹立《はらだ》たしい。

まるっきり、敵の思い通りだ。何の手も打てないまま、いいようにされるなんて。

（……いや、待てよ）

逆に考えれば、こちらには〝プルフリッヒの振り子〟があるということだ。おまけに、ここは問題の事件《じけん》現場。これはもともと誓護自身が望んでいた状況《じょうきょう》じゃないか。

敵がこうなるように仕向けてきた以上、これを使うのは自殺行為《こうい》か？

指輪には記録《メモリー》が残る、とどこかで聞いた。集めたフラグメントは、この指輪に保存《ほぞん》され、冥《めい》府《ふ》に持ち帰ることができるのだと。

（いや……大丈夫《だいじょうぶ》）

そんなことは問題にならない。誓護は美赤の無実を信じている。過去《かこ》を探《さぐ》ることは、美赤のためにこそなれ、決して不利にはならない。なってたまるか。なら――

使おう。

美赤にコートを戻してやりながら、こう訊《き》いた。

「織笠さん……まだ、歩ける？」

うなずく。しかし、つらそうだ。体力が限界にきているらしい。

「これ、最後だから。橋の真ん中まで行こう」そして、そっと付け足す。「……一年前、君の友達が亡《な》くなったところへ」

「――」

美赤は目を丸くした。何事か言いかけたが、言わず、先に立って歩き始めた。

橋の中央まで進むと、足を止め、視線を落とし、立ち尽くした。

「ここ？」

無言でうなずく。想《おも》いを噛みしめるように。

誓護は深呼吸《しんこきゅう》して、覚悟《かくご》を決めた。

「じっとしててね」

美赤の髪に手を差し入れ、二匹の蛇を探り当てる。

蛇を指で挟《はさ》むようにして薬指にからめ、唇《くちびる》を寄せた。美赤の首筋《くびすじ》に顔を密着させることになり、何とも具合が悪い。が、もちろん、そんなことを言っている場合でもない。誓護はそのまま蛇に口付けた。

ふわっと、汗とシャンプーの入り混じったような、甘い匂《にお》いが鼻先をかすめる。思わず鼓動《こどう》が速くなる。あわてて雑念《ざつねん》を追い出し、意識《いしき》のチャンネルを過去へと合わせた。一年前、ここで悲劇《ひげき》が起きた、その瞬間へと。

やがて、〝プルフリッヒの振り子〟に反応があった。

ぽっと青白い光がともる。その光は周囲に飛び散り、燐光《りんこう》となって拡散《かくさん》した。

そして、映像《えいぞう》が浮《う》かび上がる。

一人の少女の命を奪《うば》った、一年前の情景が。

Episode 11

陸橋に降《ふ》りかかる光は、もう燃《も》え尽《つ》きる寸前《すんぜん》の、弱々しい太陽の光だった。

ふっと街灯に明かりがともる——そんな時刻。

橋の中ほどに立つ者がいる。目鼻立ちのすっきりとした、すらりとした印象の少女だ。きつそうな眼《め》が特徴的《とくちょうてき》で、全体に厳《きび》しい雰囲気《ふんいき》を醸《かも》し出している。

これが美赤の親友にして、将来《しょうらい》を期待されていたフルート奏者《そうしゃ》——紗彩だろうか。

少女は一人ではなかった。

誰《だれ》かが少女につかみかかり、少女ともみ合っている。

こちらの人物は人相が判然《はんぜん》としない。黒っぽい霧《きり》のようなもので全身が覆《おお》われている。映像にノイズが混《ま》じり、見えにくい風景をますます見えにくくしている。

やがて、影《かげ》のような姿《すがた》がナイフを抜《ぬ》いた。

腕をつかみ、ナイフをつかみ、少女が抵抗《ていこう》する。そのうちに、次第《しだい》に襲撃者《しゅうげきしゃ》の輪郭《りんかく》が不明瞭《ふめいりょう》になり、曖昧《あいまい》になり、溶《と》けるように消えてしまった。

一瞬、映像が乱《みだ》れて途切れ、またすぐに始まる。

相変わらず、少女が一人きりで暴《あば》れていた。

姿が見えなくなっても、いなくなったわけではないらしい。少女は見えない襲撃者に抵抗を続けている。一人で暴れているような、不可解な抵抗のすえ、ナイフが少女の手をえぐった。

あたかも少女自身が突き刺したかのように、切っ先がわき腹へと吸《す》い込まれていく。

少女の足が突っ張り、もつれ、橋の欄干《らんかん》に背中が当たった。

欄干を乗り越えて、少女は陸橋から転げ落ちた。

一〇メートル下は自動車道だ。タイミングを合わせたかのように、長距離《きょより》トラックがすべり込んでくる。加速のついた巨大《きょだい》な鉄の塊《かたまり》が少女に迫り――

少女が地面に叩《たた》きつけられる寸前、柔らかい体は血の詰《つ》まった袋《ふくろ》と化し、それは破け、内容物をまき散らしながら宙を飛んだ。

目を背《そむ》けたくなるような光景。……だが、映像はそこで終わらなかった。

動画を高速で巻き戻したように、死体と化した少女が生き返り、はね飛ばされた体が逆方向に飛んだ。ワイヤーで吊《つ》り上げられるように陸橋に戻り、再び見えない誰かともみ合い、大人しくなり、通行人が逆方向へと進み、唐突《とうとつ》に時間が戻る。

少女――紗彩は陸橋の外れへと後ろ向きに進んだ。

そして橋の登り口で誰かと並んだとき、時間の逆行が止まった。再び過去から未来へと、普通の速度で流れ出した時間の中で、紗彩は誰かと会話していた。

こちらも少女だ。紗彩と同じくらいの年格好《かっこう》。赤いニットの帽子《ぼうし》が似合《にあ》っている。

二人は言い争っているようだ。声は聞こえないながらも、赤いニットの少女は身振りをまじえ、何か激《はげ》しく訴《うった》えている。しかし、紗彩は取り合わない。取り合わず、立ち去る。自分が命を落とす、橋の中央へと。

赤いニットの少女はまだ何か言いたそうだったが、やがてあきらめて背を向けた。

そうして向こうへ立ち去っていく少女は。

ずっとこの事件を追い続け、一年以上も陸橋に立ち続けていた——

美赤、だった。

Episode 42

誓護は衝撃《しょうげき》を受け、その場に立ち尽くした。

過去の情景はぼんやりと消えていく。しかし、誓護の網膜《もうまく》に焼きついた映像は簡単には消えない。紗彩と言い争っていた姿は、やはり美赤のものだった。

今、誓護の目の前にいる、この少女。

親友の生々しい最期《さいご》を見せられ、震《ふる》えながら立っている——この少女。

「織笠さん……あの日……」

ごくり、と喉《のど》を鳴らす。

「紗彩さんって子に……会ったの？」

美赤は血の気のひいた顔でうつむき、こくり、とうなずいた。

「……その直後に、彼女は」

死んだのか、と確認《かくにん》する。美赤はやはり、こくり、とうなずいた。

「私が……紗彩と会った……最後」

何てことだ。これでは、美赤がやったと主張《しゅちょう》するようなものじゃないか！

先ほど美赤が言いよどんでいたのは、これだ。ここで紗彩と会ったこと。死の直前、最後に会ったのが自分であること。

私が殺しちゃったようなもの、とはつまり、こういう意味だったのだ。

もし美赤が紗彩をあの場所から遠ざけていたら。もう少し長い時間、紗彩といれば。確かに、紗彩は死なずにすんだかもしれない。

恐《おそ》らくは、もう、ずいぶんと長いあいだ、美赤を苦しめていただろう後悔《こうかい》。地獄《じごく》行きを受け入れてしまいそうになった、その原因《げんいん》がこれだ。

（くそっ、これじゃますます……）

疑惑濃厚《ぎわくのうこう》。美赤がさらに疑《うたが》われるのは間違《まちが》いない。

直前の口論。犯人の背格好。どちらも美赤に不利な事実だ。

誓護はほぞをかんだ。もっと早くにこのことを聞いていれば……。

「どうやら、結論は出たみてーだな」

そして。

最悪のタイミングで、追っ手が姿を現した。

「それじゃ、当初の予定通り——こっちの仕事をやらせてもらうぜ？」

少年教誨師が刀を携《たずさ》え、背後の闇《やみ》に立っていた。

# Chapter 6 【狩《か》るもの、狩られるもの】

Episode 06

「まあ、おばあさまったら、何て大きなお耳なの」

「お前の言うことがよく聞こえるようにね」

（赤ずきんより）

Episode 43

少年は自分の肩《かた》をもみほぐしつつ、かったるそうに言った。

「今さら言い訳《わけ》もねーだろ。大人しくその女を渡《わた》せ」

誓護《せいご》は美赤《みあか》を背中《せなか》に隠《かく》したまま、どう答えるべきか迷《まよ》っていた。すんなりと美赤を渡す選択《せんたく》肢《し》は——ない。かと言って、美赤を守り通すことも容易《ようい》ではない。

少年は焦《じ》れ、重ねて言った。

「念のために言っといてやるが、オレが最初に受け取ったフラグメントじゃ、被害者《ひがいしゃ》が直前に誰《だれ》と会ったのかは判別できなかった。……この意味がわかるか？　今のフラグメントは明らかに活性化してるんだよ」

やはり……。その可能性《かのうせい》は誓護も考えていた。

フラグメントが活性化しているということは、当時の状況《じょうきょう》に近付いたということだ。この場合、美赤があの場所にいた、と考えるのが自然だろう。

「……仮《かり》に、そうだとしても。織笠《おりかさ》さんがあの場にいたってだけで、もみ合ってた人物が彼女とは言い切れないだろ」

「突き落とされる瞬間《しゅんかん》がハッキリしたんだとしても、か？」

「────」

少年はギロリ、と切れ長の目を美赤に向けた。

「初めて見たぜ、断末魔《だんまつま》のツラは」

「つまり、その女は現場《げんば》にいたんだよ。直前に現場を訪《おとず》れただけじゃなく、死人が飛んだ瞬間、すぐ間近にいたのさ。だから、落下の瞬間まで活性化した。だとすりゃ……」

そうなのか。そう考えるしかないのか。

誓護の頭はフル回転していた。それでも、美赤を助けられる言い逃《のが》れは思いつかない。

「どけよ、坊主《ぼうず》。オレはそいつに烙印《らくいん》を押《お》す」

少年が誓護を押しのけ、わきをすり抜《ぬ》けようとした。

――ふと、その途中で立ち止まる。

「と……、その前に」

ぽりぽりと頭をかく。

何事かと身構《みがま》える誓護の前で、少年はにやり、と白い歯を見せて笑った。

「お前、このオレを二度もコケにしてくれたよな？」

一瞬後、怖《おそ》ろしいスピードで少年の足が動いた。

ずどん、と重い衝撃《しょうげき》。わかっていても反応《はんのう》できないほど、鋭《するど》い蹴《け》りだった。痛烈《つうれつ》な痛《いた》みが誓護のみぞおちを襲《おそ》う。口から胃袋《いぶくろ》が飛び出すかと思った。

たまらず、誓護はその場に倒《たお》れ込《こ》んだ。

とっさには声も出せない。鉄の塊《かたまり》が腹《はら》の中で暴れ回っているような、何かが爆発《ばくはつ》したような、そんな痛みがしばらく続く。

のたうち回る誓護を見て、少しは溜飲《りゅういん》を下げたらしい。少年は満足げに言った。

「オレは根に持つタイプでね、貸《か》し借りも好かねー。このオレを足蹴《あしげ》にしてくれやがった分の借り、これでキッチリ返したぜ」

誓護はうずくまったまま、あえぎともうめきともつかない声を出した。

「……僕《ぼく》は、あれでも加減《かげん》したんだぜ？」

「オレだって加減したさ。おかげで脾臓《ひぞう》がつぶれてねーだろ？」

その言葉に誇張《こちょう》はないだろう。〝振り子〟の片方《かたほう》を失《な》くしてなお、少年の脚力《きゃくりょく》は人間の平均《へいきん》をはるかに上回《うわまわ》っている。もし本当にその気になれば、誓護の内臓など軽く破裂《はれつ》させられるに違いない。

きっちり恨《うら》みを晴らしたので、もう誓護には興味《きょうみ》を失くしたらしい。少年は立ち尽《つ》くす美赤の方に向き直った。

その一瞬——視線《しせん》が外れたその一瞬を、誓護は逃さなかった。

コートのポケットに手を突っ込み、『秘密《ひみつ》兵器』の一部分、長いコードを引っ張り出す。コードの先を左右の耳に押し込み、目立たないようマフラーで隠《かく》した。

ほんの一瞬で細工は終わる。少年は気付かず、美赤に向かって口上を垂《た》れた。

「さて、それじゃそろそろ終わりにするか。おい、女。お前は一人の人間を殺した。その罪《つみ》を隠し、咎《とが》を逃れようとした。故《ゆえ》に、教誨師《グリモアリス》は有罪を宣告《せんこく》す。大人しく烙印《らくいん》を」

そこで、言葉が途切《とぎ》れた。

「……テメー」

うんざりといった調子で、ため息混《ま》じりにつぶやく。

誓護がよろけながらも立ち上がり、二人の間に割《わ》り込んでいた。

「……させると思う?」

少年は心底あきれた様子で、

「……もう立てるとはな。驚《おどろ》きだぜ」

「立つさ。その必要があればね」

「まあ……また逃げ回られても面倒《めんどう》だしな」

顔をしかめ、億劫《おっくう》そうに刀に手をかける。

くる！

その瞬間、誓護はポケットの中で『秘密兵器』のスイッチを入れた。

少年が刀を引き出し、素早《すばや》く戻す。

ちん、と呪縛《じゅばく》を呼ぶ鍔鳴《つばな》りの音。時間の流れさえ凍《こお》りつかせてしまいそうな、高く、清らかに澄《す》んだ音色が響《ひび》き渡る。

身動きを封《ふう》じられる——

あわてた誓護が美赤の方を振り向く。……が、かばうことも、抵抗《ていこう》することもできず、二人は折り重なるようにして、その場にくずおれた。

Episode 39

折れた道路標識《ひょうしき》の上に立ち、鈴蘭《すずらん》は楽しげに笑っていた。

「ふふふ、よかったわね、アコニット。不幸中の幸いだわ。いつかのように〝振り子〟を手放していたら、即死《そくし》するようなケガだもの」

その言葉通り、アコニットは人間で言うところの『致命傷《ちめいしょう》』を負っていた。心臓の直下あたりを串刺《くしざ》しにされ、地面に縫《ぬ》い留《と》められている。あたかも蝶《ちょう》の標本。落下の際《さい》に強打したため、かかとも砕《くだ》けてしまっていた。

そんな目に遭《あ》わされても、グリモアリスは生命活動を停止しない。アコニットは口から血をあふれさせながら、槍《やり》をつかんで発電した。

全身の力を振りしぼるような感じで、稲妻《いなずま》を放つ。

さっと鈴蘭が飛び退《の》く。もとより狙《ねら》いはそこになく、雷撃《らいげき》は金属《きんぞく》の槍に炸裂《さくれつ》した。

槍は猛毒《もうどく》の稲妻を受け、モロモロと砂《すな》のように崩れ落ちる。端《はし》から黒ずんだ灰《はい》と化し、灰は塵《ちり》と化し、塵は風に溶《と》け、見えなくなった。

胸をふさいでいた槍がなくなり、どしゃどしゃと血が落ちた。足もとの雪が融《と》け、むっと、血なまぐさい臭《にお》いが湯気とともに立ちのぼった。

アコニットは支《ささ》えを失い、その場にくずおれた。

ただちに胴体《どうたい》の修復《しゅうふく》が始まる。左右の〝振り子〟が燃《も》えるように熱い。大量に失ってしまった血液《けつえき》を補《おぎな》うべく、強制的《きょうせいてき》に魔力が吸《す》い上げられている。全身の力が抜けていき、アコニット本来のどす黒い妖気《ようき》が全身にまとわりついた。

それでも、アコニットは座《すわ》り込んだままではいなかった。

完治を待たず、立ち上がる。

ぐらぐらとよろめき、尻餅《しりもち》をつきそうになるが、踏《ふ》ん張《ば》ってこらえた。

はあ、はあ……、と荒《あら》い息を吐《は》く。しかし、倒れない。

アコニットの並外《なみはず》れた魔力を吸って、肉の裂け目はもうふさがった。したたり落ちる血は、体からあふれたものではなく、服に染《し》み込んだものだ。

鈴蘭は目をみはった。本当に敬服《けいふく》したのか、それともただの挑発《ちょうはつ》か、左手の赤い本を叩《たた》いてアコニットの気丈《きじょう》さを賞賛《しょうさん》する。

「あら、ご立派《りっぱ》だわ、アコニット。でも……ふふ、明白なこと。そんな傷を負ってしまっては、さしもの麗王六花《れいおうりっか》もかたなしね」

アコニットは聞いてもいない。癒《い》えたばかりの脚《あし》を酷使《こくし》して、地面を蹴った。猛禽《もうきん》のような速度で襲いかかる。

しかし、鈴蘭はその攻撃《こうげき》を読んでいたようだ。軽く上体をそらす最小の動きでかわし――のみならず、かわしざまに反撃した。

無造作《むぞうさ》な動きで横薙《よこな》ぎに腕《うで》を振る。妖気を練り込んだ手刀だ。鈴蘭の手に打たれたと言うより、妖気の束《たば》に巻き込まれ、アコニットはゴムまりのように弾《はじ》き飛ばされた。

泥《どろ》まみれになりながら地面をすべり、イチョウの大木に激突《げきとつ》して止まる。

せっかくふさがりかけた傷痕《きずあと》がまた開き、どぼどぼと血液があふれた。激痛のあまり、アコニットは体を〈く〉の字に曲げて、しばし悶《もだ》えた。

ふわふわと宙を飛んで鈴蘭が近寄ってくる。アコニットの無様《ぶざま》な姿を、見やすい位置から眺《なが》めようという腹らしい。苦悶《くもん》するアコニットを見下ろし、鈴蘭は嬉《うれ》しそうに手を叩いた。

「ふふふ、無様だわ。不格好《ぶかっこう》だわ。みっともないわ」

天使のような微笑《ほほえ》みを浮《う》かべたまま、悪魔のようなことを言う。

「いいざまだわ、花鳥頭《はなうずの》の君。とっても素敵《すてき》。汗《あせ》を嫌《きら》う貴女《あなた》には敗北がお似合《にあ》いよ。体術《たいじゅつ》においても、この鈴蘭は貴女を凌駕《りょうが》――」

みなまで言わせず、不意打ちで一閃《いっせん》。

蓄《たくわ》えていた稲妻を放つ。レーザーのような光条《こうじょう》はしかし、鈴蘭には当たらなかった。

稲妻は鈴蘭の顔をかすめ、虚空《こくう》に消えていく。鈴蘭はアコニットが稲妻を放つ直前に、軽く首を傾《かたむ》けて、稲妻の射線から外れていた。

「――――」

ぎり、とアコニットが奥歯《おくば》を噛《か》む。――カラクリを理解《りかい》したのだ。

「あら、やっと気付いたのかしら。ええ、そう、明白なことね」

鈴蘭が口元を隠《かく》し、嫌《いや》みったらしく笑う。

「魔力《ちから》を解《と》き放った私には、グリモアリスの思考さえ読める。魔力の護《まも》りを欠いた貴女の思考なんて、哀《あわ》れなくらい筒抜《つつぬ》けよ。まして」

今度は鈴蘭が仕掛《しか》けた。

ぐんっ、と加速してアコニットに迫《せま》る。ワンピースのすそをはためかせ、左足を軸《じく》に回し蹴りの構え。反撃の稲妻——は間に合わない！

電力を蓄えつつ、とっさに腕を交差して身を護るアコニット。

しかし鈴蘭は途中で蹴りをやめ、そのまま自然な動作で地に足をつき、アコニットの側面へと回り込んだ。

がら空きの胴体《どうたい》に膝蹴《ひざげ》りを叩き込む。

アコニットの体が宙に浮く。そこへ、無慈悲《むじひ》なほど強烈《きょうれつ》な手刀の横薙ぎ。

再びボールのようにはね飛ばされて、アコニットは泥の中に突っ込んだ。美しい顔を嫌と言うほどアスファルトにこすりつけ、一〇メートルも地面をずって、情《なさ》けなく転がる。

「——体術でも劣《おと》るのでは、貴女の敗北は明白だわ」

再び宙を飛び、アコニットの頭上に立つ。勝ち誇《ほこ》ったような、悠然《ゆうぜん》たる立ち姿。

「ふ……ふふ……」

不意に、かすれた笑いが足もとから聞こえ、鈴蘭は笑みを消した。

理解できない、という顔で足もとを凝視《ぎょうし》する。

アコニットはゆったりと首をもたげ、身を起こした。

「くだらないおしゃべりが好きね、鈴蘭。心が読める……だから、何？」

昂然《こうぜん》と顔を上げる。痛みを無視し、小馬鹿《こばか》にしたような目つきで。

「そんなことで得意になっているから、マヤリスは貴族止まりなのよ」

「……何ですって？」

「真の王族とは——」

バチッとアコニットの眉間《みけん》に火花がひらめく。

簡単なことだ。思考を読まれるというのなら——

「——!?」

アコニットの思考を見通し、鈴蘭は青ざめた。

「手の届《とど》かない存在《そんざい》なのよ」

言葉と同時に、放つ。

(もちなさい、私の体！)

誇りをかけた、一撃。

思考を読まれてしまうなら、わかっていてもかわせない攻撃をすればいい。

それは、手負いの体をかえりみない、無茶な攻撃だった。アコニットの傷口がぱっくりと割れ、再び血があふれる。力の制御《せいぎょ》ができず、自分のコートまであぶられて焦《こ》げる。しかし、そんな代償《だいしょう》に見合うだけの、巨大《きょだい》な雷電《らいでん》が夜空に生じた。

黒い稲妻《いなずま》は渦《うず》をなし、ろうと状《じょう》に逆巻《さかま》いて広がる。

獣《けもの》の咆哮《ほうこう》にも似《に》た轟音《ごうおん》、それは空間そのものが軋《きし》む音だ。分子がスパークして次々に消滅《しょうめつ》していく。真空の断裂《だんれつ》が生じ、爆発《ばくはつ》的な突風が周囲から吹き込んだ。

鈴蘭を中心に、半径数十メートルを焼き尽くそうかというそれは、どうやっても避《よ》けることはできそうになかった。セグメントを展開《てんかい》して防《ふせ》ごうにも、出力が段違いだ。減殺《げんさい》しきれない余剰《よじょう》火力に焼き尽くされてしまうだろう。

どうしても避けたいのなら、手段は一つしかない。

そして、鈴蘭はその手段を選択《せんたく》した。

猛烈《もうれつ》な稲妻が吹き抜け、突風がゆっくりとおさまり、やがて静寂《せいじゃく》が訪《おとず》れたとき。

そこにはまだ鈴蘭の姿があった。

しかし、そのままの姿ではない。向こう側が透《す》けているし、髪が風になびいていない。現世とは存在の位相がほんの少しずれているのだ。

相を移《うつ》してなお、あの雷電を完全に無効化《むこうか》することはできなかったらしい。目立った外傷はないものの、全身のあちこちから煙《けむり》が上がり、すすけている。エネルギーの遮蔽《しゃへい》にかなりの魔力を使ってしまったらしく、ぐったりと疲労《ひろう》しているのが見て取れた。赤い本が魔力の残滓《ざんし》をとどめ、人魂《ひとだま》のようにぼんやりと光っている。

アコニットもまた、同じように消耗《しょうもう》していた。

魔力の補充《ほじゅう》が追いつかず、開いた傷口がふさがらない。体温が急激《きゅうげき》に失われていくのを感じながらも、アコニットは膝《ひざ》をつかない。めまいがするほどの激痛にも歯を食いしばって耐《た》え、精一杯の侮蔑《ぶべつ》の表情《ひょうじょう》をつくる。

「ふん……また、逃げるのね」

鈴蘭は答えない。ただ、肩《かた》で荒い息をしていた。

「無様ね。みっともない。不格好なグリモアリス……お似合いよ、鈴蘭」

やはり、鈴蘭は答えない。

「使命からも、真実からも逃れようとした貴女には、そんな無様な生き方こそ相応《ふさわ》しいわ。そうやって、どこまでも、いつまでも逃げ続ければいい……」

ののしっても、嘲笑《ちょうしょう》しても、鈴蘭は答えず、言い返そうともせず、次第《しだい》に見えなくなっていく。ただ唇《くちびる》を噛み、誇りを傷つけられたような、痛みと憎《にく》しみに歪《ゆが》んだ顔で。

そうして鈴蘭の姿が見えなくなったとき、アコニットの気力も限界を迎《むか》えた。

もう、立っていられない。

がっくりと膝をつく。むき出しの膝をすりむくが、この程度《ていど》では既《すで》に痛みも感じない。

意識《いしき》は朦朧《もうろう》としていた。思考力が著《いちじる》しく低下している。しかし、それでも、脳裏《のうり》にははっきりとした目的が浮かび上がっていた。

セグメントを——いのりを探《さが》さなければ。鈴蘭がどこかへ連れ去ってしまう前に。鈴蘭に先を越《こ》されては、また厄介《やっかい》なことになる。

そうは思うものの、体が動かない。ゆっくりと傾《かし》いでいく上半身をどうすることもできない。

手足が麻痺《まひ》して生あたたかい。目がかすむ。ああ、体がこんなにも重い……。

地面に突っ伏すまさにそのとき、それが視野に入った。

横を向いたアコニットの目には、近くの建物が映《うつ》っていた。

窓越しに机《つくえ》や椅子《いす》の列が見える。講堂《こうどう》……校舎《こうしゃ》だろうか。

その、校舎とおぼしき建物の中に、不定形に揺《ゆ》らめくものがあった。

揺らめくもの。流動体。黒い……半球？

表面が流動している。黒や紫《むらさき》、赤のまだら模様《もよう》が特徴的だ。暗がりに沈《しず》む異質な闇《やみ》。この世のものとは思えない不可思議な存在。あれは――

セグメントの障壁《しょうへき》！

何ということだろう。すぐ目の前に探し求めたものがあり、鈴蘭は逃げ、今が絶好の機会だというのに、肝心《かんじん》の体が動かないなんて！

這《は》う。にじる。腕を伸ばす。……だが、そこまでだ。

アコニットの意識が混濁《こんだく》し、精神《せいしん》の深い暗がりへと沈んでいく。深く、深く。呼び戻すどころか、もはや呼び止めることさえできそうにない。

（無様よ、アコニット……）

視界が完全な闇に沈む。

意識を失う寸前《すんぜん》、どこか遠いところに、誰《だれ》かの足音を聞いた。

## Episode 44

誓護はぐったりと手足を投げ出し、地面に突っ伏していた。

眼前《がんぜん》、ほとんど接触《せっしょく》しそうな距離《きょり》で、美赤が同じように倒れている。教誨師《グリモアリス》の不可解《ふかかい》な異能《いのう》によって、身動きを封《ふう》じられているのだ。

「やれやれ……。これで、ようやくケリがつけられる」

背後《はいご》の少年がため息混《ま》じりにつぶやき、刀を目の高さに持ち上げた。

ぼっ、と柄尻《つかじり》が燃《も》え上がる。灼熱《しゃくねつ》の炎《ほのお》。周囲の空気があぶられ、骨《ほね》を焼いたような臭《にお》いが漂《ただよ》う。覚えのある熱気。前に一度、アコニットが見せたことがある。

烙印《らくいん》だ。

大罪人の烙印を、美赤に押そうとしている。

少年がその場にかがみ、焼けた柄尻を美赤に押しつけようとした、まさにその刹那《せつな》――

誓護は素早く跳《は》ね起き、少年の背中に取りついた。

「動くな」

羽交《はが》い絞《じ》めにして、鼻先にナイフを突きつける。自宅《じたく》から持ち出した果物《くだもの》ナイフだ。小さな刃先《はさき》が今はこんなにも頼《たの》もしい。

少年がひるんだ一瞬に刀を叩《たた》き落とし、蹴飛ばす。刀はカラカラと地面をすべり、手の届《とど》かない距離まで簡単に遠のいた。

「な……ん、だと……⁉」

驚愕《きょうがく》の表情。少年は事態《じたい》をまったく理解できず、呆然《ぼうぜん》としていた。

誓護は少年を羽交い絞めにしたまま、耳のイヤフォンを外して見せた。ハードロックのサウンドがかすかに漏《も》れ聞こえてくる。

「タネはこれだよ。大音量の音楽。おまけにこの機種、環境音《かんきょうおん》を打ち消す機構《きこう》も搭載《とうさい》してるんだ。この意味がわかる？」

「――――」

「僕《ぼく》の予想通り。君の力は聴覚《ちょうかく》が〈鍵《かぎ》〉だったみたいだね」

少年は苦笑《くしょう》した。自嘲《じちょう》めいた、渋《しぶ》い笑い。

「……三度も使えば、バカでもわかるか」

「二度もやるべきじゃなかったな。地下鉄で君が最初に使ったとき、逃げた人たちがいたろ。僕はまったく身動きできなかったのに、なぜ彼らは金縛《かなしば》りにあわなかったのか――考えてみたんだよ。性別、体格、年齢《ねんれい》、体温、距離、視線……いろいろ考えてみたけど、一番しっくりくる条件《じょうけん》は、やっぱり音だった」

ちらり、と刀に視線を向ける。

「正直、その鍔鳴《つばな》りはヒッカケかとも思ったんだけどね。君の性格を考えりゃ、人間ごときを相手にヒッカケを入れるはずがない」

「……性格だと？」

「君、人間をナメてるだろ？」

少年はさらに苦い顔をした。図星を指されて悔《くや》しくもあり、出し抜かれたことが悔しくもあり——さぞ、はらわたが煮《に》えくり返っていたことだろう。

「ふん……認《みと》めるぜ。オレはテメーを甘《あま》く見てたらしい」

「そう？　それじゃお詫《わ》びのしるしに、僕の言うことを聞いてもらおうかな」

ぐいっとナイフを押しつける。

「へっ、笑わせやがる」

実際《じっさい》に笑いながら、少年は軽口を叩《たた》くように言った。

「煉獄《れんごく》の番人を、そんなチャチなナイフ一本でどうこうしようってのか？」

「できるとも」誓護は余裕《よゆう》たっぷりに答える。「今、君の右手には〝振り子〟がない——これがどういう意味か、君の方がよく知ってるよね？」

少年の顔から笑みが消えた。

そこまで計算していたとは……。と、少なからず驚《おどろ》いている様子だ。

誓護の言う通り、〝プルフリッヒの振り子〟が左右にそろっていなければ、実体を消すことも、傷《きず》を癒《い》やすこともできない。下手をすれば致命傷《ちめいしよう》を負う。

「まあ、聞いてよ。織笠さんは、無実だ。僕はそれを証明《しょうめい》できる」

誓護は断言《だんげん》した。少年は意外そうに眉《まゆ》をひそめ、それから嘲笑を浮かべた。

「ほう。やってみろよ」

「当然、そうくるよね。でも、ここじゃ無理なんだ」

「なに……?」

「ここで視《み》たフラグメントだけじゃ、彼女が最有力の犯人候補《はんにんこうほ》ってことになるだろ。これじゃ、あの世の裁判《さいばん》でも勝てそうにない。僕もそこまでおめでたくはないからね、そのくらいは予想がつくよ。でも——別の場所に、決定的なフラグメントがあるんだとしたら?」

「別の場所、だと……」

「彼女の無実を証明できるようなフラグメントがさ。そうしたら、話は変わってくる。さっきのフラグメントは、言ってみれば状況《じょうきょう》証拠《しょうこ》だ。織笠さんは限りなく有罪に近いけど、まだ、彼女が紗彩《さあや》さんを殺したと確定したわけじゃない。彼女の無実を証明できるフラグメントが別にあるんだとしたら——状況証拠なんて何の根拠《こんきょ》にもならない。そうだろ?」

「……そんなフラグメントの存在を、何でテメーが知ってるんだ?」

「簡単なことさ。推理《すいり》だよ」

つまり、何一つ証拠はなく、断言もできないということだ。

しかし、誓護は悪びれたふうもなく、しれっとして言った。

「どうせ、僕らがどこに逃げても無駄《むだ》だろ？　こっちもう、逃げるのはコリゴリだ。問題のフラグメントがある——と僕が考えてる——場所は、ここから三〇分とかからないよ。試《ため》してみてもいいんじゃない？」

少年は黙《だま》り込んだ。考えるような間があく。

やがて、皮肉げに笑って、

「……その場所までこんな格好で行くってのか？　ゴメンだね」

「まさか。歩きにくいし、まずは織笠さんの金縛りを解《と》いてもらわないと」

言うなり、誓護はすんなりとナイフを外し、少年を解放《かいほう》した。

少年は唖然《あぜん》とした。

「お前……」

とっさに言葉が出てこない。

ややあって、恐《こわ》いくらいの形相で誓護をにらむ。

「……オレの気が変わったら、どうするつもりだ？」

「それは僕の提案《ていあん》を受け入れてくれたってこと？」

ぐ、と詰《つ》まる。それから大きく舌打《したう》ちした。

「チャラけやがって……一体、どういうつもりだ。オレがお前の提案なんぞ無視して、その女に烙印《らくいん》を押《お》すとは考えねーのか？」

「君はそんな人間——失敬《しっけい》、そんなグリモアリスじゃないだろ?」

「……何だと?」

「人間に組み伏《ふ》せられただけでも屈辱《くつじょく》なのに、その人間を欺《あざむ》いて騙《だま》し討《う》ちにするような、プライドのないキャラじゃないだろ、ってことさ」

痛《いた》いところを突《つ》かれたらしく、少年は唾棄《だき》するような渋面《じゅうめん》をつくった。

「……糞《くそ》ったれ。クラゲみてーな野郎《やろう》だ」

「クラゲ!?」

「けっ。……とっとと案内しろよ、クラゲ。テメーがここと見込んだ場所に」

刀を拾い上げ、あごをしゃくって誓護をうながす。

どうやら、その気になったらしい。賭《か》けは成功だ。誓護は内心で胸《むね》をなで下ろした。

しかし——もちろん、まだ安心するのは早い。誓護の推理が正しいかどうかという、もっときわどい賭けが後に控《ひか》えている。

誓護は緊張《きんちょう》を隠《かく》してうなずき、とりあえず、倒れたままの美赤を助け起こした。

Episode 40

揺《ゆ》られていた。

寄《よ》せては返す波のように。

優《やさ》しく。柔《やわ》らかく。

あたたかい。ひなたの匂《にお》いがする。

たぶん、誰《だれ》かに抱《だ》きかかえられている。

アコニットは仔猫《こねこ》のように手足を丸めて、まどろむ。

なぜか、そのぬくもりを懐《なつ》かしいと思った。

## Episode 41

次に目覚めたとき、アコニットは硬《かた》い床《ゆか》の上に転がされていた。

床にはタイルが敷《し》き詰められている。ずらりと並《なら》んだ木製《もくせい》の机《つくえ》が壮観《そうかん》だ。室内は一方の壁《かべ》に向かってゆるやかに傾斜《けいしゃ》していて、突《つ》き当たりの壁には黒板があった。

——教室だ。

どうやらそこは、先ほど外から見た、あの建物の中らしかった。

法学部の校舎なのか、教卓《きょうたく》に六法全書《ろっぽうぜんしょ》が置いてある。

そして黒板の手前には、セグメントの障壁《しょうへき》。

アコニットははっとした。セグメントの表面に異変が起きている。溶岩《ようがん》が冷え固まるように流動をやめ、固形化していくところだった。

『アコニット』

と、耳元で呼ぶ声がした。なじみのある声の響《ひび》き。

「ドラセナ……？」

念じるだけでいいのに、朦朧《もうろう》としていたので、つい言葉にしてしまう。

『そなたの要請《ようせい》通り、鈴蘭嬢《じょう》の分節《セグメント》乖離生成を解除《かいじょ》した』

「要請……私の？」

『どうした？　そなたの認証《コード》で要請があったのじゃぞ？』

――記憶《きおく》がない。

ドラセナに連絡《れんらく》した？

私が？　いつ？

無意識《むいしき》のうちにセグメント解除を要請したのだろうか。

いや……そもそも、この建物の中に入った記憶がない。どうやってここまできたのか。入口はどこだ。まるで覚えがない。

ようやく頭がはっきりとしてくる。

まずは状況を確認《かくにん》。体の傷は――痛みは残っているが、見たところ、もうほとんどふさがっている。骨《ほね》も大丈夫《だいじょうぶ》だ。問題ない。

記憶がはっきりしないとは言え、状況は推察できる。目の前のセグメントは鈴蘭が設置《せっち》したもので、それは今、ドラセナの助力によって解除されつつある。この障壁の向こうにいのりがいれば、懸案事項《けんあんじこう》が一つ解決だ。

あとは……。

アコニットは迷《まよ》いを断《た》ち切るようにため息をつき、〝振り子〟を重ねて思念を送った。

(ドラセナ……もう一つ、お願いがあるの)

『聞こう』

そして、アコニットは自分の願いを告げた。

『ふむ……念のために訊《き》くが、それに見合うだけのことをしたのじゃな?』

(記録《メモリー》があるわ。……私が証明できる)

ドラセナは少し間を取り、重々しく言った。

『……本当に、それでよいのじゃな?』

(ええ……)

『わかった。手は打っておこう』

(ありがとう)

回線を閉《と》じる。アコニットは立ち上がり、教室のスロープを下り始めた。

目の前には完全に固まったセグメントがある。黒い貝のようにも見える障壁。その表面に無数のヒビが入り、今まさに崩落《ほうらく》しようとしていた。

ふと、その向こうの黒板に目が留《と》まった。

学生のラクガキか、それとも講義《こうぎ》の消し忘れか、チョークで何か書いてある。

「in dubio《インユビオ》, pro《プロ》 reo《レオ》...」

走り書きを読んでみて、アコニットは小さく笑った。

「そう……。そうだったわね」

改めて、崩《くず》れかけたセグメントに向き直る。

そして、内側に隠されていたものが、あらわになる。

Episode 45

歩道はほの暗く、人通りはない。既《すで》に日付が変わっている。夜の静寂《せいじゃく》の中、目的の場所へと向かいながら、誓護の頭は別の心配事で占《し》められていた。

いのりは、アコニットは無事だろうか。

今すぐに駆《か》けつけたい。せめて、電話をかけたい。こちらの状況や、一応の成果を報告《ほうこく》したい。何より居場所《いばしょ》を伝えたい。向こうの様子はもっと気になる。

せめて、手元に電話があれば。

だが、誓護の電話はアコニットが持っている。美赤の電話は電池切れという話だし、後ろを歩く教誨師の少年は、早く仕事を終わらせたくてイライラしている。わざわざ電話のあるところまで寄《よ》り道させてくれるとは思えない。普段《ふだん》、どれだけ携帯電話にお世話になっているか、身に染《し》みて理解した。そして、公衆《こうしゅう》電話がどれだけ少ないのかも。

いのり……。アコニット……。

「桃原《ももはら》くん……桃原くん！」

彼女にしては大きな声で美赤が呼ぶ。誓護ははっと我《われ》に返った。

「あ……ごめん。ちょっと、ボーッとしてて」

そちらを振り向いて――美赤の歩き方が不自然なのに気がついた。軽くかかとを引きずるようにしている。察するに、靴擦《くつず》れでも起こしたらしい。

「足、痛む？　走り通しだったもんね……。ごめん、もう少しの辛抱《しんぼう》だから」

美赤はびっくりした様子で、まばたきした。

それから、うつむいて言った。

「ううん……。謝《あやま》るのは、私」

「え」

「ごめんね、桃原くん……。私が、間違《まちが》い電話なんか、かけたから。関係ないのに、巻《ま》き込まれちゃって……。妹さんも……」

しゅん、となる。美赤は消え入りそうな声で、しかし珍《めずら》しく多弁《たべん》に続けた。

「もう、いいの。もう、無理しないで。私、トロいから、今まで言えなかったけど……妹さんを連れ戻《もど》したら、桃原くんはおうちに帰って。……今夜は、ありがとう。心強かった。桃原くんが頑張《がんば》ってくれたの、私、知ってる。嬉《うれ》しかった」

「――――」

確かに、誓護はこの事件《じけん》とは無関係だ。美赤とも、特に親しいわけではない。

だが、既にアコニットに言った通り、見捨《みす》てることなどできなかった。むしろ、この偶然《ぐうぜん》には感謝《かんしゃ》している。自分が知らないうちに誰《だれ》かが冤罪《えんざい》で地獄《じごく》に堕《お》とされるなんて、考えたくもない。それがクラスメイトで、いのりの憧《あこが》れの対象なら、なおさらだ。

「……ほんと、今夜はお互《たが》い、お疲《つか》れさまだよね」

誓護はにこりとして、

「でも、もうすぐ終わる。もう、これで決めるしかない、ってことだけど」

「…………！」

「あと少しだから。頑張ろう？」

美赤は目を丸くした。

白い頬《ほお》にほんのりと赤みが差し、生気が戻る。

美赤はまるで照れ隠しのように、変に急いで次の言葉をつむいだ。

「どこに……向かってるの？　桃原くん……今」

「記念講堂《こうどう》。コンサートホールの方」

「……そこで、終わるの？」

「たぶんね」

「根拠《こんきょ》は、なに？　桃原くんの、推理《すいり》の根拠」

「それを今考えてるとこ」

「――――」

美赤はきょとんとした。次にはっとして、口を手で覆《おお》った。

「それじゃ、さっきのは、ハッタリ……」

「し！」

あわてて黙《だま》らせる。二人の後ろ、少し離れて少年教誨師がついてきている。刀を肩《かた》に担《かつ》ぎ、いかにも面倒《めんどう》くさそうに。幸い、こちらの会話には注意を払《はら》っていないようだ。

誓護は小声でささやいた。

「ハッタリも結果を出せば嘘《うそ》じゃないよ。僕は君を信じる。……いや、ちょっと違うかな。君を信じようっていう、僕自身を信じる」

キザったらしくウインク。冗談《じょうだん》めかして笑う。

「こう見えて、けっこうナルシストなんだよ、僕は」

美赤はぷっと噴《ふ》き出した。小さく、控《ひか》えめに笑いながら言う。

「……桃原くんって、やっぱり変」

「変!?」

「ひねくれてる」

「うわ……アコニットにも言われたよ、それ」

「アコニット。さっきの、綺麗《きれい》な子？」

「あ、女の子の目から見ても、やっぱ綺麗？」

「あの子は誰？　何者？」

「何者って……」少し考えて、答えを言う。「僕の友達だよ。自慢《じまん》の、友達」

誓護は苦笑《くしょう》した。たぶん、向こうは違うと言うだろうけど。

それでも、この友情は、きっと片想《かたおも》いではないはずだ。

今もいのりを捜《さが》してくれているに違いない、アコニットの姿《すがた》を思い浮《う》かべる。それだけで不安がうすれ、力が湧《わ》いてくるのを感じた。そうだ、僕は一人じゃない。あの美しい、猛毒《もうどく》を秘《ひ》めた花のような、可憐《かれん》な少女——アコニットが一緒《いっしょ》なんだ。だったら、このくらいの窮地《きゅうち》、軽く笑って乗り越えてやるさ。

やがて、一行は学園の敷地《しきち》内に戻《もど》ってきた。

西門をくぐって塀《へい》の中へ入る。イギリス風の庭園を抜け、石畳《いしだたみ》の小道を行く。目指す先は記念講堂だ。こんな時間でも大学部の校舎《こうしゃ》に明かりがついているので、照明には困《こま》らない。ひと気をさけるように歩くこと数分、目的の場所に到着《とうちゃく》した。

講堂は既に消灯《しょうとう》していた。……が、あいにく、無人ではなかった。

パトカーが停《と》まっている。よりにもよって警官《けいかん》がきているらしい。たぶん、後ろの少年がガラスを割《わ》った影響《えいきょう》だ。

講堂の入口では、音楽サークルの参加者なのか、数人が警官に事情を聴《き》かれていた。ほかのメンバーは帰ってしまったらしく、見当たらない。

とにかく、これでは入るに入れない。どうしたものかと思案していると、

「仕方ねーな……。任《まか》せろ」

いきなり、少年が前に出た。

刀に手をかけ、チラリとこちらに視線《しせん》を向ける。――やる気だ。誓護はその意図を理解し、両手で耳をふさいだ。美赤も誓護の真似《まね》をして耳をふさぐ。

抜刀《ばっとう》、そして納刀。警官と中年の男女数人が、面白《おもしろ》いようにぱたぱたと倒れた。

しかし、まだ続きがあった。

「おわっ」

と追加の悲鳴があがる。

悲鳴の主は守衛《しゅえい》だった。今の今まで建物の中にいたため、先ほどの鍔鳴《つばな》りを聞いていなかったらしい。

しかし、しまった、と思う間もなかった。

少年は恐《おそ》るべきスピードで間合いを詰《つ》め、問答無用で守衛の眉間《みけん》に刀を突き刺した。

ぱったりと倒れる守衛。誓護はぎょっとして縮《ちぢ》み上がった。

「うわっ、死んだ⁉」

「……死んでねーよ。記憶《きおく》を飛ばしただけだ」

少年が面倒くさそうに告げる。

では、気絶しているだけなのか。おそるおそる守衛の顔をのぞいてみると、少年の言葉を裏《うら》付《づ》けるように、守衛のひたいに外傷《がいしょう》はなかった。刀が貫通《かんつう》したと思ったのだが。

「おいコラ。そんなことより、とっとと無実を証明してみせろ」

急《せ》かされる。以前、アコニットにもそんなふうに言われたなと思いつつ、誓護は先に立って記念講堂の中に入った。

「ここか？」

大ホールに入ったところで、少年が確かめた。誓護は曖昧《あいまい》に笑った。

「たぶんね」

少年は美赤の首筋《くびすじ》に手を回した。びくっとする美赤を押さえつけ、そして放す。

どうやら、〝振り子〟を回収《かいしゅう》したらしい。いつの間にか、少年の右手に蛇《へび》の指輪が巻《ま》きついていた。もちろん、美赤の首筋からは蛇が消えている。

少年が左手を口元に寄せ、この空間の記憶を呼び戻そうとする。

ぽぅー、とホール全体に青白い光がきらめき、過去《かこ》の残滓《ざんし》が像《ぞう》を結んだ。

しかし――

映《うつ》し出された光景は、どれも事件に関係のないものばかりだった。一応は美赤が映っているものの、シニアのコンサートだとか、合同練習の風景だとか、イベントの打ち合わせだとか、そんなものばかりだ。

事件に結びつくような、美赤の無実を証明できるような、そんなたぐいのものはない。

一つ再生《さいせい》するごとに少年の表情《ひょうじょう》が険《けわ》しくなっていく。

一〇回目の試行がスカに終わったとき、少年は指輪を口から離した。

「もういい。うんざりだ。まるっきり時間の無駄《むだ》じゃねーか」

「待ってくれ。そっちの、小ホールの方かも知れない」

ギロリ、と厳《きび》しい視線が誓護に突き刺さる。

「誰《だれ》の、どんな行為《こうい》がお望みだ。時間軸はいつだ。具体的に言いやがれ」

「それは……わからない。でも、確かなんだよ。絶対に、ここに存在《そんざい》するんだ」

「だから、何がだ！」

「決定的な何かがさ！」

それが何か、はっきりと言えないことがもどかしい。誓護の中でもまだ熟《じゅく》していない、その思考。漠然《ばくぜん》とあるはずだとしか言えない、何か。

だが、確かにここにあるはずなのだ。なければ困る。これが最後の手がかりだ。

「たぶん——そう、まだ最後の〈鍵《かぎ》〉が到着してない、みたいな」

「ふざけるな！　この期《ご》に及《およ》んでそんな言い逃れを……」

少年の瞳《ひとみ》に怒《いか》りの炎《ほのお》が燃《も》え上がり、そしてすぐに消えた。

少年は冷え冷えとした口調で、

「気が変わったぜ。最初からこうするべきだったんだ。今すぐ、烙印《らくいん》を押《お》す」

刀を構《かま》える。少年の髪《かみ》の色によく似た、翠《みどり》がかった銀の妖気《ようき》が全身からあふれた。

それはあぶるような熱気と化し、刀を瞬時に燃え上がらせる。柄尻《つかじり》に宿る炎、それは烙印の火だ。じりじりと室内の空気が焦《こ》げ、小さな上昇気流が生じる。

もはや遠慮《えんりょ》も躊躇《ちゅうちょ》もなく、少年は一歩一歩、悠然《ゆうぜん》と距離を詰めてきた。

目が据《す》わっている。殺気さえ感じてしまう、冷ややかな視線。このまま斬《き》り殺されるのではと疑《うたが》いたくなるような、怖《おそ》ろしげな気配。

誓護は心の中で白旗を振った。さすがにもう、どうにもならないとわかっていた。彼が本当にその気になったのなら、もう手の打ちようがない。肉弾《にくだん》戦では勝ち目がなく、言い負かしたところで意味はなく、交渉《こうしょう》しようにも材料《ネタ》がない。完全な魔力を取り戻した教誨師《グリモアリス》を前にして、ただの高校生たる誓護はあまりに無力だった。

万事休す——

今度こそ、もう駄目だと思ったとき。

突然《とつぜん》、ホールの扉《とびら》を突き破《やぶ》って、黒い稲妻《いなずま》が床《ゆか》に突き刺さった。

少年が驚いて飛び退《の》く。着地と同時、鋭い視線を入口に向ける。つられるように、誓護もそちらを振り向いた。

そこには。

「あ……」と、誓護は息をのむ。

真紅《しんく》の入り混《ま》じった銀髪《ぎんぱつ》。ルビーのようにきらめく赤い瞳。銀細工のような繊細《せんさい》な美貌《びぼう》。全身に黒い稲妻をまとわりつかせ、王者の風格《ふうかく》さえ漂《ただよ》わせて、少女が宙《ちゅう》に浮《う》いていた。

右手で女児を抱《だ》きかかえ、左手には青年を引きずっている。

「アコニット……！」

そう、誰より待ちわびた——猛毒《もうどく》を持つ花のような、美しい獣《けもの》のような、彼女だった。

アコニットは青年を床に投げ出した。たまらず、悲鳴が上がる。

投げ出された青年、それは涼夜《りょうや》だった。涼夜はステージに向かう段差を数メートルも転げ落ち、しこたま尻を強打した。美赤が気付いて、あわてて助け起こす。

一方、アコニットの首にしがみつき、人形のように抱かれていた女児は、当然——

「いのり！」

いのりはアコニットの手から飛び降り、まっすぐ誓護の方に駆けてきた。兄の胸《むね》に飛び込んでくる。誓護は最愛の妹を抱き止め、その体温を確かめた。

ふんわりと柔《やわ》らかい、華奢《きゃしゃ》な骨格《こっかく》。髪をなで、背中をさする。いのりは泣き出したりはしなかったが、ひしっ、という感じでしがみついてきた。

よかった。無事だ。本当に、よかった……。

誓護は思わず涙《なみだ》ぐんでしまいながら、

「ありがとう、アコニット。本当に……。いのりを助け出してくれたんだね」

「……言ったでしょう。アコニットは一度交《か》わした契約《けいやく》を決して違《たが》えないのよ」

「君、どうしてここがわかったの？」

「……それはこっちの台詞《せりふ》よ。どうやら、貴方《あなた》も私と同じことを考えたみたいね」

それだけで通じる。なるほど、アコニットも誓護と同じ結論《けつろん》に至《いた》ったのか。つまり……。

最後のピースが、この場所にあると。

「それじゃ、君も鈴蘭の言葉を」

そのとき、誓護の視覚《しかく》が異物をとらえた。

いのりの服に赤いものが付着していた。乾《かわ》いた塗料《とりょう》のような、カサカサの粉《こな》だ。

（……血？）

ぎょっとする。だが、いのりは無事《ぶじ》だ。血色《けつしょく》もいいし、怪我《けが》をしている様子はない。

では――

原因を探《さが》して視線が泳ぐ。そして、ようやく、誓護はそれに気付いた。

「ちょっ……それ……どうしたんだ⁉」

いのりがいなくなったことで、アコニットの腹部《ふくぶ》があらわになっていた。コートには大穴《おおあな》があき、全身血まみれだ。鉄《てつ》くさい血が臭《にお》う。服にも足にも、したたり落ちそうなほどの血液《けつえき》が付着していた。

「君、大怪我《けが》してるじゃないか！」

アコニットはうるさそうに眉《まゆ》をひそめ、

「ぴーぴーうるさいわねぇ……。もうふさがったわよ」

「ふさがったって……」

とっさに手を伸《の》ばす。バチッと電流がひらめき、誓護の手を阻《はば》んだ。

「さわらないで」

邪険《じゃけん》に言い捨《す》てる。誓護は自分でもわかるほど情《なさ》けない顔をした。ほとんど、泣きそうな顔をしていたに違いない。

こんな大怪我を負うなんて。

いのりを助けようとして、こうなったのか？

だとしたら――

治る治らないの問題じゃない。僕は、アコニットにこんな怪我をさせてしまった。

「アコニット……」

誓護は弱々しい声を出した。どうしていいか、わからない。駆け引きに長《た》け、地獄《じごく》の使いをも欺《あざむ》いた賢者《けんじゃ》が、なす術《すべ》もなく立ち尽《つ》くし、途方《とほう》に暮《く》れていた。

その大げさな取り乱《みだ》し方がまんざらでもなかったらしい。アコニットは機嫌をよくし、心持ち優《やさ》しげな調子になって、こう言った。

「おばかさん……今はそれどころじゃないでしょう」

少年教誨師を視線で示《しめ》す。誓護もはっとした。

そうだった。今はまだ、教誨師と対決している最中だ。

「……どういうつもりだ、アネモネの姫さんよ」

教誨師の少年は刀《かたな》に手をかけた臨戦態勢《りんせんたいせい》で言った。

「いくらアンタが麗王《れいおう》でも、これ以上の邪魔《じゃま》は無理ってもんだろ。道理《どうり》に合わねー。理屈にも合わねー。教誨師の職分を逸脱《いつだつ》してる。アンタは自分のやってることが」

「わかってるわよ。でも、言うでしょう？　in《イン》 dubio《ユビオ》, pro《プロ》 reo《レオ》...」

「――――？」

アコニットは不敵《ふてき》に微笑《ほほえ》み、

「『疑《うたが》わしきは被告人《ひこくにん》の有利に』よ」

「――――！」

「この格言《かくげん》がどれだけ有益《ゆうえき》なものか、今から教えてあげるわ。この……」すっと、右手を傍《かたわ》らに差《さ》し伸《の》べる。「誓護がね」

差し出された右手、血に汚《よご》れた右手を、誓護は左手でうやうやしくいただいた。

待ちわびた『鍵《かぎ》』はもう到着している。誓護の考えが正しいのなら、これで何かが起こるに違いない。——そうでなければ困《こま》る。本当に、困る。

誓護はアコニットの薬指《くすりゆび》に唇《くちびる》を寄《よ》せ、きらめく指輪《ゆびわ》に口付《くちづ》けた。

そして、最後のピースが埋《う》まる。

Episode 08

大ホールはガランとしていた。

窓《まど》がないので時刻《じこく》はわからない。ステージの上には一つ、しまい忘《わす》れの譜面台《ふめんだい》が残っていた。

無人の客席は暗く、しんと静まり返っている。

その寒々しいホールに、一人だけ、人間がいた。

なかなかに整った顔立ち。すらりとした長身の青年——涼夜だ。

涼夜はステージのすみに腰《こし》かけて、携帯《けいたい》電話をいじっている。メールを打っているらしく、親指がせわしなく動いていた。

メールを打ち終え、送信する。ふう、とため息を一つ。涼夜はどこか疲《つか》れたような様子で、気だるげに天井《てんじょう》を見上げた。

しばらくして、着信があった。

文字が液晶《えきしょう》に——そして空間にも——浮かび上がる。

発信者は紗彩だった。紗彩はこんなようなことを書いてきていた。

『先生、顔文字使うの上手ですね』

涼夜は返信する。

『若《わか》い子とコミュニケーションをとるために勉強したんです』

しばらくして、また着信があった。

『先生、メールを打つのも早いです』

『楽器と同じです。練習すれば早くなります』

しばらくして、また着信があった。

『先生、こないだのメールのことですが……。私を叱《しか》らないのは、私がちゃんとできてるからだって……あれは本当ですか？』

『もちろん。今のあなたなら海外でも通用します。留学《りゅうがく》しても気を抜《ぬ》かずに頑張《がんば》って！』

しばらくして、また着信があった。

『先生、失礼だったらごめんなさい……。メールだと、どうしてこんなに優《やさ》しいの？』

涼夜は苦しげに顔を歪《ゆが》め、しばし目をつむっていた。

それから、黙々《もくもく》と指を動かして、メールを打った。

『私はいつも、同じ気持ちで接《せっ》しています。今と同じ、優しい気持ちで』

音もなく入口の扉《とびら》が開き、誰《だれ》かが向こうから姿を見せた。

少女だ。亡霊《ぼうれい》のように青ざめた顔をしている。

ダッフルコートに、赤いニット帽《ぼう》。やや小柄《こがら》な体格。とろんとした目が印象的で、日本人形のようにひかえめな鼻筋《はなすじ》と唇――

美赤だ。

美赤はか細い声で、ぽつりと言った。

「……嘘《うそ》、つかないで」

涼夜はびくっとしてそちらを向いた。

闖入者《ちんにゅうしゃ》が誰だかわかると、ほっと安堵《あんど》の息をつき、

「美赤ちゃん……。まだ帰ってなかったの」

先ほどまでの倦怠《けんたい》が嘘のような、爽《さわ》やかな笑顔を見せる。

「リハ、付き合ってくれてありがとう。山下さんたちも喜んでたよ。やっぱり、君のフルートは群《ぐん》を抜いて素晴《すば》らしいって――」

涼夜の言葉をさえぎって、美赤は携帯電話を突き出した。

「これ……紗彩のケータイ。忘れ物」

パールホワイトのボディが照明を反射する。折りたたみ式の、ごく一般《いっぱん》的なデザインだ。

一瞬、どういう意味かわからなかったらしい。涼夜は首を傾《かし》げた。

「え。どうして、君が……」

言葉の途中でその意味に気付く。さっと血の気がひいた。

「美赤ちゃん——まさか、今のメールは……？」

こくり。美赤もまた、血の気のない顔でうなずいた。

「いけないことだとは思ったけど……紗彩、ずっと悩《なや》んでるみたいだったから……」

「……そうか。やっぱり、君が」

「私……見てた。ここで、ずっと。涼夜さんが、メールを打つとこ」

「どうして……」

「それ、私の台詞《せりふ》。涼夜さん、どうして」

美赤はじっと涼夜を見つめ、訴《うった》えるようにたずねた。

「どうして、紗彩を、騙《だま》してたの？」

苦い、微笑《ほほえ》み。涼夜は寂《さび》しそうに笑って、質問《しつもん》を返した。

「このこと、紗彩ちゃんは？」

「うすうす……勘付《かんづ》いてる。私には、何も言ってくれないけど……」

「そう……」

涼夜はどこか遠い目をして、ため息とともに言った。

「同情……って言ったら、おかしいけど。見てられなかったんだ」

「同情……？」

「君だって、気付いてるでしょ。君と、紗彩ちゃんとの、露骨《ろこつ》な線引き……。レッスンにしても、バックアップにしても、母さんの温度がハッキリ違《ちが》うってこと」

「――――」

美赤はうつむいた。それは肯定《こうてい》しているのと同じことだった。

「ついついレッスンを延長《えんちょう》しちゃうのも、うるさいくらいに叱《しか》られるのも、いつも君だ。それは、それだけ君の才能《さいのう》を買っているからだけど……同期の紗彩ちゃんにしてみれば、たまったものじゃない。彼女自身、疑《うたが》ったはずだよ。自分は相手にされてないんじゃないかって。だからこそ、『亜沙子《あさこ》先生』にメールして、気持ちを確かめようとしたんだから」

「……どうして、涼夜さんが、持ってるの。亜沙子先生の、ケータイ」

「母さんは三台持ってるんだ。これは、そのうちの一台。これにメールするようにって、僕《ぼく》が紗彩ちゃんに言ったんだよ」

「――どうして」

「相談を受けたから。だから、僕は言ったんだ。この電話のアドレスを教えて。『ここにメールして、亜沙子先生に直接訊いてごらん』ってね」

「……………！」

美赤は顔を真っ赤にして怒鳴《どな》った。

「駄目《だめ》！　紗彩、こういうのが一番嫌《きら》い！」

普段の彼女からは想像《そうぞう》もできない激《はげ》しさに、涼夜も息をのむ。

「紗彩は、プライドが高いの。すごく」

「……わかってる」

「こんなの……」涙声《なみだごえ》になる。「傷《きず》、つくよ……」

「……わかってる」

「いくら、彼氏だからって……」

「え、彼氏!?」

涼夜はぎょっと驚《おどろ》き、ステージから転げ落ちそうになった。

「ちょ、ちょっと、待って。僕はそんなつもりはないよ！」

しどろもどろになる。涼夜は目をそらし、もじもじと頬《ほお》をかいて、

「僕が、その、好意を抱《いだ》いているのは、むしろ……」

ちらり、と美赤に熱っぽい瞳《ひとみ》を向ける。

しかし、美赤は聞いてはいなかった。ただ、決意のこもった眼差《まなざ》しを向け、

「……亜沙子先生は？」

「え!?　いや、出かける用事があるからって、ずいぶん前に帰ったけど――」

最後まで聞かず、美赤はもう走り出していた。亜沙子にも問いただすつもりらしい。

「ちょ、ちょっと待って！　僕も行くよ！」

飛び出して行く美赤の後を追って、あわてて涼夜もホールを出て行く。

やがて誰もいなくなり、ホールに静寂《せいじゃく》が訪《おとず》れた。

## Episode 46

「……お笑い種《ぐさ》だぜ、なあ？」

少年教誨師は嘲笑《ちょうしょう》を浮かべて言った。

厳《きび》しい目を誓護に向ける。

アコニットもまた誓護を見つめている。

美赤も、いのりも。誓護の言葉を待っている。

確かにお笑い種だ、と誓護は思った。こんな……こんな簡単《かんたん》なことだったのか。

「それで？　これが何だってんだ？」

これが何かって？

これが答えだ。誓護の直感が告げている。これが、答えだ。

もう、わかっている。

誰《だれ》が紗彩を殺したのか。

……殺した？

いや。違う。そうじゃない。

逆《ぎゃく》だ。逆に考えろ。

もしも——もしも、だ。

影《かげ》のような誰かに襲《おそ》われ、途中《とちゅう》からは透明《とうめい》人間ともみ合っているように見えた、あの映像。

あれが劣化《れっか》したものでも、毀損《きそん》されたものでもないとしたら？

実際《じっさい》の過去《かこ》を映《うつ》したものだとしたら？

だとしたら、それは何のためか。誓護にはもう、わかっている。

だって——もしも——紗彩の望んだものが——この状況《じょうきょう》だったとしたら？

「はは……ははは……」

あまりに突飛《とっぴ》な自分の考えに、誓護は思わず笑ってしまった。

「何だよ、それ……我ながら、バカな思いつき……」

だが、そう考えれば辻褄《つじつま》が合う。

逆、逆だ。すべては逆なのだ。

本当に才能があったのは、惜《お》しまれつつ死んだ少女ではなく。

海外への留学も、本当はもう一人の奮起《ふんき》をうながすためで。

だから当然、運命を呪《のろ》い、才能を妬《ねた》んでいたのも、美赤ではなく——

しかし、それが人間に可能だろうか。美赤を憎《にく》んでいるだけではまだ足りない。地獄《じごく》の存在《そんざい》を知っていて、そのルールを知っていて、利用しようと考えるに至《いた》る、何か。

それこそが、最後のピース。

（そうか……。そういうこと、か……）

鈴蘭だ。彼女の存在だけが、それを可能にする。

小刻《こきざ》みに足が震《ふる》える。誓護はコートの胸元《むなもと》を握《にぎ》りしめ、その震えをおし殺した。いのりが不安げに誓護を見上げ、小さな体を押しつけてくる。

「ええと、今のは……僕、だよね？　これは一体……？」

涼夜が困惑《こんわく》して（そして少し赤面して）たまらなくなったように叫《さけ》んだ。

「誰か、説明してくれ！」

そんな涼夜に応じ、誓護は口を開いた。

「……ええ、説明します、小畑《おばた》先生。みんなも、僕の推理《すいり》を聞いてくれ」

やがて誓護は顔を上げ、満面の笑みでこう言った。

「これでみんな、家に帰れる」

# Chapter 7　【堕《だ》天使《てんし》の旋律《せんりつ》は飽《あ》くなき】

Episode 49

狼《おおかみ》は言葉巧《たく》みに赤ずきんをそそのかし、悪巧みの片棒《かたぼう》を担《かつ》がせました。
そうして、まんまとご馳走《ちそう》にありついたのです。
一人をぺろり。もう一人もぺろり。
しかし……ああ、何ということでしょう。
お腹《なか》が膨《ふく》れて、つい、いねむり。
そこへ狩人《かりゅうど》がやってきて――

Episode 47

しん、とホールは静まり返った。
いのりは不思議そうに兄を見上げ、涼夜《りょうや》と美赤《みあか》はお互《たが》いに顔を見合わせ、教誨師《きょうかいし》の少年は疑わしげに一瞥《いちべつ》をくれ、そしてアコニットは無関心めいた表情で――それはそのまま信頼《しんらい》の裏返《うらがえ》しでもある——誓護《せいご》を見ていた。

「……どういう意味だ？」

一同を代表して、少年教誨師が言った。

「説明しろよ、クラゲ。今のフラグメントで、どうやってその女の無実を証明《しょうめい》する？」

誓護は曖昧《あいまい》にうなずき、少年ではなく美赤に言った。

「織笠《おりかさ》さん。電話、持ってる？」

「あ……ううん。カバンと一緒《いっしょ》に……落としちゃったから……」

「それじゃ、僕が君に返した、あの白い電話は——紗彩《さあや》さんの形見か何か？」

「……うん……そう」

「それで納得《なっとく》。さっき陸橋でフラグメントが活性化《かっせいか》したのは、君が犯人《はんにん》だったからじゃない。その電話があの瞬間《しゅんかん》に立ち会ったからだ」

少年の眉《まゆ》がぴくりと動く。

「あの橋のたもとで、紗彩さんと何を言い争ってたの？」

美赤は少しためらった。その横で、涼夜は呆然《ぼうぜん》となりゆきを見守っている。美赤は涼夜の方をうかがいながら、ぽつぽつとしゃべる独特《どくとく》の口調で言った。

「あの日……紗彩に呼び出されたの。紗彩は……もう、フルートをやめるって言った。才能がないから、やめるって……。私、びっくりして……納得できなくて……それで、ケンカになっちゃった……」

　今にも泣き出しそうな顔をする。

「最後だったのに……紗彩と話せた……最後だったのに……」

「紗彩さんの方から、連絡《れんらく》があったんだね？　陸橋まできてくれって」

「……」黙《だま》ってうなずく。

　誓護は皮肉っぽく笑った。

「そうだと思った。だってそれは、計画通り誘《さそ》い出されたんだから」

　誓護の言うことが理解《りかい》できず、美赤はきょとんとして小首を傾《かし》げた。

「……だから、どういうことだよ？」

　少年がイラ立ち、横から口を挟《はさ》む。

「さっさと結論を言えよ。テメーは殺しが誰の仕業《しわざ》だと思ってる？」

「その前に、どうして僕《ぼく》がここにきたがったのか、それを話すよ」

　少年の方に向き直る。

「君がわかっててやったのかは知らないけど。君が音楽教室を襲撃《しゅうげき》する直前、僕の大事な妹と、そこの涼夜さんの二人が、鈴蘭《すずらん》って教誨師に連れ去られたんだよ」

　知らなかったらしい。特に『教誨師』というくだりで、少年は意外そうな顔をした。

「僕は、君らがグルじゃないかと疑《うたが》った……。君らがグルで、今回も鈴蘭が暗躍《あんやく》してて、僕を脅《おど》すためにいのりを誘拐《ゆうかい》したんじゃないかって」

誓護は肩《かた》をすくめ、かぶりを振った。

「でも、それは間違《まちが》いだ」

確信《かくしん》を持って断言《だんげん》する。

「鈴蘭は僕なんか歯牙《しが》にもかけてない。要求はおろか、接触さえなかった。彼女は僕にはこだわってない。話は逆さ。彼女はいのりじゃなく——涼夜さんを隠《かく》したんだ」

一同の視線《しせん》が涼夜に集中する。涼夜は自分を指差し、狐《きつね》につままれたような顔をした。

「そう考えると、見えてくる。いのりが連れ去られてすぐ、アコニットが再生《さいせい》したフラグメント——その中で、鈴蘭が現《あらわ》れる直前、涼夜さんはこう言ったんだ。この記念講堂《こうどう》にいのりを連れてくるってね。だとしたら」

一同を見回す。言葉が伝わるように、ゆっくりと。

「こうは考えられない？　アコニットが捜査している状況で、もし涼夜さんが記念講堂に入ったら、鈴蘭にとってマズイことが起こる。具体的には、——活性化するフラグメントがあったんだと」

そしてそれは……、と続ける。

「当然、鈴蘭にとって致命《ちめい》的なものでなければならない」

少年はようやく合点がいったらしく、あきれたように言った。

「だからお前、この場所にこだわったのか」

「ワラにもすがる、ってやつ。他に手がかりがなかったからね」

「……さっきのアレが『致命的』だってのか？」

「致命的だよ。今のフラグメントが、大事なことを二つも教えてくれた。まず、亡《な》くなった紗彩さんには、『亜沙子《あさこ》先生』を恨《うら》む理由があったってこと。そして」

誓護はため息をついた。やりきれない気分で、美赤をじっと見つめる。

「君を恨む理由があったってことをね。織笠さん」

美赤は目を見開いた。そして、ひどく傷ついたような、つらそうな顔をした。

重ねて言うことはしない。誓護は先を続けた。

「証拠《しょうこ》にはならなくても、捜査《そうさ》のきっかけになる。この場合、疑われたら計画は失敗なんだ。こんな致命的なフラグメントを鈴蘭が消さずに残しておいた理由——前回みたいに劣化《れっか》させせなかった理由——それは」

そして、最終的な結論を言う。

「彼女の手足となる人間、すなわち共犯者が、もうこの世にはいないから」

亜沙子が死んでから、共犯者が死ぬまでの短い時間では、フラグメントを劣化させることができなかったのだろう。

少年がぽかんとする。誓護が導《みちび》いた結論が、あまりに突拍子《とっぴょうし》もなく聞こえたらしい。

誰《だれ》が本当の黒幕《くろまく》なのか、誓護はもう、その答えを知っている。

鈴蘭だ。これはすべて、彼女が仕込《しこ》んだことと考えていい。

その鈴蘭は、かつて、一人でも多くの人間に烙印《らくいん》を押《お》したいと言っていた。今回は美赤を毒牙にかけようとしている。しかし、美赤は罪《つみ》を犯《おか》していない（はずだ）。

だとしたら――

鈴蘭は誰をそそのかした？　誰が鈴蘭の手足となって、罪を犯した？

仮《かり》に、その答えが紗彩だとすれば、すべてのつじつまが合う。

フラグメントを劣化させる人間、すなわち鈴蘭の手先がいなくなるのなら、作為《さくい》的な劣化は難《むずか》しい。だからこそ、紗彩は一人で飛び降《お》りざるを得なかった。前後の状況に細工を施《ほどこ》し、決定的な瞬間を演出《えんしゅつ》して。鈴蘭（自分自身の痕跡《こんせき》なら自由に消せる、らしい）が直前まで代役を務《つと》め、しかし最期の瞬間は一人きりで、自ら陸橋を蹴《け》って、自分自身の腹を刺し、あたかも誰かに突き落とされたかのように演じながら。

見えないのではなく、いなかったのだ。いないものが見えるはずがない。

陸橋での一幕は、紗彩の自作自演。

その目的は……。

「アコニット。さっき、電話で訊《き》いたことだけど」

ちら、と視線を投げる。アコニットは億劫《おっくう》そうにこちらを見た。

「あったんだろ、被害者《ひがいしゃ》の——紗彩さんの、証言」

「……ええ」

そっと、うなずく。

「そっちの子を訴《うった》えたのは、亡者《もうじゃ》よ」

既《すで》に確認《かくにん》が取れているのだろう。アコニットは迷《まよ》いなく断言した。

やはり……。紗彩自身が、美赤に殺されたと訴えていたのか。

誓護はやりきれない気分でため息をついた。

それで、動機も明らかになる。

紗彩の証言。それは虚偽《きょぎ》、でっち上げの証言だ。なぜそんなことをしたのか。その目的は何か。簡単《かんたん》なことだ。紗彩の望みは、もちろん——

美赤が、地獄《じごく》に堕《お》とされること。

「鈴蘭が誘惑《ゆうわく》した人物……。無実の君に烙印を押させようとした張本人《ちょうほんにん》……。今回の騒動《そうどう》の元凶《げんきょう》、亜沙子先生を手にかけた殺人犯——つまり、本当に烙印を押されるべきなのは」

誓護は深呼吸《しんこきゅう》した。そして、美赤の目を見つめ、はっきりと告げた。

「君の親友、紗彩さんだ」

その言葉は、すぐには美赤に届《とど》かなかった。

「そ……………」

美赤の息が止まり、しゃっくりのようになる。

「そんなの……、う」そ、と言いたかったのだろう。

しかし、美赤が言い終わるより早く、わざとらしい拍手がホールに響《ひび》いた。

そして、少女の嬉《うれ》しそうな声も。

「ええ、そう。その通り。ご名答。大正解《せいかい》。素晴《すば》らしい答えだわ」

ぱん、ぱん、ぱん、と大きく打たれる音が癇《かん》に障《さわ》る。

「まったく、貴女《あなた》の下僕《げぼく》は大したものね、アコニット」

流れるような漆黒《しっこく》の髪《かみ》。闇《やみ》の深淵《しんえん》を思わせる瞳《ひとみ》。白いワンピース、赤い本。その名の通り、花と見紛《みまが》う可憐《かれん》な容姿《ようし》。

教誨師、鈴蘭だ。

アコニットの眉間《みけん》にパリッと小さな稲妻《いなずま》がひらめく。教誨師の少年も思わず、といったふうに刀に手をやった。他方、涼夜と美赤は亡霊《ぼうれい》でも見たかのように後ずさり、いのりは誓護の足にひしっとしがみついた。

鈴蘭はホール客席の最上段、座席《ざせき》の一つにゆったりと腰《こし》かけていた。突然現れたくらいではもう驚《おどろ》かないが、盗《ぬす》み聞きしていたのだと思うと腹《はら》が立つ。

鈴蘭は嗜虐《しぎやく》的な笑みを浮かべ、まだ信じられずにいる美赤をなぶるように言った。

「そう、紗彩は貴女を憎んでいたのよ。ふふ、滑稽《こっけい》なこと。親しい友人と慕《した》っていたのは貴女ばかりで、紗彩は心から貴女を嫌悪《けんお》していたのだもの」

「――――！」

「貴女が笑いかけるたび、真っ黒な感情が紗彩の胸《むね》に渦巻《うずま》いた……。貴女の純真《じゅんしん》ぶった言葉の一つ一つに、紗彩は身を切られるような痛《いた》みを感じていたのよ」

すっと立ち上がり、ゆっくりとした足取りでスロープを下りてくる。

まっすぐに、一歩一歩。呆然《ぼうぜん》と立ち尽くす美赤の方へと。

「才能を与《あた》えられたのも貴女、奏者《そうしゃ》として認められたのも貴女、気に入った男に選ばれるのも貴女――貴女、貴女、貴女。紗彩がどんな気持ちで微笑《ほほえ》んでいたと思う？　そして、貴女はそのことに気付こうともしなかった……それは罪よ。ひどい罪悪。業《ごう》の深い女だわ。そんな貴女は、殺しただけじゃまだ足りない。永劫《えいごう》の苦しみこそが相応《ふさわ》しい――」

誓護は美赤の前に出て、鈴蘭の進路をさえぎった。

「君がそう言ってそそのかしたんだろ。あの人のときみたいに」

「あら、人聞きの悪い。私はただ、紗彩に教えてあげただけ。この世とあの世の法則《ルール》をね。死者の証言があれば、教誨師が差し向けられることも。もちろん、輪廻《りんね》のことも……ふふふ、ただし、烙印のことは言い忘《わす》れてしまったかしら？」

「――――!?」

大罪を犯した者が人間の法で裁《さば》かれないとき、教誨師は罪人に烙印を押す。烙印を押された者は地獄に堕《お》とされ、そこで永劫の責《せ》め苦を受ける――誓護はそう聞いている。

烙印や大罪のことは知らされず、ただ『人間には来世がある』とだけ言われたら、人間はどうするだろう? もし既に、今の自分に嫌気が差しているような場合には?

当然――

「紗彩はね、自ら死を選ぼうとしたのよ」

……そうなるだろう。生まれ変わった方がマシだ、と考える者は少なからずいる。

「可哀相《かわいそう》に、もう今の生に絶望《ぜつぼう》していたのね。輪廻の秘密《ひみつ》を知り、そうすることで誰かさんを地獄に堕とせると知ったあの子は、自分から言ったのよ。是非《ぜひ》、そうしたいって。ふふふ……そうなると、人間というものは欲《よく》を出すわ……。あの子はこうも言った。どうせ死ぬんなら、もう一人、復讐《ふくしゅう》したい人間がいるって」

それが、亜沙子――?

鈴蘭は誓護の目を見て、うっすらと微笑んだ。

「そう、貴方《あなた》が心に描《えが》いた通り……。だって、本当に可哀相なのよ。紗彩は知ってしまったの。夢《ゆめ》をつかんだと思っていた、憧《あこが》れの国への留学《りゅうがく》さえ、そっちの子を焚《た》きつけるための演出《えんしゅつ》に過《す》ぎないのだとね。ふふふ、運命とは何て残酷《ざんこく》なのかしら」

少女は楽しげに、歌うように続ける。

「こうして、その師《し》を殺した哀《あわ》れな少女は、今度は憎《にく》い憎いお友達を陥《おとしい》れるために、自ら命を絶《た》ったのでした♪　ふふ……そっちの子を取り逃《に》がしたのは残念だけど、まあ、いいわ。私の手元にはまだ紗彩がいるのだもの」

美赤はもはや木偶《でく》人形のように棒立《ぼうだ》ちになっていたが、紗彩の名前が出た途端《とたん》、ぎょっと目をむき、正気を取り戻した。怯《おび》えの走った眼《め》で誓護を見る。

鈴蘭はくすくすと笑いながら続けた。

「あら、今の話を聞いてなかったの？　紗彩はあの世の裁きを待つ身なの。だって、もうご存じの通り、貴女の『亜沙子先生』を殺してしまったのだもの」

してやったり、という無邪気《むじゃき》な笑顔。

「亜沙子は愚《おろ》かな女だわ。自分から進んでお膳立《ぜんだ》てを整えてくれた……。紗彩は時機を待つだけでよかった。亜沙子が例の癖《くせ》を出す、その時をね。後は貴女も知っての通り。ふふ……愚かだわ。放《ほう》っておけば〈事故死《じこし》〉で済《す》んだのに。貴方たちがいろいろと突ついて回るから、藪《やぶ》から蛇《へび》が出てしまったわ。本当に皮肉なこと」

今ようやく、誓護は理解した。

鈴蘭がフラグメントを毀損《きそん》せず、放置した背景には、そういう理由もあったのだ。教誨師を欺《あざむ》いて美赤に烙印《らくいん》を押《お》させた後は、都合のいいフラグメントを集めて紗彩の犯行を暴《あば》き、二人まとめて地獄に送るという……。

「貴女を取り逃がして、紗彩はさぞや悔しがるでしょうけど……私にとっては貴女なんてただのオードブル。メインディッシュはしっかりいただかなくちゃね」

そのとき、それまで黙《だま》っていたアコニットが口を開いた。

「そうはいかないわ、鈴蘭」

鈴の音色のように透明な、そして不思議な重みのある、静かな声だった。

鈴蘭はくすくすと、やはり楽しそうに笑った。

「あら、また邪魔《じゃま》をしようと言うの？　おばかで、あさましい、高慢《こうまん》ちきのお姫《ひめ》さま。言うまでもないことだけど、紗彩はこの世で罰《ばつ》を受けていない……。罰を逃れた人間は、すべからく地獄の業火《ごうか》に焼かれるのよ」

「おばかは貴女よ。あさましいのも貴女。本当に愚かよ、鈴蘭。まだメインディッシュにありつけると思ってるあたり、特にね」

「……それはどういう意味かしら？」

鈴蘭の顔から笑みが消えた。怪訝《けげん》そうに眉《まゆ》をひそめる。アコニットの心は読めないらしく、もどかしげな声になった。

アコニットは腕組《うでぐ》みをして、フンと馬鹿《ばか》にしたように言った。

「まだわからない？　おばかな子……。ちゃんと〝振り子〟の音色に耳を澄《す》ましていれば、すぐに気付いたはずよ。亜沙子が死んだのは、いつ？」

「……！」

今度は、鈴蘭が目をむく番だった。

アコニットは淡々《たんたん》と続ける。

「——そう、誰《だれ》かが一階のシャッターを下ろす前なのよ。貴女の下僕が罪を犯そうとしたとき、亜沙子にはとっくに毒が回っていた……。つまり、あれは本当の事故。亜沙子の油断《ゆだん》とおばかな悪習《あくしゅう》による、不幸な事故よ」

「……そんな、バカなことは」

確認《かくにん》しているのか、視線をあさっての方にやりながら、左手の〝振り子〟をさする。

「アコニット、それ……本当？」

誓護も驚いて確かめた。しかし、アコニットがうなずくまでもなく、

「ふふふ、ふふ、うふふ、ふふふふふふ……」

鈴蘭が不気味に笑い出し、アコニットの言葉が真実だと教えてくれた。

すっと、漆黒の瞳が誓護を映す。

深い洞穴《どうけつ》のような目。じっと見据《みす》えられ、誓護はおののいた。全身に冷たい氷が張《は》ったような、背筋《せすじ》を氷の塊《かたまり》でなでられるような、そんなおぞ気が走る。

「悪い狩人《かりゅうど》さん……。あさましい……。何て欲張《よくば》りなのかしら。私という狼《おおかみ》のおなかを切り裂《さ》

いて、まんまと二人分の獲物《えもの》を横取りしたのね……」

殺意のこもった憎悪《ぞうお》の視線を誓護とアコニットに這《は》わせる。

「本当に、どうしてくれようかしら……。ねえ、そこの賢《かしこ》い貴方……教えて頂戴《ちょうだい》。私はどうすればいいのかしら……？」

それから、にっこりと微笑《ほほえ》んで、

「うふふ、明白なことね。八つ裂きにすればいいのだわ」

ごうっ、と爆発《ばくはつ》的な突風《とっぷう》が巻《ま》き起こり、鈴蘭の周囲の空気を吹き飛ばした。

白い霧《きり》が噴出《ふんしゅつ》し、天を突いて立ち昇《のぼ》る。猛然《もうぜん》たる妖気《ようき》。竜巻《たつまき》みたいだ、と誓護は思った。

骸骨《がいこつ》のような白さの濃霧《のうむ》が、ホール全体に充満《じゅうまん》する。見た目といい、冷気といい、ドライアイスにそっくりだ。息が詰まる。誓護は腹の底から恐怖《きょうふ》した。

鈴蘭は激怒《げきど》している。既《すで》に正気じゃない。理由もなく人間を傷《きず》つけることはできない――なんて教誨師《グリモアリス》の掟《おきて》を持ち出したところで、聞く耳は持ってもらえそうにない。

野生の肉食獣《にくしょくじゅう》を前にしたような戦慄《せんりつ》。このままでは……なぶり殺される！

全身が粟立《あわだ》つ。誓護は慄然として、せめていのりだけは護《まも》ろうと、最愛の妹の肩《かた》をつかみ、自分から引き離《はな》そうとした。そのとき――

ふわっと銀髪《ぎんぱつ》をなびかせて、誰かが鈴蘭の前に立ちふさがった。

誓護をかばって前に立つ。息切れしているように見えるのは目の錯覚《さっかく》だろうか。その小さな背中はひどく頼《たよ》りなく、弱々しく見えた。

アコニットだった。

本人の言葉を借りれば、煉獄《れんごく》の守りびと、茨《いばら》の園の園丁《えんてい》にして、冥府《めいふ》に名立たる麗王六花《れいおうりっか》の筆頭、いとかしこきアネモネの姫《ひめ》——そのアコニットが、尊《とうと》き御身《おんみ》を盾《たて》にして、人間ごときをかばっているのだ。

鈴蘭は露骨《ろこつ》な嘲《あざけ》りをのぞかせて、見下したように笑った。

「あら……それは何の真似《まね》？」

「この人間に触《ふ》れることは、アコニットが許《ゆる》さないわ」

「正気かしら？」

「ええ……」

「そうは思えないわ。正気のはずがないわ。だって貴女《あなた》ったら」

その一瞬《いっしゅん》に、本当は何が起こったのか、誓護にはわからなかった。

「こんなにも、弱いのだもの」

気がつくと、すぐ近くに鈴蘭が立っていて、アコニットはどうやら鈴蘭の攻撃《こうげき》を受け止めていて、しかし誓護はいのりもろとも後方に弾《はじ》き飛ばされていて、遅《おく》れてやってきた風が耳元でごうごうとうなりを上げていて、美赤や涼夜の悲鳴がホールに響《ひび》いていた。

アコニットもまた、誓護と同じ方向に吹き飛ばされた。それでも転倒《てんとう》せず、踏《ふ》みとどまって立っている。——が、もちろん、無事ではすまなかった。

むっとする血の臭《にお》いが誓護の鼻の粘膜《ねんまく》を焼く。

背中《せなか》から血が噴き出る瞬間を、誓護は確かに見た。

だくだくと。湧《わ》き出る泉《いずみ》のように。アコニットの髪と同じ、真紅《しんく》のまだらが肌《はだ》を彩《いろど》る。

細い肩が呼吸《こきゅう》に合わせて上下に揺《ゆ》れる。ギャロップする馬の背のようだ。今度は錯覚じゃない。アコニットははっきりと疲弊《ひへい》し、息切れしている。腹部の傷は本当は癒《い》えてなく、魔力も十分には戻っていなかったのだ……。

鈴蘭の唇《くちびる》が耳まで裂けたような気がした。恍惚《こうこつ》とした笑みを浮かべ、さらに襲《おそ》いかかってくる凶悪《きょうあく》な獣。鉤爪《かぎづめ》のように開かれた手が、アコニットの喉笛《のどぶえ》をかき切ろうと迫《せま》る。

「アコニット！」

誓護の声が裏返《うらがえ》る。

そのまま、アコニットの可憐《かれん》な首が胴体《どうたい》から切り離される……ことは、なかった。

「……下がりなさい、下郎《げろう》」

鈴蘭の声がとがる。

鈴蘭とアコニットのあいだに、あの少年教誨師が割《わ》り込《こ》んでいた。

抜き放った真剣《しんけん》で鈴蘭の攻撃を受け止めている。刃と鈴蘭の指のあいだに、光る気流のようなものが見えた。鈴蘭の方は素手《すで》だと言うのに、切り傷一つ負っていない。刃先《はさき》に触《ふ》れているのは妖気《ようき》だけで、ヒフは接《せっ》していないらしい。

「お、恐《おそ》れながら……」

少年は踏ん張って力みながら、苦しげに言った。

「教誨師《グリモアリス》同士の私闘《しとう》は禁《きん》じられているはず……。アンタのやってることはルール違反《いはん》だ」

少年の言葉を聞いて、鈴蘭は不気味なほどにっこりと笑った。

くんっと、軽く押す。それだけで、大げさなほど少年の体勢《たいせい》が崩《くず》れた。ずずず、っと後ろに押し戻され、アコニットごと地面をすべる。

「ふふふ、愚《おろ》かな子……。その程度《ていど》の魔力でこの私に楯突《たてつ》くなんて。あら……まだ何とかなると思っているの？　いいえ、貴方《あなた》の胤性霊威《フィグメント》なんて、この私には通じないわ。……まあ、それだけでもう手詰まり？　武器《ぶき》も手放せない下級官吏《かんり》の分際で、高貴《こうき》一六花たるマヤリスに牙《きば》をむく……愚かよ。愚かだわ」

「ば……バカなことはやめろ……っ。もう事件のあらましはわかってる。オレの仕事は終わりで、アンタの目論見《もくろみ》はすべてパーだ！」

「あまつさえ、貴族に説教？　身の程《ほど》を知りなさい！」

水平に手を払《はら》う。それだけで、少年はたやすくはね飛ばされた。最上段の客席まで打ち上げられ、受け身も取れずに激突《げきとつ》する。

誓護を赤子のようにあしらう存在《そんざい》が、今度は赤子の役を演《えん》じていた。

鈴蘭はくるりとアコニットの方を向いた。

「ふふ、お待たせしちゃってごめんなさい。さあ、貴女のお友達を片付《かたづ》けましょう」

再《ふた》び誓護に向き直る。

アコニットもまた、再び誓護の前に立った。

びしゃ、と血の塊《かたまり》が床《ゆか》を打つ。したたり落ちる血を見ていられず、誓護は叫《さけ》んだ。

「よせ、アコニット！ 僕《ぼく》のことなら、構《かま》うな！」

「うぬ……ぼれ、ないで。人間に命令されるほど、落ちぶれちゃいないわ……」

はあ、はあ、と荒《あら》い息を吐《は》く。そのたびに血の量が増《ふ》え、誓護を心配させる。

「それに、貴方が構わなくても、私が……構うのよ」

アコニットはまっすぐに鈴蘭をにらみつけ、うめくように言った。

「これ以上、あの子が……罪《つみ》を、重ねるのは」

その声が届《とど》いたのだろう。鈴蘭の余裕《よゆう》ぶった表情が壊《こわ》れた。

目をむく。唇が開く。静脈が浮《う》き出て、激怒《げきど》したことがわかる。顔中にひび割れのようなしわが刻《きざ》まれ、人形のように美しい顔が醜《みにく》く歪《ゆが》んだ。

鈴蘭は漆黒の瞳に狂気《きょうき》すらのぞかせて、なじるような調子で言った。

「……不愉快《ふゆかい》だわ、アコニット。不愉快極まりないわ。貴女はいつもそうだわ。そうやって友達風を吹かせる……。屈辱《くつじょく》だわ。本当に屈辱よ。そして、皮肉だわ。私には紗彩の気持ちがわかる……愚かで、くだらない、塵《ゴミ》みたいな人間の気持ちがね」

アコニットは無言だった。ただ、じっと、鈴蘭の言葉に耳を傾《かたむ》けていた。

「貴女がそうさせるのよ、アコニット。貴女たち兄妹が……この私に、人間を理解させるのよ。まばゆいほどの輝《かがや》きのとなりで、ものわかりのいい友人を演じ続ける苦痛《くつう》──それがどんなものか、貴女には決してわからないでしょうね……」

「……ええ、わからないわ。でも、一つだけ、わかってることがある」

小さく。穏《おだ》やかに。しかしはっきりと、アコニットは言った。

「私は今でも、この瞬間も、貴女を友達だと思っているのよ」

その一言で、鈴蘭の中の何か──最後の一線のようなものが断《た》ち切られた。

雄叫《おたけ》びをあげながら、一直線に向かってくる。

優美《ゆうび》さのかけらもなく。獣のように。まるで童話に出てくる狼《おおかみ》のように。心の抑制《よくせい》がきいていない。理性のタガが飛んだのか、低いうなり声すら上げている。

次の瞬間、誓護の鼻先に、アコニットの背中を突き破って、鈴蘭の爪《つめ》が突き出された。

鈴蘭の一撃は見事に胸を貫通していた。血が数滴《すうてき》、誓護の頬《ほお》に飛ぶ。

アコニットの周囲に小さな火花が散った……が、稲妻《いなずま》にはならなかった。

すっと、ひどく弱々しく、アコニットの手が鈴蘭の腕《うで》をつかむ。

「ふふ、可哀相《かわいそう》に……。もう、自慢《じまん》の猛毒《もうどく》を操《あやつ》る力も残ってないのね」

そのままの体勢で、鈴蘭は憐《あわ》れむように言った。

「……いいざまだわ、アコニット。無様だわ。滑稽《こっけい》だわ。花鳥頭《はなうず》の君。麗王六花《れいおうりっか》の姫君が、手もなくひねられるなんて」

アコニットはぐったりとして、返事をしない。ひゅう、ひゅう、とかろうじて呼吸《こきゅう》を続けている。はっきりと虫の息だ。

「さあ、どうするの？　ふふふ……残念なこと。貴女の無様な心の声が、もっとよく聞こえればよかったのだけど。さあ、聞かせて頂戴。絶望の叫びを。貴女の心の中に響かせて。どうしたの。全然聞こえないわ。腐《くさ》っても麗王というわけ？」

アコニットの肩が盛《も》り上がった。げぼっ、がぼっ、と血を吐《は》く。

それから、気高く顔を上げて、アコニットは言った。

「……いいざまね、鈴蘭。無様で、滑稽」

そして――

「貴女の負けよ」

刹那《せつな》、床が割れた。

土台を、床を、絨毯《じゅうたん》を、大地を突き破って、無数の突起物《とっき》が地面から突き出した。

金属的《きんぞく》な光沢《こうたく》。無数の金属塊《きんぞくかい》がつながった構造物《こうぞうぶつ》――鎖《くさり》だ。数十本ものそれが地中から突き出し、蛇《へび》のようにうねって、たちまち鈴蘭の体をぐるぐる巻きにしてしまう。

「こんな——!?」

鈴蘭は驚愕《きょうがく》した。腕をからめとられ、足を封《ふう》じられ、無様に宙《ちゅう》に吊《つ》り上げられて身動きも取れない。胴に巻きついた鉄鎖《てっさ》は鎧《よろい》のようだ。文字通りのがんじがらめ。ほんの一瞬で、鈴蘭は完全に拘束《こうそく》されてしまった。

「……わかるでしょう、鈴蘭」

アコニットは胸の傷を押さえながら、静かに、諭《さと》すように言った。

「貴女はいくつもの罪を犯した……。どう言い繕《つくろ》おうと、グリモアリスを妨害《ぼうがい》したこと、傷つけたこと、捜査を混乱《こんらん》させたこと……あまつさえ、廷吏《ていり》をたばかろうとしたこと。どれも大罪よ。それは決して、消すことはできない」

「だからって、こんな……。こんなに早く、獄吏《ごくり》が動くはずは……っ」

「おばかね。何度も言わせないで」

アコニットは嘆息《たんそく》した。

「私はアネモネのアコニット。今はまだ、一介《いっかい》の教誨師に甘《あま》んじる身とは言え——誇《ほこ》り高き、麗王六花の姫なのよ」

「————」

つまり、権威《けんい》だ。権威と、権力。身分を使って、ねじ込んだということだ。

鈴蘭は力なくうなだれた。

「ふふふ……そうね、明白なことだわ。五万六千種が貴女の前にひざまずき、すべてのグリモアリスが貴女の前で腰《こし》を折る……。今日のところは、私の負け」

小花のように可憐《かれん》な、はかなげな微笑を浮かべる。

「でも、これで終わりじゃない。そうでしょう？」

「……」

ずぶり、と音を立てて鎖が沈《しず》んだ。

あたかも沼地《ぬまち》に沈むように、ずぶずぶと床に潜《もぐ》っていく。鎖はセグメントの霧《きり》によく似た流体に包まれていて、どうやら物体を透過《とうか》するらしい。

今やホールの床は、原色渦巻《うずま》く不定形の底なし沼と化していた。その沼の奥《おく》へ奥へと、鈴蘭はどんどん引きずり込まれていく。それは異次元《いじげん》にのみ込まれるような光景で、見ていて気持ちのいいものではなかった。

二人の高貴なグリモアリスは最後まで視線をそらさず、最後まで無言だった。

一方ははかなげな微笑を浮かべたまま。

一方は悔《くや》しげににらみつけたまま——

やがて白い教誨師はすっかり地中にのまれ、後には静寂が横たわるのみとなった。

こうして、世にも不可思議な事件は、立ち込める血の臭《にお》いとともに幕《まく》を下ろしたのだ。

Episode 48

あまりにも異常《いじよう》で、あまりにもあっけない幕切れに、誰もが言葉を失っていた。

実を言えば、本当に『終わった』のかどうか、誓護にも自信がなかった。アコニットはまだ鈴蘭が消えたあたりをにらんでいる。今の彼女は本当に静かだ。ときおり、パリッと火花がひらめくほかは、呼吸の音すら聞こえない。

ガタゴトと壊《こわ》れた座席《ざせき》をどかして、その下から教誨師の少年が顔を出す。頭を打ったらしく、軽く左右に振っている。いのりは相変わらず誓護にしがみついたままで、涼夜は尻餅《しりもち》をついたまま、ぼけっとしていた。そして美赤はと言えば——

小刻《こきざ》みに震《ふる》えながら、棒立《ぼうだ》ちになっていた。上体がふらふらと揺《ゆ》れている。焦点《しようてん》の定まらない目……その視線がホールのあちこちを泳ぎ回り、最終的に床の一点に留《と》まった。

そこに、果物《くだもの》ナイフが落ちていた。

なぜここに、と考えるまでもない。持ち手の意匠《いしよう》には見覚えがある。ほかならぬ誓護自身が自宅《じたく》から持ち出した物だ。

鈴蘭に攻撃《こうげき》された際、コートのポケットから飛び出していたらしい。

美赤の瞳《ひとみ》が鈍《にぶ》く輝《かがや》いた。

いけない、とは思ったが、とっさに体が反応《はんのう》しなかった。

疲労《ひろう》の限界《げんかい》にきていたこと、鈴蘭が去って緊張《きんちょう》の糸が切れていたこと、まだいのりを抱《だ》きかかえていたこと、それらすべてが悪い方に作用して、誓護はまったく動けなかった。

一方、美赤は普段の彼女からは想像《そうぞう》もつかないほどの俊敏《しゅんびん》さを発揮《はっき》して、床のナイフを拾い上げた。そして、あっと思う間もなく、ほっそりとした喉《のど》もとに突き立てた。

すべてが一瞬のできごとだった。真っ赤な鮮血《せんけつ》がほとばしり、ぼたぼたっと絨毯《じゅうたん》に染《し》みをつくる。肉はたやすく切り裂かれ、次から次と血をあふれさせた。

……涼夜の血を。

そう——涼夜だ。つい今しがたまで、状況《じょうきょう》にまったくついていけず、一人狼狽《ろうばい》し続けていた涼夜が、豪胆《ごうたん》にも素手《すで》でナイフをつかんで、美赤の自害を食い止めているのだった。

「はは……案外、動けるもんだね。こういうときって……」

涼夜は苦痛《くつう》に顔を歪《ゆが》めながら、それでも笑って言った。

ぬめりとした血液がナイフを伝い、美赤の手に触《ふ》れる。その瞬間、美赤は憑《つ》き物が落ちたように我《われ》に返った。

ナイフを取り落とし、あわてて涼夜の手をつかむ。

「涼夜さん……。手が……っ」

「……大丈夫《だいじょうぶ》。切っただけだよ」

「だって！　楽器が……！」

「いいんだ。奏者《そうしゃ》としては、僕は君には及《およ》ばないから」

涼夜は自分の手首をきつく握《にぎ》り、止血しながら問いかけた。

「どうして、こんなことをするんだい？」

歯の根が合わない。カチカチと歯を鳴らしながら、美赤は震《ふる》える声で答えた。

「だって……私の、せい……。私のせいで、紗彩が……死んだ……」

「君のせいじゃない。そんなバカなことはないよ」

「私の、せい！」

ほとんど悲鳴のように叫《さけ》ぶ。

「だって、私が……私がっ、紗彩を苦しめて……私が……っ」

がくがくと頭が揺《ゆ》れる。震《ふる》えが激《はげ》しい。美赤の視線が再《ふたた》び泳ぎ、再び足もとのナイフに到達《とうたつ》する。なおもそちらに手を伸《の》ばそうとする彼女を、涼夜は己《おのれ》の怪我《けが》もかえりみず、無理やり引き寄せて止めた。

「しっかりしろ！」

耳元で怒鳴《どな》る。美赤はびくりとして、そして大人しくなった。

「僕《ぼく》は……今だって、全然、状況《じょうきょう》がわかってないし、何が起こったのか……それは終わったのか、まだ続いてるのか、そんなことさえ理解《りかい》できてないけど」

涼夜は噛《か》んで含《ふく》めるように言った。そっと、穏《おだ》やかに、言葉をつむぐ。

「でも、これだけは言うよ。いつか君に言わなくちゃって、思ってたこと」

「…………？」

「才能《さいのう》がある人間は、恨《うら》まれる。憎《にく》まれる。それは、確《たし》かに、そうなんだ。でも、そんなことに負けないで、乗り越《こ》えて、この道を歩き続けて行けば、もっとたくさんの人が君のことを好きになってくれる。……音楽っていうのはさ、そういう道なんだよ」

「そんなの……」美赤は泣きそうな顔をした。「つらいよ……」

親友に憎まれてまで、行かなければならない道だろうか？

紗彩を、失ってまで？

「紗彩ちゃんが君に複雑《ふくざつ》な感情を抱《いだ》いてたこと、僕は知ってた。でも、こんなことさえなかったら……いつか、彼女もわかってくれたと、今でも思ってる。だって」

涼夜は包み込むような微笑《ほほえ》みを見せ、優《やさ》しく言った。

「君のフルートは、本当に素晴らしいんだから」

「…………！」

美赤の瞳がかすかに揺れた。気持ちが揺れ動いている。誓護はいのりの手を引いて、二人の方に近寄った。

「織笠さん。少なくとも、いのりは君のおかげでフルートに出会えた」

涼夜を後押しするように、笑って告げる。

「僕は今から待ち遠しくてしょうがないんだ。いのりが僕のために、素敵《すてき》な曲を吹《ふ》いてくれる日がね」

そっといのりの頭をなでる。いのりは大きな瞳《ひとみ》を向け、まっすぐ美赤を見つめていた。

やがて、ぽろり、と美赤の目から涙《なみだ》がこぼれた。

一粒《ひとつぶ》こぼれた後は、ダムが決壊《けっかい》するようなものだった。込み上げる激情《げきじょう》と同じように、後から後からとめどなくあふれ出て、止まらなくなる。

そして、美赤は泣き崩《くず》れた。びー、と幼女《ようじょ》のように泣きじゃくる。

誓護と涼夜はともに苦笑いを浮かべ、お互《たが》いを見合った。

ほっと安堵《あんど》する。一時はどうなることかと思ったが、美赤が無事でよかった。

胸《むね》をなで下ろす誓護の背後から、別の声がかかった。

「おい、クラゲ」

「それあだ名⁉」

少年教誨師だ。いつの間にやってきたのか、誓護のすぐ後ろに立っていた。不満げに唇《くちびる》をねじ曲げ、誓護を横目でにらんでいる。

こうして間近で見ると、なかなかの美少年だった。背丈《せたけ》は小柄《こがら》な方で、誓護の鼻より低いくらい。細身で、目つきが鋭《するど》く、あごのラインがシャープだ。そういう髪形《かみがた》なのか、天然なのか、翠《みどり》がかった髪の毛がツンツンと逆立《さかだ》っている。

少年はイラ立った口調で誓護に言った。

「おかげさまで最後まで道化《どうけ》だったぜ」

「おかげって言うか……僕のせいじゃないよね？」

「覚えてろよ、クラゲ」

チッと大きな舌打《したう》ち。ことさら刀を強調するように、肩に担《かつ》ぐ。

「オレをこうまでコケにしてくれたのは、天にも地にもお前だけだ。いずれ、オレの手でお前の眉間《みけん》にアダムの象徴《しるし》を刻んでやる。せいぜい悪事を働きやがれ」

「うわー、それって脅《おど》し……」

「……ま、それはそれとして、だ」

「――――？」

「今日のところは礼を言っとくぜ。おかげで、糞《くそ》タコなポカをやらかさずに済《す》んだ」

にやっと、皮肉げに笑って見せる。それから、ちょっと照れくさそうに、

「――ギシギシ」

「え？」

「軋軋《ギシギシ》ってんだよ、オレの名は。覚えとけ」

誓護も笑顔で応じた。

「桃原《ももはら》誓護。僕の名前さ」

「わかったよ、クラゲ」

「わかってないじゃないか！」

誓護の抗議《こうぎ》を無視《むし》して、少年は美赤と涼夜の前に立った。

言いにくいのか、あさっての方を向きながら、

「……テメーらには、色々と迷惑《めいわく》をかけた。せめて家まで送ってやるよ」

二人は驚いた様子で少年を見た。それから、二人そろって誓護に視線を移《うつ》す。

美赤はまだ泣きじゃくっていたが、しゃくり上げながら、誓護にたずねた。

「桃、原、くん……？」

問うような眼差《まなざ》し。誓護は肩《かた》をすくめ、ちょっとおどけて答えた。

「大丈夫《だいじょうぶ》、彼は信頼《しんらい》できる。一緒《いっしょ》に行った方がいいと思うよ。ご両親、心配してるだろうからね。——なあ、ギシギシ。当然、記憶操作《きおくそうさ》のアフターサービス付きだろ？」

「テメー、オレにそこまでやれってのか……」

少年——軋軋はげんなりして、やけくそっぽくつぶやいた。

「……チッ、わかったよ。この際《さい》、一人増《ふ》えようが二人増えようが同じことだ」

「痕跡《こんせき》消すのはいいけど、僕の記憶は消さないでくれよな」

「さっき言っただろーが。『覚えとけ』ってな」

「はは、そうだった……」

「テメーは姫《ひめ》さんのお気に入りらしいからな……。オレにはどうしようもねーよ」

くい、とアコニットの方をあごで示す。

「じゃあな。あっちの姫さんにも、よろしく言っとけ」

軋軋の去り際は鮮《あざ》やかだった。まだ何か言いたげだった美赤と、負傷《ふしょう》のために血の気がひいた涼夜、二人を素早《すばや》く抱《かか》え込むや、宙を飛んでホールを飛び出した。おそらくは飛翔《ひしょう》して、二人をそれぞれの自宅《じたく》に送り届けてくれるのだろう。

軋軋が去ると、ホールの中に静寂《せいじゃく》が戻った。

ふと、くっとコートのすそを引っ張られた。見ると、紅葉《もみじ》のような手が誓護のコートをつかんでいる。いのりが誓護に全体重をあずけ、下を向いていた。

「ど、どうしたの、いのり!?　具合でも悪い？」

誓護はあわててしゃがみ込む。いのりに目の高さを合わせ、のぞき込もうとするが、いのりはもう顔を上げない。

「大丈夫!?　どこか痛《いた》む――」

誓護の言葉が終わる前に、かくん、といのりの首が倒《たお》れた。誓護の肩にひたいをあずけ、そのまま動かなくなる。

すぅ、すぅ、と耳元でかすかな寝息《ねいき》が聞こえた。

鈴蘭も軋軋も去り、教誨師《グリモアリス》の脅威《きょうい》はなくなった。兄とも再会《さいかい》でき、血なまぐさい事件《じけん》も一応の決着を見て、心の底から安心したのだろう。気絶するような寝入り方だった。

「ごめんな、いのり……。無事でよかった……本当に」

折れそうな背中をそっと抱《だ》きしめ、頰《ほお》を優《やさ》しくなでさする。

それから、風邪《かぜ》をひかせたくなかったので、自分のコートを脱《ぬ》いで、いのりをくるんだ。

いわゆる『お姫《ひめ》さまだっこ』で抱き上げ、ぐるりとホールを見回す。

探すまでもなく、その姿を見つけた。

ホール中央に、亡霊《ぼうれい》のように立ち尽くす者がいる。

無論、アコニットだ。出血は既《すで》に止まったらしいが、大穴《おおあな》のあいたドレスはまだ湿《しめ》っている。

銀髪《ぎんぱつ》にこびりついた紅《くれない》は、地の色ではなく本物の血だ。こっぴどく痛めつけられたらしく、全身、泥《どろ》と血にまみれている。

アコニットは言葉もなく、ただひっそりと、鈴蘭が消えたあたりを見下ろしていた。

「アコニット……」

なぜか忍《しの》び足になってしまいながら、そちらに近寄る。

アコニットは無反応だった。ただ、白い首筋に、細い肩に、言いようのない寂寥《せきりょう》感が漂っているような気がした。

「……仲、よかったの？」

答えてくれないかと思ったが、アコニットはか細い声で、「さあね……」と言った。

そして――

「……貴方《あなた》には、いつか話すかも知れない」

誓護の胸《むね》にあたたかいものが広がった。この美しい、異世界の姫が、『いつか』と未来を言葉にしてくれたことが嬉《うれ》しかった。

「彼女、どうなるのかな」

「……教誨師の任務《にんむ》を妨害《ぼうがい》したのよ。たぶん、重い裁《さば》きがくだされる」

「そっか……そうだよな」

「.でも」

アコニットは相変わらず床を見つめたまま、独《ひと》り言のように言った。

「あの子はごうじょっぱりで、どうしようもない性悪《しょうわる》なのよ。しぶといし、ふてぶてしいのよ。このくらいで終わるようなタマじゃないわ」

「そう……きっと、そうだね」

鈴蘭はいのりを誘拐《ゆうかい》した。それは誓護にとって許《ゆる》されない悪だ。だが――単純《たんじゅん》に鈴蘭を憎むためには、誓護は彼女のことをあまりに知らない。

むしろ。

あの、白く、可憐《かれん》で、謎《なぞ》めいた少女に同情のようなものを感じていた。彼女を狂気《きょうき》に走らせたものは何だったのか、それを知りたいとさえ思っている自分がいる。

一体何が、彼女をああまで駆《か》り立てたのだろう？

一人でも多くの人間を地獄送りにしたいと言っていた。そして、彼女はそれを実践《じっせん》した。長い時間をかけて。きっと、もっと多くの人間を。飽《あ》くこともなく。退屈《たいくつ》な輪舞曲《ロンド》の旋律《せんりつ》が、いつまでも繰り返されるように。

そんな生き方は、ひどく憐《あわ》れだと思った。

「……ありがとう、アコニット」

「え……？」

その言葉がよほど意外だったのか、アコニットは初めて誓護の方を向いてくれた。

誓護は紅《あか》い瞳《ひとみ》をじっと見つめ、ありったけの感謝《かんしゃ》を込めて、こう言った。

「前のときは、僕《ぼく》の命を救ってくれた。そして今日は、織笠さんの冤罪《えんざい》を晴らしてくれた。僕にとっては何よりも大事な、いのりの秘《ひ》密《みつ》を守ってくれてる」

「……ふん。おばかさん……そんなのは、お互《たが》いさまじゃない」

「でも、僕は君に感謝してるんだ」

「それは、まあ、貴方の勝手だけど……」

「そして……本当に、ごめん」

「……何がよ」

誓護はたまらず目を伏《ふ》せた。アコニットのむき出しの腹《はら》は、もう傷《きず》がふさがっている。だが、無惨《むざん》にもドレスにあいた大穴や、周辺にこびりついた大量の血は、その傷がどれだけの苦痛《くつう》をともなうものだったのかを生々しく伝えていた。

「僕のわがままに付き合ったせいで、君は、そんな大怪我《けが》を……」

いのりを抱く手に力を込める。

「本当に……バカだ、僕は。君に……そんな怪我をさせて……させておきながら、どうしたらいいか、全然わからないんだ」

わからないからこそ、せめて素直《すなお》な胸の内を伝える。

「君に……何て言って謝《あやま》ればいいか。……どうやって、償《つぐな》えばいいか」

「別に、貴方のせいじゃ……」

アコニットは何か言いかけたが、途中《とちゅう》で気が変わったらしく、言葉を切った。

そして、わざとらしくそっぽを向いて、たぶん予定とは別のことを言った。

「……なら、誓《ちか》って」

「誓う……？」

不敵《ふてき》な笑《え》みを浮《う》かべながら、くるりとターンを決め、己《おのれ》の胸を手で押さえる。

「契約《けいやく》よ。誓うのよ。貴方はこれから、このアコニットのために働くの。私の手となり、足となり、意のままに、決して裏切《うらぎ》らず、逆《さか》らわずに、尽くすのよ」

尽くす。手となり足となり。それはどういう意味だろう？

「誓いなさい。このアコニットに尽くすこと。命と時間をこの私に捧《ささ》げることを──」

「盟友《とも》として」

「とも──」

ふっと誓護は微笑《ほほえ》んだ。

「下僕《げぼく》から格上《かくあ》げだね？」

それは余計な一言だったらしい。アコニットはバチバチと帯電した。憤然《ふんぜん》として、

「不満なの？」

「誓うよ」

誓護は心の底からうなずいた。

「君に、誓う」

アコニットは「ふん……」と鼻であしらったが、その横顔は確かに満足げだった。

「それにしても、クタクタだよ」

誓護は痛む足腰を動かしながら、愚痴《ぐち》った。

「今回は早く片付いたってのに、体の方は前回と同じくらいボロボロ……。ま、朝まで、まだ少しあるってのがせめてもの救いかな？」

「ふん……まあ、そうね、これなら……」

ごにょごにょと小さく何かを言う。あまりに小声だったので、聞き取れなかった。

「え？」と確かめると、アコニットはひどく不機嫌《ふきげん》になった。

突然《とつぜん》咲《さ》いた小さな火花が、見事、誓護の鼻っ柱を直撃《ちょくげき》する。

「うわ、ちょ……やめろよ！　いのりが起きちゃうだろ――って痛い!?　今のは痛い!?　何でそんな怒《おこ》るんだよ!?」

「貴方は愚かね。おばかね。おつむが足りないわ。本当の本当に気が利《き》かない下僕ね」

「もう下僕に逆戻り!?」

「そんなだから女にもモテないし、相手にされないし、構《かま》ってもらえないのよ」

「全部同じ意味じゃないか！　何が言いたいんだよ!?」

ひとしきり誓護を虐《いじ》めてから、アコニットはぽつりと言った。

「お菓子《かし》を食べていくくらいの時間なら、あると言ったのよ」

その言いざまが可笑《おか》しくて、誓護は思わず、くすっと含《ふく》み笑いを漏《も》らしてしまった。

きりきりとまなじりを吊《つ》り上げるアコニット。これ以上、電撃をもらうのはごめんだ。誓護はアコニットが沸点《ふってん》を越《こ》える前に、いのりを抱いたままお辞儀《じぎ》をした。

「それじゃ、我《わ》が城《しろ》にご案内します。姫《ひめ》」

芝居《しばい》がかった一礼。アコニットはふてくされた様子でそっぽを向いていたが、お菓子の誘惑《ゆうわく》には勝てなかったらしく、「フン！」と言っただけで稲妻《いなずま》は引っ込めてくれた。

かくて姫君は友を得て、無事にお菓子にありついたのでした。

# あとがき

友を得ることは難《むずか》しく、失《うしな》うことは簡単《かんたん》です。

ですが、多くの友に囲《かこ》まれているとき、僕らはこの真実をすぐに忘れてしまいます。孤独《こどく》の味を嚙《か》みしめている者だけが、この真実の本当の重みを知っているのです。

真実の重みを知る者は、知らない者のように安穏《あんのん》とは生きられません。人間関係に神経をすり減らし、「愛と勇気《ゆうき》だけが友達《ともだち》さ」などとやさぐれてみたり、「ボールは友達だ！」などと擬《ぎ》人化《じんか》した友達をボッコボコに蹴《け》り倒《たお》したり、数少ない友人からのお誘《さそ》いを断《ことわ》れずシメキリ間際《まぎわ》に目《め》一杯《いっぱい》遊び呆《ほう》けたりするのです——また言《い》い訳《わけ》か！


そんな入りですみません。海冬《かいとう》レイジです。

四か月ぶりのお目見《めみ》え、夜想譚《やそうたん》グリモアリスのIIをお届《とど》けいたします。

美麗《びれい》なカバーイラストを見て思わず手に取っちゃった初めましてのアナタ！　このシリーズ、まだ二冊目だよ？　集めるのは簡単……だよ？

もちろん二巻から読むこともできますので、どうか二巻だけでもおうちに連れて帰ってください(捨てられた仔猫《こねこ》のような目で)。と言うか、二巻のカバーがお気《き》に召《め》したアナタなら、一巻のカバーも素通《すどお》りできないはず……(悪巧《わるだく》みする悪代官《あくだいかん》のような目で)。一巻から引き続いてのアナタには日頃《ひごろ》のご愛顧《あいこ》に心からの感謝《かんしゃ》を。今回やめようかどうしようか、あとがきを立ち読みしながら迷《まよ》ってるならやめないでください。オレたちの冒険《ぼうけん》はこれからだゼ!?

とにもかくにも、シリーズ第二弾です。

こうして無事《ぶじ》に二冊目をお届けすることができ、心底《しんそこ》ほっとしております。おかげさまで一巻の消化率は素晴《すば》らしく——品薄でご迷惑《めいわく》をおかけしました——しばらくはシリーズものとして続けられそうです。

それもすべて、支持《しじ》してくださった皆さん、作者の尻《しり》を叩《たた》いてくれた担当さん、そして可憐《かれん》なイラストをつけてくれた松竜《まつりゅう》さんのおかげであろうと、感謝の気持ちでいっぱいです。皆さん、本当にありがとう。

そんなわけで早速《さっそく》、続刊を鋭意《えいい》製作中なのですが。

このあとがきを書いている現在、まだ原案をこねくり回してる段階だったりします。一巻のあとがきを書いた頃、二巻がほぼ書き上がっていたことを考えると、ちょっぴりお尻がバーニングファイヤー？

……いやっ、ＯＫ、ダイジョーブ！　心配はいりませんよ担当さん！　海冬レイジは逆境《ぎやっきよう》で燃《も》えるタイプなのです。うおおおお、燃えてきたぜーっ（特に尻が）。

この状態で「完全燃焼《ねんしよう》します！」とか言うとどうなっちゃうつもりなのかよくわかりませんが、いずれにせよ、遅《おく》れている分、ガッツリと気合を入れて書きたいと思いますので、どうか皆さん、次回も誓護《せいご》くんとこの作者《バカ》にお付き合いくださいね。


さて、そのバカの近況ですが。

担当さんに「自虐《じぎやく》ネタ禁止ね」と言われているので、ほとんど書けることがありません（↑どんだけイタイ生活送ってんだよ）。

はて、何か無難《ぶなん》なネタはあったかいな……？

と悩《なや》むことしばし――そうそう！　先日、帯状疱疹《たいじようほうしん》（推定《すいてい》）にかかりました。

何で『（推定）』かと言うと、出始めた部位がちょっとアレで、お医者さんに行きにくかったからです。んも～、恥《は》ずかしがり屋さんなんだから☆

ご存知《ぞんじ》の通り帯状疱疹は『体内に潜伏《せんぷく》していた水ぼうそうウイルスが、宿主《しゆくしゆ》の体力が落ちてくる頃合いを見計《みはか》らって、リバイバルと言うかリベンジと言うか、とにかくゲリラ的に悪さを始める』病気です。場合によっては神経《しんけい》ブロック治療《ちりよう》が行われるという話なので、かなりの苦痛をともなうだろうことは想像に難《かた》くありません。

その痛み苦しみはかかった人しかわからない、と言われる帯状疱疹ですが、なるほど痛くて苦しい日々《ひび》でした。正直《しようじき》、泣きそうだった。よく頑張《がんば》ったオレ（病院行け）。

え？　どんなふうに痛いのかって？

一〇代になじみ深い感覚で言えば――『ニキビをおもっくそひっかいちゃった♪』痛みが四六時中のべつまくなし波状攻撃をかけてくる感じでしょうか。あるいは、シャープペンシルの芯《しん》が刺《さ》さりまくって抜けない感じかも知れません。動くと猛烈《もうれつ》に痛みますが、じっとしてても痛いので、まあどのみち痛いわけです♡

もちろん、世の中にはもっと痛くて苦しい病気もたくさんあります。しかし、『煩《わずら》わしい』苦しみという点ではなかなかイイ線いってると思います帯状疱疹。

長引くと後遺症《こういしよう》（神経痛）が残ったりするらしいので、かかった人はちゃんと病院に行ってくださいね。僕は行かんかってんけどな……。

それにしても、どうして帯状疱疹なんて出たんでしょ。

別に、これと言って、体を弱らせた記憶《きおく》はないのに――いや、待てよ？

そう言えば、その直前に左足の付け根が腫《は》れまして。

いや、腫れたと言うか、何やらしこりのようなものができて、ヤバイ病気かと思ってかなりビビったんですが——これまた場所が場所だけに放置《ほうち》決定。ある意味、剛《ごう》の者です。剛の者と言うか剛毛のせいでお医者さんに診《み》せにくいんですが。

で、その剛毛の者は、自《みずか》ら放置を決定しておきながら、心配で心配でたまらず、心身ともに疲《つか》れ果《は》てた……のかも？（病院行け）

それとも、その腫れは帯状疱疹の前哨戦《ぜんしょうせん》か何かで、これらはひと続きの病気だったんでしょうか。だとすると、そもそも何に弱っていたのかホント謎《なぞ》です。

まあ人間、このトシになるとイロイロと悩みも増えますしね……。ちなみに友人は「弱ってたんじゃなくて弱いんだよ」と言ってました。……うん、僕もそんな気がする。

ビタミン剤を飲みまくったおかげか、今はもう、しこりも帯状疱疹も消えました。しかし、健康を取り戻しても、取り戻せないものがあります。本来ならバリバリ仕事をこなすはずだった時間とかね。本当困《こま》りますね。ね、担当さん？

……アレ？　気がつくとコレ、自虐ネタになってな〜い？

さて、これ以上墓穴《ぼけつ》を掘《ほ》って埋《う》め戻《もど》すのもナンですし、都合《つごう》よく紙幅《しふく》も尽《つ》きて参《まい》りましたので、今回はこのへんにしとうございます。

バカなことばっかり書いてますが、皆さんへの感謝の気持ちと、次にかける意気込みだけは本物です。一巻同様、生みの苦しみで書き上げたこの二巻、皆さんに楽しんでもらえたなら、これに勝《まさ》る悦《よろこ》びはありません。その幸福をまた次につなげていけるように、今は全力で三巻に打ち込みたいと思います。

ここまでお付き合いいただき、ありがとうございました。次回、IIIでまたお目にかかれることを祈りつつ——

2007年5月　海冬レイジ

追伸《ついしん》

皆さんも体調には気をつけてくださいね。健康は宝だよ！

富士見ミステリー文庫　FM66-9

# 堕天使《だてんし》の旋律《せんりつ》は飽《あ》くなき

夜想譚グリモアリスII

海冬レイジ　かいとうれいじ

平成19年7月15日　初版発行

発行者――小川　洋
発行所――富士見書房
〒102-8144 東京都千代田区富士見1-12-14
電話　編集（03）3238-8585　営業（03）3238-8531
振替　00170-5-86044
印刷所――暁印刷
製本所――BBC
装丁者――朝倉哲也

造本には万全の注意を払っておりますが、
万一、落丁・乱丁などありましたら、お取り替えいたします。
定価はカバーに明記してあります。禁無断転載

©2007 Reiji Kaito, Matsuryu　Printed in Japan
ISBN978-4-8291-6393-1 C0193

FUJIMI MYSTERY BUNKO

富士見ミステリー文庫

# かくてアダムの死を禁ず

夜想譚グリモアリスⅠ

**海冬レイジ／松竜**

## 読み出したら止まらない、スリリングなネオ幻想奇譚！

桃原グループの御曹司・桃原誓護は両親の墓所で決意する。憎むべき叔父との対決と、最愛の妹・いのりを命懸けで守ることを。だが、極度のシスコンな美少年・誓護には、永遠に隠さねばならない秘密があった！ そんな彼の前に、教誨師・アコニットと名乗る謎の少女が現れるが……。

富士見書房

FUJIMI MYSTERY BUNKO

富士見ミステリー文庫

# バクト！

海冬レイジ／vanilla

## 清純派・美人教師が挑む、一世一代の大バクチ!!

札幌西北高校のマジメな美人教師・音無素子には、重大な秘密があった。それは、生徒の両親の借金を肩代わりするために始めたギャンブル。一千万円の借金を抱えた彼女は、教え子・国定ヒロトを頼るが……。第4回富士見ヤングミステリー大賞受賞の、斬新なギャンブル・ミステリー!!

富士見書房

# 富士見ヤングミステリー大賞
# 作品募集中！

## 21世紀のホームズはきみが創る！

「富士見ヤングミステリー大賞」は既存のミステリーにとらわれないフレッシュな物語を求めています。感覚を研ぎ澄ませて、きみの隣にある不思議を描いてみよう。鍵はあなたの「想像力」です――。

**大　賞**／正賞のトロフィーならびに副賞の100万円
および、応募原稿出版時の当社規定の印税

**選考委員**／有栖川有栖、井上雅彦、竹河聖、
富士見ミステリー文庫編集部、
月刊ドラゴンマガジン編集部

**●内容**

読んでいてどきどきするような、冒険心に満ち魅力あるキャラクターが活躍するミステリー小説およびホラー小説。ただし、自作未発表のものに限ります。

**●規定枚数**

400字詰め原稿用紙250枚以上400枚以内

※詳しい応募要項は、月刊ドラゴンマガジン（毎月30日発売）をご覧ください。電話によるお問い合わせはご遠慮ください。

**富士見書房**